神州轶闻录

美食妙谈

周简段 著
冯大彪 主编

新星出版社 NEW STAR PRESS

总序一

让我为《神州轶闻录》这部很有分量的丛书作序,使我惶恐!虽然在我九十年的岁月中,七十年是住在北京的:我住过"天棚鱼缸石榴树"的四合院,从西直门骑驴到过卧佛寺,吃过赛梨的萝卜和糖葫芦……但是看起《神州轶闻录》,那几卷里的掌故、风土、艺文、名胜、人情等,大都是我所不知道的。首次到北京的外国朋友和国外华侨,往往问我:"你是老北京,请你告诉我逛北京要如何逛法?"我居然大言不惭地说:"你首先要去的是天坛公园,那座祈年殿,是我觉得在欧、美、亚、非的任何建筑,都不能与她相比的;再就是去登上景山之巅,俯看北京城全景,故宫的设计也全看到了。此外去吃顿全聚德的烤鸭、东来顺的涮羊肉。其他就是我认为可去可不去的地方,你再听听别人的意见吧。"

我自1980年伤腿之后,不良于行,新北京的建筑,我都没有看见过,但这不是古迹,也不在我们谈话之列了。

我所能写的,就是这些。

冰　心
1991年2月26日

总序二

我顶怵写序,怕没话找活,空空洞洞,所以我轻易不答应给人写序。唯独对周简段先生(我没见过这位,所以不便加个"老"字儿)的《神州轶闻录》,我不能推辞。一则是我翻阅了曾在香港出的五辑选本,简直叫人拿起来放不下,实在有看头儿,二则一沾北京的边儿,我就不好意思溜掉。在下到底是在这儿土生土长的呀。

我出生在东直门羊倌胡同,中小学都是在安定门大三条上的。最后,又在海淀戴了下学士帽儿——就是那种挂着穗子的黑绸方帽。刨去跟学校春游到过一趟南口,十八岁前我就没出过城圈儿。可后来当上了记者,就跑起江湖来啦。不但国内,连大半个地球都跑遍了。可是不论漂到哪儿,我怎么也忘不了我的老北京。

这着实是块宝地。不但历史悠久,掌故丰富,城里城外满是名胜古迹,而且叫人怀念的,是在这里活动过的非凡人物。北京城要是座五光十色的舞台,那么更叫座的当然是在这里驰骋过的显赫角色。那真是三教九流,行行出状元。这里有纵横捭阖的政客,也有学贯中西的学者,有书画名家,也有名噪一时的曲艺泰斗,以至身怀绝技的武术大师。《名人辞典》只能告诉你这些人物的官职履历，这本《神州轶闻录》却能通过遗闻轶事，活灵活现地描绘出他们的精神面貌。

不论是对像我这样怀念老北京，一心希望重温一下故都旧梦的老年人，还是对那些急于了解昨天的青年人来说，这都是一套可心的书，可以放在枕边或揣在旅行包里随身携带的好书。篇幅都不长，既能解闷儿又长知识，必然会越看越有滋味儿。

萧 乾
1990年7月10日

总序三

"文化"是一个很大的词儿,而本书中所选的文章却是短而又短,几乎都是身边琐事,细碎平淡,小到不能再小了。这与"文化"不是有很大的矛盾吗?

我认为,关键在于如何看待文化。

我们语言中有许多最常见的词儿,一看便明白,一问便糊涂。"文化"就属于这一类。一提到"文化",谁不明白呢?然而,为什么据说世界各国学者对"文化"下的定义竟有五六百种之多,而且谁也说服不了谁呢?个中消息,耐人寻味。这就充分说明,"文化"是根本没有法子下定义的。

然而,我们用不着为此伤心失望。我们生活,我们读书,绝不是遵守某一个定义的。尽管学者用心良苦,下定义煞费精神,我们可以置之不理而心安理得地按照自己的常识去理解文化。

如果你同意我这个看法的话,那么你就会在本书所有的文章中发现文化。本书共分五个部分,哪一部分里没有文化呢?各文中所讲的故事,都看似烦琐细碎,平淡无奇;如果你愿意当作"闲书"来看,仅供茶余酒后消遣之用，从中寻求那么一点点儿小小的乐趣，你有这个权利，我也表示赞同。因为，不管这点乐趣多么渺小，它也能让你去除精神和体力的疲惫，重新抖擞精神，投入人生的或大或小的事业的搏斗中去。贤于博弈多矣。

然而，哲学家们常说：于一滴水中见大海，于一粒沙中见宇宙。难道在我们这些小的文章中不能见到大的文化吗？所有这一些戏曲、文玩、学府逸事等，又哪一个与文化无关呢？只不过在这里谈文化，不是峨冠博带，威仪俨然，不是高头讲章，而是涉笔成趣，理路天成，于琐细中见精神，于微末处见全面，让你读了以后，如食橄榄，回味无穷，陶冶性灵，增长见识。这种精神的享受，是别的文章无法代替的。难道不是这样子吗？

我就是本着这一点小小的想法，写了这一篇小序。

季羡林

1991年6月23日

序

吃的欲望是人的天性，或者叫做本能，饮食是人类生存的第一需要。我国古代先哲孟子说："人之甘食悦色者，人之性也"；明代名医李时珍也说："饮食者，人之命脉也。"

在原始社会漫长的洪荒时代，人类过着茹毛饮血的生活，寻求食物是为了求生存。

当古人类学会用火把猎获的野兽烤成熟食之后，人类的食物即发生了质的变化。熟食不但味道美好，而且容易消化吸收，改善了人类的营养状况，促进了大脑的发育，从而发展了人类的智慧。

当古人类学会从事农业生产的时候，就开始脱离了蒙昧时代。对中国食物史素有研究的日本学者筱田统教授说："主食作物的种类，往往决定耕种这种作物民族的命运。"人类的文化和文明是与饮食文化同步发展的，或者说是从饮食文化发端的。人文礼教的出现是从饮食开始的，"夫礼之初，始诸饮食"。礼的开始是人类脱离野蛮状态，走向"天下文明"重要的一步。孔子就很重视食礼，说："席不正不坐，割不正不食。"

人类的艺术生活的起步与饮食亦有密切关系，无论绘画、雕塑、音乐、舞蹈都与饮食有关。

欧洲最早的壁画内容以野兽为主，而野兽即人类的食物来源。原始人得温饱而兴致发，兴致发，表现为声则为音乐；兴致发，表现为动作则为舞蹈。陶器是伴随着饮食的进步，适应饮食的需要而创制的，最初的陶器是作为食物的容器或炊具而制作的。

人类饮食的进步大致可分为三个阶段：初级阶段——吃饱求生存；第二阶段——吃好求美味；第三阶段——吃得科学求健康。

中华民族是最早进入第二阶段，即吃好求美味的民族。相传商汤时期的宰相伊尹即"善均五味"，懂得"五味调和百味香"，距今已三千多年了。

当饮食不仅是满足人类生存的需要，而且从"鼎中之变，精妙微纤，口弗能言，志不能喻"的美味获得味觉的满足，精神的愉快就出现了美食的学问。美食可增进人们的食欲，提高饮食的情趣，满足生理与心理的需要，有助于增强体质，延年益寿。

历代的美食家多出自文人墨客、艺术家或学者及官宦人家。他们不但善于选择食品、品味食品，而且擅长烹饪之道、善调五味者，其中也不乏其人。有名的"东坡肉"，相传即为文豪苏东坡所创制。这点，有苏东坡旧诗为证，他诗中写道："慢着火，少着水，火候足时他自美。"据说鲁迅非常喜爱青菜，常以之宴请外国朋友并向友人介绍有关这一美味的传说故事。

历代的美食家及名厨师对美食的发展都作出了自己的贡献。几千年来随着经济文化的发展，烹饪技艺不断提高，无论菜肴的种类和数量都有了长足的进展。影响较大，覆盖面较宽的有川菜、鲁菜、粤菜、淮扬菜、宫廷菜等。这些各具特色的菜系进入大城市后由于相互交流、相互渗透，产生了融合作用，都有所发展，以适应大城市人的口味。此外还受到西方饮食文化的影响，吸收了西方烹饪之精华，创制出中菜西做、西菜中做的各式菜肴，丰富了中华饮食文化的内容。

美食家多半注重养生之道，注意饮食的平衡，适可而止。"恣口腹之欲，极滋味之美，穷饮食之乐"为美食家所不取。他们在享受食物的滋味之美的同时又有所节制，擅自珍摄。因此美食家多半是清秀儒雅、文质彬彬、文思机敏而且步履轻捷的人。苏东坡在饮茶时作诗述怀"意爽飘欲仙，头轻快为沐"。这大概是诗人追求的最佳境界。

美食与养生学是密切相关的。美食中含有养生的道理，养生学之中包含有美食的内容，美食应当受养生学的指导或制约。只有在养生学指导之下的美食才能焕发出自己的光彩。《内经》中"五谷为养，五果为助，五畜为益，五菜为充"，就是对饮食的一个指导原则。其中既有营养需要全面的思想，也有营养需要平衡的思想，这与现代营养学的观点是一致的。《内经》还告诫人们："食饮有节，故能形成神具，而尽终其天年，度百岁乃去。"这一观点也为近代营养学所验证。科学家们无论做的动物试验或对人群的观察，都证明限制食量可以延迟衰老，延长寿命。

合理饮食的近期效果应当是：肠胃舒适，轻松愉快，神清气爽；远期效果应当是：身体适中，行动自如，思维敏捷；当进入老年之后仍四肢灵活，头脑清楚，具有生命的活力，能继续为社会作贡献，做到老而不衰，老有所为。人的健康与寿限很大程度上决定于饮食是否合理。

近年来，国外不仅倾心于中国烹调之美味，而且也注意到中国养生之道，认为"以健康生活言，东方胜过西方"，赞扬中国菜和茶有益健康。美国康奈尔大学、斯坦福大学的研究认为，中国人的健康饮食使患心脏病、直肠癌、乳腺癌的人比美国人少许多。美国最近发表的一千三百多页的《饮食与健康》调查报告，是迄今最全面的饮食指南，报告中提出了增加谷物、蔬菜的数量，降低脂肪、蛋白质的数量。该调查报告指出，过分丰富的动物蛋白是诱发肠癌、乳腺癌的因素。

养生学，就是我国的古典营养学，有丰富的内容，精辟的见解。许多观点、方法直到现在仍有其现实意义。从古典养生学中可以挖掘出很多有用的东西用之于现代营养学，使之更加充实、丰厚。因为经过几千年考验的论据、观点是人类极其宝贵的财富。

我国的烹调技术、饮食文化源远流长，博大精深，是祖先留给我们的一份丰厚遗产。中国作为"烹饪王国",是各国所公认的。国际友人说:"中国悠久的吃的文化正在征服世界。"我国古人即认为饮食有共享性,即所谓"饮德食和,万邦同乐"、"饮食所以合欢也"。我国的饮食文化确实已成为各国人民共同享用的宝贵文化财富,中国餐馆遍五洲,久盛不衰即可为证。

美食不仅是旅游事业的重要内容,也是人际交往、国际交往不可缺少的手段。

在营养学指导下的美食必将为人民的健康作出自己的贡献。无论作家、艺术家的创作灵感,科学家创造发明的构思或体育健儿的竞技状态,以及少年儿童的健康成长,老年人的健康长寿,都将受益于健康的美食,美食可使他们的身体处于良好的生理状态……

本书中共计一百多篇有关美味佳肴的文章,其中有些是为人所知的,如北京烤鸭、东来顺的涮羊肉等。但有些地方名吃,因地域辽阔,也不是每个人都有品尝的机会。其中既有名菜佳肴,也有地方民间风味小吃、佳酿名茶,以及少数佳蔬鲜果。此外还穿插了轶闻趣事、传说掌故,某些名吃还追溯其历史渊源,读来使人兴味盎然,时而勾起美好的回忆,时而又引发人的遐思。

开卷之后,您一定会获得一些有关美食的知识,从中增加生活的情趣。

于若木

目 录

饭庄佳肴

乾隆赐匾"都一处" / 3

便宜坊和全聚德 / 6

仿膳话当年 / 9

龙袍、活鱼宴、听鹂馆 / 11

历史悠久致美斋 / 14

誉满京华泰丰楼 / 6

萃华楼的鸡汤菜 / 18

悠久美味话水饺 / 20

"八大楼"外又一楼 / 23

"八大堂"中惠丰堂 / 25

柳泉居与沙锅居 / 27

谭家菜名重京华 / 31

阮元与"满汉全席" / 34

恭王府畔"厉家菜" / 37

"教席"之首两益轩 / 40

东来顺如何发迹？/ 42

银锭桥畔烤肉季 / 44

清真烤肉宛沧桑 / 46

誉满京华"爆肚王" / 49

津门"天下第一坊" / 52

难忘的中立园饭馆 / 54

秦淮河畔六华春 / 56

老店马祥兴的名菜 / 60

杭州奎元馆的爆鳝面 / 62

姑苏陆稿荐腊味 / 64

蛇餐祖师蛇王满 / 66

"改刀肉"和五奎园 / 69

忆成都药膳 / 71

秋尽江南蟹正肥 / 73

粤菜"东江盐焗鸡" / 75

"贴饽饽熬鱼"香又美 / 77

石头门坎大素包 / 79

源远流长话豆腐 / 81

"大千风味"张家菜 / 84

临清与《金瓶梅》食谱 / 87

马叙伦与"三白汤" / 90

中山公园的来今雨轩 / 95

什刹海茶棚的野趣 / 98

上海城隍庙"得意楼"旧话 / 100

韵味无穷的清茶馆 / 102

杭州的茶馆 / 105

品茗胜地"湖心亭" / 108

闲话龙井茶 / 111

茶中极品武夷茶 / 113

香浓味醇普洱茶 / 116

曾国藩与"祁红" / 118

刘完素与颐春茶 / 120

昔日南京茶叶棒 / 123

蒙山茶话 / 125

大理白族的"三道茶" / 128

"天府之国"多佳酿 / 131

金奖佳酿五粮液 / 133

追寻文君当炉处 / 135

一个清明节两个杏花村 / 138

兰陵美酒郁金香 / 140

钦定御酒御河春 / 143

天津美酒直沽烧 / 145

徐水有酒"刘伶醉" / 148

济宁名酒话"金波" / 150

张士粥与张裕酒 / 152

绍兴加饭酒上国宴 / 154
古传即墨老酒 / 156
曹雪芹家酒四百年 / 158
炎夏谈啤酒 / 161
文学名著中的酒趣 / 163

名店特产

酱菜老店六必居 / 169
天义成更名天义顺 / 172
歪打正着的天福号 / 174
月盛斋的酱羊肉 / 177
王致和臭豆腐 / 179
宣威火腿驰名中外 / 182
扒鸡·烧鸡·卤鸡 / 186
绍兴腐乳风味独佳 / 189
济美酱园及"进京腐乳" / 191
玉堂酱园松花蛋 / 193
天津冬日话"四珍" / 195
中国三大名醋 / 197
银鱼·紫蟹·铁雀 / 200
天津"冬菜"史话 / 203
三水五香孟家香干 / 205
漫话"狗不理"包子 / 208
梧州的冰泉豆浆 / 210

苏北麻虾辣又香 / 212

九龙江畔品香鱼 / 214

糕点小吃

南味北设稻香春 / 219

"萨其马"及北京点心铺 / 222

正明斋京味糕点 / 224

饽饽名铺永星斋 / 226

小窝头及其他 / 228

京味特产话金糕 / 231

京东名店大顺斋 / 233

冠生园的南味食品 / 235

淮扬名点有特色 / 237

保定四美斋糕点 / 240

"驴打滚"与北京小吃 / 242

名目繁多的"炸货" / 246

《豆汁记》和豆汁 / 248

福兴居灌肠老铺 / 250

马玉昆精制白水羊头 / 252

门钉包子杂说 / 255

关于炸酱面 / 257

京食美味"茶汤" / 259

冬晨一碗热面茶 / 261

馄饨·云吞·抄手 / 263

万顺成小吃享誉津门 / 266

煎饼馃子·锅巴菜 / 268

"赖汤圆"传奇 / 270

米粽·面粽·藤萝饼 / 275

"过桥米线"堪回味 / 277

桂林马肉米粉之妙 / 279

博望锅盔的传说 / 281

山西民间小吃"头脑"与"帽盒" / 283

蔬菜瓜果

285

大白菜上宴席 / 287

燕市名蔬话茄子 / 289

山中之珍——香菇 / 291

漫话山东加祥大蒜 / 293

惠阳矮陂出梅菜 / 295

荠菜·龙须菜·榆钱儿 / 297

荸荠配菜与药用 / 299

天津萝卜赛梨 / 302

"泽畔藕"的传说 / 304

山药入馔香甜脆 / 306

芋的文化趣谈 / 308

樱桃先百果而熟 / 311

桃之夭夭　灼灼其华 / 313

深州蜜桃群桃王 / 316

辛集鸭梨负盛名 / 318

炎夏酷暑话西瓜 / 320

话说嘉兴无角菱 / 323

浙江塘栖枇杷 / 325

闽中佳果"漳柑福橘" / 328

圆铃红枣的传说 / 331

新秋常念炒栗香 / 334

新疆特产哈密瓜 / 336

金秋犹忆山里红 / 338

喝了蜜啦——大柿子 / 340

代后记 / 342

饭庄佳肴
fanzhuang jiayao

乾隆赐匾"都一处"

清代自顺治入关后，经历顺治、康熙、雍正三朝，近百年时间，到乾隆时大局已定，民生苏发。乾隆皇帝弘历登基的时候（1736）才二十四岁，在位时，文治武功均称隆盛，他喜欢外出游览"巡幸"，诗文书法虽不见佳，却又乐此不疲。民间流传乾隆皇帝的故事不少。单就乾隆皇帝游江南就能说上几天，不过真实性如何就难说了。这里所说的乾隆赐匾"都一处"，却真有其事，因为至今尚有原匾为证。

据说是在乾隆三年（1738）旧历除夕那天，乾隆到通州府（今京郊通县）便衣私访归来，到前门外已是午夜亥时（十一点钟）了。按北京人的习惯，除夕之夜，多家店铺早已关门闭户，各自在家中团圆守岁过年了。这时乾隆却发现在前门外鲜鱼口南侧有一个小酒店依然开门营业，里面还坐着不少老人在喝酒聊天，便走进去，掌柜的招呼甚周。乾隆喝了酒，还同酒客们闲聊了一阵。临走时，问掌柜此店是什么字号,掌柜说此店从不曾有过字号,乾隆便告辞而归。

几天之后,忽有太监带来一匾,说是皇帝钦赐的。只见这匾不大不小,精工雕刻,黑漆鎏金,花边连虎头,匾正中"都一处"三个字流光溢彩。那小酒店的掌柜原是山西省浮山人,名叫王岭玉,当时是如何欣喜若狂,自不消说,"都一处"却从此誉满京华。

乾隆所赐原匾经过了二百四十多年,至今仍然完好地保留了下来。今天的"都一处"开设在原址斜对面的前门大街上,门面上的"都一处"系郭沫若的潇洒遒劲的墨迹。乾隆所赐原匾则挂在大餐厅的正面墙上。

"都一处"经营的美味颇多,最负盛名的有梢麦、炸三角、糟肉和马莲肉等,各种名酒药酒样样齐全。雅座中书画陈设有致,每天门庭若市,生意兴隆。

有人说乾隆赐匾"都一处",是因为到这里来吃了梢麦,觉得味道和皇宫的御馔比也不相上下,一喜之下题字赐匾。此说虽不无道理,但据店里老师傅说,经营梢麦是在"都一处"扬名之后,原来的小酒店扩大业务,才开始的。梢麦确实有其独特的风味,它是一种由面皮包馅的食品,制作十分精细。首先用面粉和成汤面团,然后擀成薄片,又用一种特制的轴槌擀成直径三寸、带有二十三四摺,形如莲花叶的薄皮。包的馅多种多样,可随季节变换,其中以三鲜馅(海参、大虾肉、玉兰片或鸡蛋为三鲜,加猪肉，但不算为"鲜"，加韭黄或韭花腰子及其他作料，用香油调匀）最好，包的皮薄馅大成石榴形，收口处又形如麦穗，馅微露可见，上挂一层薄霜状的粉，宛如四五月正当抽穗扬花挂粉的麦子梢端，故称梢麦。

后来有人误写为烧卖，却把原义尽改。包好的梢麦上屉蒸熟，吃时极为鲜美，既可当点心，又可作主食，是著名的北京风味食品之一。后来，北京开设的梢麦馆有好几处，但仍以"都一处"最好。

炸三角是"都一处"经营的另一种具有特殊风味的传统食品。它用烫面作皮，包的是卤馅，选用好的猪肉，肥瘦分开，瘦的煮，肥的煸，然后切成肉丁，加肉皮剁泥，加青韭段，用香油、好酱油及其他精细作料，调好拌匀成卤馅，包成三角形，入油锅炸熟。吃炸三角和灌汤包一样要慎防汤溅一身以至烫嘴，可先用筷子在三角上面戳一个眼，先把里面的汤吮一吮，然后轻轻咬开，俟汤略凉之后再慢慢品尝。金黄色的三角，外焦里嫩，鲜香可口。

"都一处"经营的凉热名菜的品种繁多，最为人称道的是糟肉和马莲肉，二者都是传统的凉菜。

糟肉是白肉用香糟浸过而成，吃时不腻，微有甜味；马莲肉是用马莲草捆上五花三层肉块，加作料煮成，肉汤成冻，皆可切片成凉盘，经济实惠，别有风味。

便宜坊和全聚德

吃过北京烤鸭的人无不称好，却往往只知其好而不知其所以好。今得知者相告，很值得一记。

原先京都有两家烤鸭店——前门外鲜鱼口的便宜坊和前门外肉市的全聚德。前者于清咸丰五年（1855）开业，经营焖炉烤鸭；后者于清同治十二年（1873）开业，经营明炉烤鸭。

焖炉和明炉有何不同？据了解，前者使的是高粱秆，填满炉便点火，俟炉中烟净无焰，便置宰好洗净的鸭子于炉中，关上炉门焖烤，因火力不很旺，烤出的鸭特别鲜嫩、柔软，尤其适合老年人食用。不过一炉只能烤五六只鸭。后来全聚德开业，发明用明炉烤鸭，将净鸭置于炉中，使用果木燃料（最好是枣木），一炉就能烤好二三十只，烤出的鸭特别香酥。

入炉以前的净鸭要经过一段工序繁多的处理过程。选的鸭是京郊特产的"填鸭"，十分丰腴。

然后是宰鸭、去毛。以光鸭到净鸭还须经过打气（鼓起骨架）、掏膛和洗膛（均不得破皮漏气）、挂钩（选在合适处）、烫皮（用开水浇）、打糖（用饴糖水浇）、晾皮（阴干）等工序。每道工序要求都十分严格，若有不慎把皮弄破一点，便会因漏气而不能入炉。烤鸭的时候，还须用高粱秆塞住屁股，用开水灌入膛内，以弥补烤鸭本身水分不足，以保持鲜嫩，并达到外烤内煮、成熟均匀。鸭胸脯部分皮嫩，烤的时间不宜过长；鸭的侧面和背部，以及后膛部分，都因较为背火，烤的时间应稍长一些。总之，掌握火候均须恰到好处，处处燎匀。这是一门高超的制作技术。现在仍然健在的著名老技师张文藻和田文宽，都掌握得极为娴熟。还有一些技术也相当好的年轻技师，如甄华民、任春德、刘德长等，已为日本友人聘为专家，前往日本开业传技。

便宜坊和全聚德两家烤鸭的烤法虽有不同，却有异曲同工之妙。烤好的鸭都是皮酥肉嫩、色艳味鲜、油多不腻、久吃不厌的特点。吃时佐以黄瓜、萝卜、大葱、蒜泥，配食荷叶饼、甜饼或空心烧饼。最后，鸭架子做汤，汤色乳白，鲜美可口，解渴消食。

后来烤鸭的吃法更加细致，发展到吃"全鸭席"。用烤鸭身上的不同部分，分别做出炸鸭胗、炸鸭肝、卤鸭膀（去骨）、拌鸭肠、糟溜鸭三白、烩鸭四宝、鸭脯、金鱼鸭、炒鸭心、酥炸鸭卷、烩鸭舌等几十种菜。

由便宜坊和全聚德两家烤鸭店发展起来后，王府井、和平门外以及有些大饭店都有烤鸭店或兼营烤鸭业务，生意兴隆。

仿膳话当年

友人馈我仿膳细点一匣，内有荟豆卷、豌豆黄、小窝头、甑儿糕等。品尝着细腻的豌豆黄想起当年在"仿膳茶庄"小酌的情景。

1924年，冯玉祥命部下鹿钟麟驱逐溥仪出宫，宫中御厨也就散落民间。大约在1925年，原在御膳房菜库当差的赵仁斋，约御膳房名师孙绍然、王玉山、赵承寿等在北海公园北岸办起了"仿膳茶庄"。

坐在高爽的舒卷自如的天棚下面，面对着粼粼的太液柔波，望着蓝天和变幻的白云，品着香片茶，吃着仿膳特制的美味佳肴，真是如临仙境。该处茶点，非同一般，用料考究，做工精细，小巧玲珑，别具一格。如所制豌豆黄，定要用京东四眼井之白豌豆，在豌豆煮烂后，要用马尾编成的箩过筛，故而十分细腻可口。再如肉末烧饼这道小吃，烧饼用炭火细烤，外酥里软，肉末则炒得不腥不腻。记得一位食客说：慈禧某夜梦见吃烧饼，次日见早点里裹有肉末烧饼，以为厨师替她圆了梦，便将做烧饼的赵承寿叫去，赏了尾翎和20两银子。肉末烧饼从此就出了名。

至于小窝头，据说是八国联军侵占北京时，慈禧仓皇出逃，路经昌平西贯市，"老佛爷"饿坏了，一个姓李的农民献了一个窝头，慈禧吃得很香，后来便让御膳房照做。这倒难坏了厨师，只得用细玉米面、黄豆面精制做成。外间传说小窝头是用栗子面做的，其实不确。此段趣闻，倒颇似相声中所演朱元璋爱吃"珍珠翡翠白玉汤"的故事。

记得当年仿膳茶庄也做一些宫中传统炒菜，印象最深的是"四抓"、"四试"、"四酥"。所谓"四抓"是抓炒腰花、抓炒里脊、抓炒鱼片、抓炒大虾。这是被慈禧封为"抓炒王"的王玉山的拿手菜。所谓"四酱"则是炒黄瓜酱、炒胡萝卜酱、炒榛子酱、炒豌豆酱。所谓"四酥"，则指酥鱼、酥肉、酥海带、酥鸡。这些宫中名菜做工精细，色彩美观，味道醇鲜清淡，很受顾客欢迎。此外如清炖肥鸭、清炖鸭舌、熘鸡脯、樱桃肉、响铃以及夏令美味西瓜盅等等，也都是仿膳茶庄的拿手好菜，无不脍炙人口，色、香、味、形俱佳。

龙袍、活鱼宴、听鹂馆

一位老友来访，畅言北游之趣事，并拿出几张照片给我看。我信手拈来，只见一个皇冠龙袍的皇帝和一个凤冠霞帔的皇后，彼此微微躬身下拜，成互相敬礼之状。细细端详两人的面孔，看着他们那滑稽的姿态，不禁使我捧腹大笑，原来正是老友自己和他的夫人的扮相！俟我笑够了他才说："这是颐和园听鹂馆拍的。这里不仅有好玩的，而且有好吃的，服务很好，据说美国华盛顿国际旅游服务学校把它列入世界名饭庄之一。"

"你看。"他又拿过另一张照片，"听说这里是当年慈禧太后听鹂鸣叫的地方。"

画面是听鹂馆的正门，门庭高筑，翠竹花木掩映，门顶悬一金匾"金支秀华"赫然醒目。这个地方我并不陌生，四十年前我曾多次游颐和园，听鹂馆就在万寿山南麓著名的"画中游"下面，前隔曲折绵延的长廊，面临碧波荡漾的昆明湖，我还到馆内玩赏过。院内屹立着的两层戏楼，雕梁画栋，结构精巧，东侧通一院，名曰"贵寿无极"；西院无匾，俗称"西四所"。当时，院内幽雅清静，花香鸟语，景色迷人，却游人罕见。

有人认为这里是当年清朝帝后听黄鹂叫的地方，故名曰听鹂馆。此说并不确切。固然这里依山傍水，花木荟萃，不胜幽美，当会引来百鸟嬉戏争鸣，其中也不少动听的黄鹂声，取名为"听鹂馆"，似也不无道理。然而这里却是当年慈禧太后和宠臣们欣赏戏曲和音乐的场所。正门顶上金匾"金支秀华"，乃《汉书·礼乐志》安世房中歌的诗句，臣瓒曰："乐上众饰，有流溯羽葆，以黄金为支，其首敷散，若草木之秀华也。"此匾用古代乐器上装饰品之华美高贵，表明这里是宫廷音乐演奏之地。还有院内戏楼上的"来云依日"和"凤翔云应"二匾，都是颂扬戏曲和音乐之精彩的。再者，古代文人多喜用黄鹂鸟的叫声比喻音乐的悦耳迷人。此乃听鹂馆命名来由之真义也。当然在这举世闻名的中国皇家花园里，又挑选这样富有古色古香的地方开设餐馆，真正是得天独厚、锦上添花了。

听鹂馆被誉为世界名饭庄，固然有其得天独厚的自然美景，但是更重要的还是在于他们精于经营，富有清宫风味和以昆明湖活鱼为特色的烹调技艺而称著。

清宫风味就是仿照清朝宫廷御膳房的食谱研制出来的多种宫廷菜。如冷盘"龙凤呈祥"和"二龙戏珠"，都是精心挑选出多种精美菜式，又进行一番艺术加工制成。又如用"万"字燕菜一品、"寿"字人参鸭、"无"字散花鱼、"疆"字闹海虾等四个热菜合成的"万寿无疆"席，看起来高贵富丽，吃起来又非常醇香爽口。加上配了全套清宫食具，如有"万寿无疆"或"大清光绪"字样的著名瓷器，配上金黄色台布，绣有"龙凤呈祥"图案的椅套，雕木绘漆"百鸟朝凤"的屏风，"二龙戏珠"的地毯等，宫廷的气氛很浓。晚宴时，屋檐下彩灯齐明，餐厅内宫灯高照，更使人欣然如置身宫廷盛宴，别具一番情趣。

昆明湖水美鱼肥，放养着鲤、青、草、鲢、鳜、鲫等多种淡水鱼，用活鱼做的菜，更是鲜美绝伦。在各种吃法之中"活吃昆明湖大鲤鱼"为最妙。一条活蹦乱跳的大鲤鱼，经过刮鳞、开肚、洗净、改刀、油炸、浇汁等多种工序之后，端上桌时，两腮仍不停张合，口作吞吐状，等吃完剩下鱼骨架，仍可见鱼嘴在微动。食之鲜美，实在令人叹绝。还有"龙舟活鱼"，是先将鱼制成形如龙舟状，再放到装满熟蛋清的盘里，红白相间，颤颤悠悠，如龙舟漂浮在水面上，既形象美观，又鲜香可口。据说他们所经营的"全鱼宴"，全用鱼肉调制，包括冷热菜肴、羹汤、鱼肉馅的面点就达五六十种之多。

老友所述，更加深了我这样一种认识：中国的烹调的确是一门艺术。这门艺术在中国有着很高的造诣，它是社会发展文明昌盛的标志之一。听鹂馆的活鱼宴，只不过是中国丰富多彩的烹调技术之中的一种点缀而已。

历史悠久致美斋

旧日北京著名饭馆有"八大楼"、"八大居"之说。其中尤以"八大楼"最为著名，即所谓"买布到八大祥，吃饭到八大楼"。

"八大楼"为致美、东兴、泰丰、鸿兴、鸿庆、新丰、安福及萃华。致美楼更是居八大楼之首，素有"八楼唯致美"之誉。

致美楼原名致美斋，坐落在北京繁华的前门外煤市街，开业于明末清初，原是一家姑苏风味菜馆。后来，乾隆皇帝的御厨景启被聘为首席厨师，使致美斋的菜点集南北烹调之精、汇御膳民食之粹而名噪一时。

清末民初，致美斋倒卖给李氏、杨氏、张氏三位山东人。此三人，各有一手制作卤味菜点的好手艺，经过他们的创造，山东风味独占鳌头。为招徕宾客，店主又购置煤市街路西一个有二十二个房间的"U"形二层红楼。至此，致美斋分为东西两院。路东原四合院式二层楼房，坐东向西，铺面平房三间，北边两间是厨房，另一间为门道，朱门两扇，"致美斋"字号高刻于门庭上端，青砖为底，颇为醒目。院内低洼处，置一近六平米长方形的木制鱼盆，鲤鱼池中游，绿草水上浮，既能观赏，亦可供食客指鱼为菜。路西，红楼坐北朝南，朱门雕漆，曲径通幽。室内贴有名人字画，青砖铺地，清静舒适；设有红方桌、凳，另备圆桌一张，房间以木扇相隔，遇有办宴席者，可随时将隔扇拉开，印有"万寿无疆"的碗、碟、盘、象牙筷子，精美雅致，古香古色。这些雅座，专供贵客饮宴。

致美斋三位店主合力经营，厨师阵容整齐，技术精湛，讲究色、香、味、形，能做一百多种菜点，如四吃活鱼、云片熊掌、百鸟朝凤、游龙戏凤、三丝鱼翅、寿比南山等等。尤其四吃活鱼甚妙，就是一条活鱼在一桌上做出四种吃法：头尾红烧改清煮做汤；中段鱼身，从中间鱼骨劈成两片，一片糟醋，一片糟溜；鲤鱼的鱼子，营养丰富，可单另红烧。

光绪二十八年（1902），致美斋增设分店，扩建了一座三层大楼，清书法家王序亲题"致美楼"匾额。民国初年，山东人王东南出任致美斋经理，使致美斋达到鼎盛时期，店员由十几人增加到一百余人，满清皇戚、民国要员、艺苑大师等社会名流，皆是这里的常客。

誉满京华泰丰楼

北京的饭庄业,昔日有"八大楼"之说,其中之一的泰丰楼,现在前门西大街恢复营业了。

北京旧时著名的饭庄,除"八大楼"之外,还有"八大居"、"八大春"和"八大坊"之谓。其中的"八大楼"为东兴楼、泰丰楼、致美楼、鸿兴楼、鸿庆楼、萃华楼、新丰楼和安福楼。除东兴楼在东安门、安福楼在王府井、萃华楼在八面槽外,其余都在繁华的前门一带。

泰丰楼位于大栅栏煤市街一号,外观不起眼,是座三间门脸的两层小楼,可进到里面却极轩敞,有房一百多间。同时能开六十桌席,雇员常有百十号人,在南城的饭庄中,规模算得上首屈一指了。

此饭庄开业于清同治十三年(1874),在八大楼中除东兴楼外,数它历史最悠久。据《道咸以来朝野杂记》载,光绪初年泰丰楼已是一座名闻遐迩的新式饭庄,其盛况"历久而不衰"。那时来这里吃饭的多为清朝王公贝勒,豪绅权贵。民国时，这里是政府官员，银号掌柜，"八大祥"东家，以及梨园名伶等宴客之所。市民红白喜事也常在这里预订大型酒席。历史沧桑，泰丰楼虽几次易主，但字号一直未变，风味也没有变，在顾客中卓有信誉。

泰丰楼是山东风味的饭庄，以烹制海鲜著称京华。经营的品种多为山珍、海味、鱼虾。其最拿手菜肴，有沙锅鱼翅、炸乌鱼蛋、酱汁鱼、锅烧鸡、烧脍爪尖、葱烧海参、油炸大虾。这里的火锅汤圆、火锅水饺也都别具特色。

笔者曾同十几位朋友在这里吃过一次"一品锅"，印象颇深。首先上的是几道下酒的凉菜，接着是四个小炒，最后是"一品锅"。锅中有 1 只鸡，1 只鸭，1 个肘子，1 只火腿，20 个鸡蛋，20 个鸽子蛋，2 斤乌参，2 斤玉兰片……码得井然有序，颇为美观。往桌上一端，热腾腾、香喷喷，让人垂涎欲滴。据一位姓王的厨师介绍说，这码锅子是很要技术的，这么多东西，没有本事是码不下的，而且还有很多名堂，什么"君君臣臣"啦，什么"文东武西"啦……懂行的人一看便知道是出自名厨之手，还是徒弟所为。酒足饭饱后，饭庄给每人送上一包风味点心，有银丝卷、枣泥方脯、四喜包、肉丁馒头、烫面饺儿等，做工精细，十分可口。

萃华楼的鸡汤菜

在北京那些上等菜馆里,烹调技术高超的厨师不仅讲究菜做得好,而且讲究汤也要做得好。所以俗话道:"菜好汤好,酒足饭饱。"笔者当年居住北京的时候,曾经几乎尝遍各家名菜,比较之后,觉得汤菜应以萃华楼内最佳。他们做出的鸡汤,清汤如水,奶汤乳白。据说制作这样好的鸡汤,功夫是很不平常的。清汤要用鸡脯肉、鸡腿肉剁成鸡肉泥,再用凉水调稀往锅里倒。文火煮沸后,清去汤面上的漂浮物,使汤汁干净变清。奶汤用同样的鸡肉泥为料,用火则须猛烈,烧滚数时始见乳白。

萃华楼名菜之一"清汤燕菜"就是用其清如水的鸡汤和上等燕窝做成的,做好后透明清亮,细看还可见到燕窝的丝纹,吃时清鲜醇香。用清如水的鸡汤做鱼翅、脍乌鱼蛋,都是汤清肉白的上等鸡汤菜。

萃华楼不仅鸡汤菜出类拔萃,其他菜也很有特色。例如他们制作的山东烧鸡既不同于山东省的德州烧鸡,也不同于全国其他地方的烧鸡，而是具有这家胶东风味菜馆自己的特色。这种烧鸡的制作法是先置光鸡于瓦盆之中，然后撒下适量的味精、盐、葱花、姜末、花椒、大料之类，让鸡在盆里面"重染"三个时辰之后，才上笼屉蒸熟脱骨。再经油炸、烧制，吃起来，开始时不觉有何特殊味道，待嚼烂咽下喉咙时，始有一股清香异味。再如他们的"油爆双脆"和"酱爆鸡丁"，做得既脆又嫩，且不沾盘，全凭技师掌握火候。正由于这里有好菜好汤，所以顾客盈门，生意十分兴隆。

据说四十年前萃华楼开业之时，它的几位经理原是东华门大街的老字号东兴楼的合伙经理。他们由于和东兴楼掌柜安树棠闹了别扭退出来后，请了丰泽园的掌柜栾鲤庭当总经理，另树一帜，开了萃华楼。萃华楼之"萃"就是要出类拔萃之意，果然没几年就把自光绪年间开业的东兴楼给压倒停业了。

如今萃华楼饭庄仍在四十年前旧地，北游的友人，曾去光顾者颇不乏人。据说里外几经修葺，堪称为北京著名的上等菜馆。它仍然保持着菜好汤好的经营风格。

悠久美味话水饺

过年吃饺子，是中国人千百年来的生活习俗。民间有一个传说：古时候，有一位名叫苏巧生的御厨，技艺相当高超。有一年的腊月二十九，他为皇帝做了九十九个花样的菜肴，就差一样就一百个花样了。当夜他想：明天就是除夕了，只要能补上这一道菜，便可回家与家人过团圆年了。

第二天，苏巧生正为如何做好最后一样菜发愁的时候，突然看到案板上有剩下的羊肉和青菜，他便将肉和菜混合在一起剁碎，并拌上调料，用白面粉做的皮包了许多小角角，放在锅里煮熟，奉给皇帝食用。皇帝食后，龙颜大悦，忙问："此食何名？"苏巧生脱口而出："乃角食也。"自此之后，民间便流传着过年包"角子"而食的风俗。

饺子，又名"扁食"，俗称"煮饽饽"，源于南北朝至唐代的"偃月形馄饨"。1968年新疆吐鲁番发掘出土的唐代墓葬中，就发现了几个形似偃月的古代饺子。至北宋，

"饺子"称作"角子",北方人称"角"为"交",故而叫"饺子"。宋代孟元老的《东京梦华录》中,就有关于皇帝边吃饺子边看歌舞的记载。到了明代,饺子又称"粉角"、"饺饵"等。清代,过年吃饺子的习俗在京城和广大城乡已普遍流行,清代《燕京岁时记》记载:"每逢大年初一,无论贫富贵贱皆以白面做角而食之,谓之'煮饽饽',举国皆然,无不同也。"清代印行的《肃宁县志》中第一次将"扁食"、"角子"定名为"饺子"。以后,饺子作为贺岁的迎春食品,一直相延至今。

饺子不仅是美食,而且蕴含着隽永的饮食文化内涵。除夕零点,旧时称"子时",人们要在除夕之夜包好饺子,取其"更岁交子"之意(新旧年交替自子时起)。

江西鄱阳地区,春节吃饺子,有的还在饺子中放糖、花生、红枣等,谁吃到就分别意味着"生活甜蜜"、"长生不老"、"早生贵子"。而在河北保定地区农村,大年初一总在一个饺子中放一枚铜钱,谁吃到这枚有铜钱的饺子,就意味着谁在一年中会发财。关中一带过年时,却将饺子与面条同煮,称之为"银钱吊葫芦"(葫芦象征长寿)。这种吃法在河南唐河一带,又称做"金线穿元宝",意即"有金有宝",新年发财之意。

随着烹饪技术的发展,饺子的种类异彩纷呈。包饺子所用的面粉一般有:玉米面粉、高粱面粉、荞麦面粉、大麦面粉、精制面粉等;饺子馅分为荤素两大类,以三鲜馅最为受欢迎。烹饪方法上，有锅贴饺、油炸饺、蒸饺、水饺、火锅饺等，其中水饺最为普遍。从口味上分，又有五香味、咸鲜味、香辣味等。我国的饺子在地方名点中，也占有一定的席位，如河北石家庄的"百尺竿"饺子、邯郸市的"一篓油"饺子，都很有名。

有趣的是西安的"饺子宴"，它荟萃了北方饺子的特点，博采众家之长，一百多种风味各异的饺子精美绝伦，酸、辣、甜、咸、麻五味俱全，一个饺子一个形状，百饺百味，被誉为"神州一绝"。

"八大楼"外又一楼

欣闻同春楼在北京崇文门外幸福大街恢复营业。四十年前,这是一个买卖很兴隆的饭庄,但又不属于"八大楼"之列,故有"八大楼外又一楼"之称谓。

当年"同春楼"坐落在正阳门大街珠市口。有两层小楼,楼上下各设雅座四间,另有二十余散桌。前边四间铺面,铺门上方有黑底金字的匾额。

同春楼是山东风味的饭庄,开业于清代道光年间,掌柜原来姓唐,大约在1946年,其第三代唐子芳将铺面租给福兴楼的由子华。

"八大楼"、"四大居"等饭庄,多经营高档菜肴,有钱人家才吃得起。同春楼地处天桥附近,手工业者和买卖人居多,逛天桥者亦多小市民,吃不起太贵的饭菜。针对这一特点,同春楼以薄利多销而又独具风味来招揽顾客。同样一桌菜,丰泽园若需二十五元,在同春楼则只需十五元,而且质量不在丰泽园之下。

北京的饭庄业，山东人居多，大致可分为两个帮。济南帮以奶汤燕菜为主，烟台帮以鱼虾海味为主。同春楼属后者，它的干烧鱼、醋椒鱼、葱烧海参、爆炒鱿鱼卷以及各种虾类，都很有特色，不亚于大的饭庄。其中笔者最喜欢吃的是它的干烧鱼，其不仅鲜美可口，香味浓郁，而且鱼身下一圈红油，鱼身上撒以玉兰片、黄瓜片，十分美观，可谓色、香、味俱佳。笔者在多家饭庄都吃过赛螃蟹，比较起来同春楼当推第一，不仅外形，而且味道都酷似真螃蟹，堪称一绝。

除了海味鱼虾，同春楼还有许多菜都是独具风味的。如油爆猪肚，选料只取肚帽，制作出来，肚肉又厚又嫩，大饭庄也无法与其媲美。它的滑溜里脊，白嫩醇香，用嘴一抿就烂，当时常听有人赞叹："滑溜里脊哪里也不如同春楼。"它的干炸丸子更是与众不同，别处都是圆的，它是扁的，颜色红俊漂亮，吃在嘴里又酥又软，一点也不腻口。有一次我在同春楼吃饭时，遇到东兴楼的柳掌柜，他毫不隐讳地说："我每次到这儿，都要吃这儿的干炸丸子。可我们东兴楼，怎么也炸不出这么好的味儿来。"对这里的拔丝菜，笔者也十分欣赏，诸如拔丝橘子、拔丝苹果、拔丝葡萄、拔丝西瓜、拔丝肉、拔丝丸子，名目繁多。

由于同春楼的菜货真价廉，因此在城南名气越来越大，一些小康之家请客，办红白喜事，都喜欢来这里。就连富连成、戏班马富禄以及张君秋先生也常光顾这里。顾客的普遍评语是："来这里吃饭，花钱不多，有味道。"

"八大堂"中惠丰堂

当年名噪京城的惠丰堂饭店,又恢复了老字号,这使我想起惠丰堂的过去。

惠丰堂原址在前门外观音寺街的一个带回廊的四合院内,雕梁画栋,古朴典雅。店堂都是隔好的一个个单间,客人往高背黑漆的木雕椅上一坐,小伙计立即送上手巾和茶水。这家饭店的美味佳肴,有糟溜鱼片、糟溜鲹鱼丁、烧四丝、沙锅鱼唇、三丝鱼翅等。此外,甜菜花样也很多,光莲子就有琥珀莲子、冰糖莲子、蜜汁莲子等。我记得这里有一道老年人最爱吃的菜叶烧烩爪尖,其实这爪尖即猪蹄,只是炖得很烂,里边的大、小骨头都已剔出,专吃烂烂的皮和筋。惠丰堂做的菜有季节性,冬天吃琥珀肘子,夏天吃水晶肘子,春天吃春饼,冬天吃锅子,颇受顾客欢迎。

惠丰堂始建于咸丰年间。旧时京城的饭馆,除了"八大楼"、"七大居"外,还有"八大堂",诸如聚贤堂、会贤堂等，如今"八大堂"据说只剩下惠丰堂一家了。

咸丰末年，掌柜的张克宣从老家山东来到北京，开了这家山东风味的惠丰堂，开始专办红白喜事。张克宣一手操持，并不雇佣伙计，有事就招呼几个人办几桌，没事也就不开张。后来张克宣和李莲英的干儿子李季良拜了把兄弟，李季良给了张克宣一笔银子，把惠丰堂整修一番，开设了卖零吃、包酒席业务，还增添了雅座，生意渐渐兴旺起来。李季良还办了个戏班子落脚在惠丰堂，尚小云就是惠丰堂的红角。

1956年，惠丰堂由前门外搬到复兴门外翠微路，至今仍保持着山东风味。当年的少掌柜李秀庚（张克宣之孙）已六十有七了，现在依然没有离开惠丰堂。另外，当年在惠丰堂做学徒的张志钊老师傅，也还在这里传授着惠丰正宗绝技。

柳泉居与沙锅居

当年卜居北京，曾是柳泉居与沙锅居二饭庄的常客。那醇厚的黄酒与菜肴，以及那淳朴的店风，至今难忘。

柳泉居，坐落在新街口南大街路西，迄今已有四百多年历史。柳泉居匾额系明代奸相严嵩所书，现由故宫博物院珍藏。据当年的掌柜说，该店初开业时，仅经营黄酒和一些小酒菜，因店内院落有一棵葱葱郁郁的大柳树，树旁有一口井，井水甘洌，此井水酿之黄酒，清香甘醇，故取店名曰"柳泉居"。据说，严嵩晚年被嘉靖皇帝革职，家产籍没，遂寄食墓舍而贫病交迫。一日行乞于酒店前，闻醇醪而倍觉饥渴，遂以为该店题署"柳泉居"之代价换取区区一碗黄酒入肚。这位累官太子太师、恃宠揽权操纵国事二十年的赫赫重臣，一朝马死黄金尽，其境遇不如庶民矣。

微不足道的柳泉居一经严嵩题匾，遂蜚声京城，酒客慕名涉足其间者，如过江之鲫。

柳泉居集宫廷、山东、清真三大菜系精华为一体，精于扒、爆、炒、煨，拿手名菜有金盅鸡、凤尾银耳、玲珑鲍鱼。同时也经营大众化的饭菜。无论腰缠万贯的"大客"还是小门小户的食客，都可以大摇大摆地步入柳泉居的店门，一样受到伙计们的热情招待，一样喝到窖香浓郁的黄酒，吃到可口而又价钱公道的饭菜。

20世纪30年代，北京各报的新闻记者以及居于寸暑风檐的落魄王孙均为柳泉居的常客。妇孺皆知的大记者王柱宇，几乎踢破了柳泉居的门槛，每借饮酒以采访，正如其当年对同人所云："醉翁之意不在酒，在于社会新闻也。"他在《实报》所辟的《柱宇谈话》专栏，之所以连载数年而不衰，与取材于茶馆酒肆下层社会并站在大众立场说话颇有关系。与王柱宇同工异曲者当数穷旗人出身的作家老舍，他的《正红旗下》即以柳泉居为背景，写作该小说前，亦是为搜集素材而先做酒客。

号称"北京通"的民俗学家金受申，戏剧家景孤血，清睿亲王后裔、新闻界老编辑金寄水，对柳泉居的"碗酒"几乎饮之成癖，此三位文友兼远亲，每得闲暇必相约清酌，酒酣而发诗兴，甚至低唱几句皮黄，尽兴方归。

沙锅居，地处西四南大街缸瓦市路东，是一家地道的北京风味饭庄，开业于清代乾隆六年（1741），至今已有二百多年的历史。

这家饭店原名"和顺居"，因两百多年来，一直用一口直径4尺深3尺的大锅煮肉，人皆称其"沙锅居"，遂由此更名。据老北京人说，该饭庄源于清代王府的一个更房。当时清宫有祭天的制度，分年祭、月祭、日祭，祭品皆选用上等整猪，用罢即廉价卖给更房。更夫与曾在御膳房供职的厨师合作，用烧、燎、白煮之法做出各种菜肴。最初，只卖给一些小官吏，后来宫内当差者及庶民也逐渐来吃，于是生意兴隆，京城闻名。不过当年每天只烧煮一只猪，到中午则销售一空，售完便摘掉幌子。所以，北京有句歇后语叫做"沙锅居的幌子——过午不候"。

沙锅居的名菜制法是烧、燎、白煮。烧即炸，中炸肥肠、炸卷肝、炸鹿尾儿，先煮后炸，其色金黄，外皮酥脆，内肝松嫩，蘸花椒盐儿食之，味道极美。"燎"是将带皮的肘、蹄、头由铁叉子叉之以火燎糊，再由温水浸泡后去掉糊皮，最后以沙锅煮熟切片蘸作料吃，外皮金黄而肉质白嫩，有浓郁的糊香味儿。白煮是将猪肉和肉腻洗净煮熟，使脂肪溶于汤内，上桌时切片放入沙锅，并加原汤、口蘑、海米、粉丝，再蘸韭菜花、酱豆腐、辣椒油、蒜泥，入口肥而不腻，瘦而不柴。

沙锅居还以经营北京风味的各种沙锅菜而著称，如沙锅三白、沙锅下水、沙锅丸子，都独具风味。此外，像烩酸菜、烩酸菠菜等，则是其他饭庄所没有的了。

沙锅居发展到现在，菜品更加丰富多彩，从猪身上能做出多达百种的肴馔来，从"木樨枣"、"蜜煎海棠"、"蜜煎红果"、"大红枣干"等（见菜谱以为是果脯名称，其实都是用猪肉制成的甜菜品）传统菜品，发展到"猪全席"，都是遵循传统的烹制方法，保持一家独特的风味。所以沙锅居更是扬名中外，荣膺"京师风味，莫过沙锅"的美誉。游客都竞先光顾，为饱尝一番独特的"京师"风味，而感到齿颊留芳呢！

谭家菜名重京华

谭家菜在北京是十分有名的,直到今天,在海内外还享有盛誉。但是说到这一代名馔的主人南海谭氏,知道的人就不多了。如果说到"谭家"的家世,那知道的人恐怕就更少了吧？说起来这已经是一百几十年前的事了。

谭氏是广东南海人,世居广州西关。老主人名谭莹,字玉生,举人出身,写得一手好"四六",著有《乐善堂诗文集》,曾为其同乡人伍崇曜氏校刊《粤雅堂丛书》。《粤雅堂》所刊书,每种书面都有一段跋语,署名伍绍棠,其中大部分都是谭玉生捉刀。谭氏名祖任,字瑑青,瑑青先生的父亲名宗浚,字叔裕,是两榜出身,而且是二鼎甲第二名榜眼,著作有《希古堂文集》、《荔村诗集》,诗文都很在行,到了瑑青先生一代,兄弟们都是家学渊源,瑑青先生则因到北京做议员后即成为京华寓公矣。

瑑青先生因为排行第三,人称谭三爷。在继承家学的基础上,更精于填词。长期在京居住,与京华词人、学者，以及粤籍名流，日相往还，为文酒之会。瑑青先生有两样特别的爱好，一是特别讲究饮馔，一是爱好书画，精于鉴赏，再加他的夫人又特别会做菜，所以在早期做议员时，经济宽裕，三天两头在家中请客。客人来时，都带有一两样书画，来了先在客厅中谈论鉴赏，看看每个人带的东西，品题一番，然后就入座饮宴。菜都是很精美的，每样菜都有独到之处。后来，常去的老朋友们，越吃越爱吃，但又觉得不好意思老是白吃，便大家凑公份，托其代为经营。进而别人请客，也在他家中设宴，同时总给主人送一份请帖。这样瑑青先生词家、鉴赏家的雅望反为所掩，而"谭家菜"却名著京华，有口皆碑了。近人东莞伦哲如民《藏书记事诗》有一首道：

玉生俪体荔村诗，最后谭三擅小词，
家有赢金懒收拾，但传食谱在京师。

诗后有注云："瑑青有老姬善作馔，友好宴客，多请代庖，一筵之费，以四十金为度，名大著于故都。"瑑青先生去世后，谭家菜仍名重京华，凡欲享口福者，须托同谭家有旧者代为预约，每席收定金百元以备筹措。为了不辱没家风，谭家还订立了两条规矩：一是所宴客人无论与谭家是否相识，均需给主人设一座位，以示谭家并非以饭庄为业，而是以"主人"身份"请客"；二是无论订宴席的人权位多高,都要进谭家门来吃,谭家概不出外设席。即使如此,前往订座者仍接踵而至。那些军政要人、金融巨子、文艺界名流,不惜一掷百金竞求之,订座排在一个月后也不嫌迟,每以赴谭家宴者为荣。抗日战争期间,北平沦陷,当时华北敌伪权贵,常为该宴的座上客。而谭家菜的生意日益兴隆。

　　谭家菜究竟有什么独到之处呢?其索价虽高,规矩亦多,也并未使慕名问津者稍减。原来那慢火煨出的鱼翅、熊掌,汤清味鲜的紫鲍河鳞,无一不是精工细制,与一般著名饭庄的为求效率而急火猛烹的菜肴大不一样。加以谭家古朴高雅的客厅,异彩纷呈的花梨紫檀木家具,满架玲珑剔透的古玩,壁挂的名人字画,也远非一般饭庄可比。吃谭家菜确实是一种高级享受。

　　据说至20世纪50年代初期,在北京西单北大街路西曾挂出"谭家菜"招牌,仍由谭家的女主人掌灶,风格依旧。也许正是谭家菜因不得已而面向社会,才由官府名流独享而推向民间。不知从何时开始,谭家菜名厨被纳入北京饭店,独树一帜,以招徕中外贵宾。

阮元与"满汉全席"

近年,内地一些大酒店风行"满汉全席",一席菜肴达一百二十多样,体现了中华饮食文化源远流长、博大精深之特色。由此,我想起了清代乾隆年间大学者阮元与"满汉全席"之关系。

阮元是江苏人,生于清乾隆二十九年(1764),他二十三岁时会试、殿试连捷,入翰林院任编修。清代翰林院是国家储备人才的机关,凡正途(科甲)出身的仕子,进入翰林院乃日后飞黄腾达的第一步。阮元少年得志,进翰林院没过几年便遇上了"翰詹大试"。考试题由乾隆亲自命题。题目为"眼镜",限于押"他"字韵。这个诗题对那些泥古不化的夫子们,显得非常生僻艰涩。因为眼镜在当时的清代并不普及,古人诗文中均未提及,何况"他"字又是险韵。而阮元诗作得最好,他的诗中有一联是"四目何须此,重瞳不用他",乾隆大为赞赏。原来乾隆此时虽年逾八旬,但仍耳聪目明,不戴眼镜。阮元用"四目"、

"重瞳"的典故来恭维他，意为乾隆可比尧舜，察人看事，非常清楚，无须借助眼镜。因此，乾隆高高兴兴地提拔他为一等一名。考了第一，阮元遂由编修升为"詹事府少詹"（正四品官），不久便外放为"山东学政"（与巡抚同级）。

阮元出任山东学政时，其时山东巡抚是人称"毕不管"的毕秋帆。毕秋帆见阮元少年新进，前途无量，且阮元断弦未娶，便为其牵线作伐。毕秋帆保媒的女家乃山东曲阜孔府，受封为衍圣公的胞姐。

清朝自定鼎北京后，为了加强其君主统治，极为尊孔，乾隆每到曲阜孔庙祭礼，必下榻衍圣公府。孔府接待贵客自然以吃喝为第一要务，何况孔夫子提倡"食不厌精、脍不厌细"，故而饮馔非常讲究，一道"府菜"大筵席，可达一百三十六样，并定期朝贡。

孔小姐下嫁阮元时，随孔小姐陪嫁过来的，还有四名厨师。这些厨师个个身怀绝技，深谙孔府烹饪之奥秘。阮元后来仕途一帆风顺，做到如他自书的门联那样："三朝阁老，九省疆臣。"由于历任肥缺，宦囊充裕，阮元豢养着一大批清客幕宾。这些文人雅士除了陪阮元翻古纸、究仓籀、勒金石外，就是吃喝玩乐。内有名师主厨，外有雅士陪餐，此时的阮元在饮馔上也就不断花样翻新。他在两广总督任内曾以"府菜"为基础发展出一道席面，虽不及"府菜"规模，但也远远超出一般市面上的水平。由于这种席面能兼顾满汉人员的习惯，因此人们便称之为"满汉全席"。

由此可见，而今流传的"满汉全席"，便始自山东学政阮元。

恭王府畔"厉家菜"

在北京后海的北沿和南沿，分别坐落着清朝两个最大的王府，即醇王府和恭王府。恭王府东侧有一条羊房胡同，别看地方不大，里面却有一家海内外闻名的餐馆——厉家菜餐馆。

餐馆的主人是厉善麟，内掌柜是王晓舟。厉家菜属宫廷菜，其配方和制作技术均为祖传。厉善麟的祖父厉子嘉，在清朝同治和光绪年间，任内务府都统，深受慈禧信任，专事主管皇宫内膳食。慈禧垂帘听政，吃饭也要和皇上在一起，其每餐之菜式都在一百种左右。那时，只要一声"传膳"令下，浩浩荡荡的太监队伍便立即抬着膳桌和食盒鱼贯而入。厉子嘉的任务就是统一管理皇宫里的这些膳食，每日制定膳单，到膳房查看烹饪质量等。慈禧和皇帝吃的每一道菜，都要经他品尝，于是，久而久之，他便成为美食专家和烹饪高手了。

后来，厉子嘉把许多宫廷菜配方和做法教给了儿子厉俊峰，然后又传给了孙子厉善麟。厉善麟对厨艺烹调极具天赋，在继承祖传技艺的基础上，又结合现代营养和自己的体会不断有所创新。例如，他所仿制的慈禧日常食用的"燕翅席"，就更加别致：第一道为小菜，计有炒咸什、酱黄瓜、虾子芹心、芥菜墩、北京熏肉、风干鸡、琥珀桃仁、桂花糖藕、玫瑰小枣、炒红果等；第二道为熟菜，计有黄焖鱼翅、白扒鲍鱼、软炸鲜贝、浇汁活鱼、烧鸭和清汤燕菜等；第三道是汤和甜食，计有乌鱼蛋鸡汤、炒蛋羹、核桃甜酪等。

厉家菜一经问世，很快即引起轰动。在一次参加宴席比赛时，震惊全场观众，评比获第一名。英国大使在他的餐馆一边吃一边说："太好了，你不用做广告，我只要在使馆区一说，这里就推不开门了。"果然没过几天，各国驻华大使和跨国公司老板们都蜂拥而至，如果不提前半个月预订，肯定是吃不上的。

厉先生的餐馆只有三人，除他和夫人外，还有他的女儿。他并不想当企业家，更多的是为了弘扬中国古老的饮食文化和吃的艺术。他1943年毕业于辅仁大学，当过教授，能讲一口流利的英语。夫人毕业于医科大学，是儿科大夫，日语很流利。在餐馆里，外宾比中国人多，当欧美客人来时，厉先生接待，当日本客人光临，便由夫人出面。前美国国务卿贝克、前加拿大总理克拉克、拳王阿里、电脑神童比尔·盖茨等都曾是厉家菜的座上宾。港台客人也不少,成龙、汪明荃等人来京,都要提前预订好厉家菜。据说每次汪明荃吃到高兴处,总要当场献上一首《万水千山总是情》,厉善麟听后感到格外高兴。

"教席"之首两益轩

北京"教席"的"三轩"是指：两益轩、同和轩和同益轩，它们均以回民独特的风味在京城各占一席之地，故有"三轩鼎立"之称。但要说起历史最久、名气最大的，应数两益轩。

两益轩原在前门外李铁拐斜街，原是一套四合院，五间门脸，坐南朝北，穿过斜屏风隔挡的过道，是一个满搭罩棚的后院，摆上七八张桌子，可承接百八十流水包桌；东侧房子是单间雅座；西房是制作间和存放"条和"的地方。伙什有五六十人，遇上达官显贵们办红白喜事，还可同时出去几套"外会"，登门做菜。

这家饭店开业于民国七八年间，创办人是南城牛街的杨瑞亭和王永寿两位回教厨师，请当时"京话日报"主笔，彭翼仲先生给起的"字号"。彭先生说："你们这儿'堂'字够不上，比'馆'字又高点，取个'轩'字靠谱。生意上讲究卖主受益，买主不吃亏，就叫'两益轩'吧。"接着他们又请著名书法家冯恕，题写了金字黑底匾额，挂在门面正中。

两益轩的出名，最重要的是它有位"教席"上的"首厨"——褚连祥。褚连祥祖传清真厨行，他十几岁就在北洋府内的回教厨掌灶。当时府内的马俊超、杨开甲等文武要员，都是他灶上的主客。他掌灶时不仅用火考究，选料严谨，而且勤于动脑，像"醋（焦）溜肉片"、"煨牛肉"、"扒白"、"烩全羊"等名菜，都是他汲取大教精华，制作出来的。为了去掉清真菜中的"膻"味，他用一只三斤以上母鸡、五斤瘦牛肉，一起炖煮之后，捞去肉渣、母鸡上席，做出的一锅名曰"弟汤"的作料，既除膻味，又使其色味升格。他的这一革新创造，为清真菜系的品类增加与食客范围的扩大，立下汗马之功，难怪后人称他为清真菜厨行鼻祖。

两益轩信奉"应时小卖、随意便酌"之宗旨，凡是来的食客，它都保证"要什么配什么，吃什么做什么"。厨师也都具有"下席问短"之习惯。这些难能可贵的做法，使"两益轩"的买卖越做越活，生意愈发红火。那时北京梨园界的李万春、李少春、马连良、谭富英、程砚秋等人与"两益轩"交往甚深，两益轩甚至备有他们的菜单；老北京的回民家中如有红白喜事，也都愿意在此办理。

东来顺如何发迹?

王府井大街东安市场的东来顺,经营涮羊肉已有六十多年的历史,可以说芳名传四方。

东来顺的老板丁子清兄弟三人,原是东直门外"沙窝"村的农民,家贫如洗,家里连根扁担也没有,只靠挖黄土进城叫卖来维持生活。常言说,农民"土气"。而像丁子清弟兄这种靠挖黄土过日子的人,可算是"土"到家了。但由于经营"有方",居然能在二三十年之间,变成北京赫赫有名的酒家老板。

辛亥革命前,1903年间,丁子清弟兄在东安市场空地上开始摆个粥摊,有时也去"赶庙会",夜间还经常和衣而睡,露宿街头。后来结识了末朝太监魏延(东安市场原是皇宫的马场、魏任总管),得到了一块地盘和一些银子,才在1906年搭起棚子,挂上"东来顺"的幌子。1912年正月十四日,袁世凯发动兵变,溃兵抢掠东安市场,东来顺粥棚子也被抢掠一空。此时丁氏要重新开业是很难的。

但丁子清心生一计，把黄土装满面粉袋，堆在店堂里，又把黄土搓成一百个铜板大小的泥条子，封上红纸，置于账柜上，假装粮钱丰足的样子，以筹措资金。进而高价重聘前门外正阳楼羊肉馆的技师，到东来顺经营涮羊肉。东来顺顿时生意兴隆，业务很快发展起来。丁老板一方面修建楼房，内设雅座和宴会厅，追赶时髦，另一方面仍旧开设粥棚，经营普通小吃，满足一般的平民百姓，可以说"雅俗共赏"，上下皆得人心。

后来，丁子清弟兄又购地（五百亩）置房（两百多间），并独资开设许多店铺。如西单"又一顺"羊肉馆，"天义顺"和"永昌顺"酱园，"长兴铁铺"等。到20世纪三四十年代，丁家老板以东来顺为中心，经营范围以农业（种菜）、牧业（养羊）、加工业（磨面、榨油、制酱），扩展到商业（粮食、副食品）、服务业（设公寓、大车店）等，形成了规模庞大的联营企业，他们也成北京城里屈指可数的巨商。

现时"东来顺"三个大字，仍高悬旧地，生意依旧十分兴隆，无数中外人士，都以能到东来顺吃上涮羊肉而称快。

银锭桥畔烤肉季

在北京什刹海北端,有一座不大的石桥,名叫银锭桥。跨过桥,沿烟袋斜街就可到达鼓楼的前面。银锭桥的建筑本身并算不上宏伟壮观,有关京都胜景的书籍中描述过,不过倒也颇为古雅。相传有人在早晨日出之时,站立在桥上往西山看,眼力特别好的人,能看到山上打柴的樵夫,故有"银锭观山"之说。这里绿树掩映,流水碧波,花香鸟语,确是个幽美的地方。

素负盛名的一家京都菜馆烤肉季,就开设在银锭桥边咫尺处。当年季老板选择这个地方开设烤肉店,确实没有白花心思。的确,在这里吃着特别风味的烤肉,是另有一番兴致的。你看,店堂上火锅里烈火熊熊,烟雾缭绕,"肉炙子"滋滋地烤着肉,芳香扑鼻。吃客靠近火锅,为避烟火,一脚蹬在板凳上,左手擎着酒杯或是芝麻酱烧饼,右手掌着一尺多长的筷子,边烤边吃,真是痛快淋漓,气派十足。

吃烤肉有点野餐的味道,最开始源于游牧民族的饮食习惯。后来，明末清初顺治年间，宫廷里的王公显贵经常外出打猎，将猎获的野味带到京城里，让厨子给烤熟了吃。烤肉季的烤肉技术就是由此传来的。但烤肉季开业（清同治年间）之初，烤的是熟肉，到20世纪初才改烤生肉至今。该店以烤羊肉为主，牛肉次之，是汉民经营的回民菜。烤肉季之所以历史悠久，享有盛名，是因为它在制作方面有其特点和专长。

首先是选肉严格。烤肉季选的羊是单养的西口羊，即内蒙古集宁地区的小尾巴绵羊，又是选其中好的羯羊（阉割过的）。这种羊肉质好，无膻味。如果选牛则挑选四五岁、三百斤以上的西口羯牛或者乳牛；秋季用的是草牛（即用青草喂肥的），冬春夏各季用的是糟牛（即用酒糟喂肥的，故又称站牛）。选肉严格还在于取羊或牛肉之精华部分。例如羊肉则数"上脑"、"大三叉"、"小三叉"、"黄瓜条"、"摩裆"这五部分为最佳品。然后通过十分讲究的刀法，切成纸一样薄的肉片，置于盘中，鲜红的瘦肉，雪白的肥肉，红白相映，煞是好看。

再一方面就是烤肉季特制专用的"肉炙子"和铁锅。"肉炙子"是用熟铁制成的，圆形，直径二尺，上面排列着七分见方的铁条，每个铁条之间相隔二分宽的空缝。"肉炙子"下面是铁锅，内架燃木。燃木是果木（以枣木为佳），掺染一些松枝和柏木。果木、松、柏的芳香味在烤肉的过程中能渗进肉里去，故肉既鲜美，又带有"野"味。

清真烤肉宛沧桑

北京宣武门内久负盛名的饭庄清真烤肉宛,迄今已有三百多年的历史。一般人尚不知,其创始人乃是河北大厂回族自治县的宛氏人家。

宛氏家乃回民。早在清康熙二十五年(1686),大厂县的宛氏先祖,为谋生计,便把牛羊肉推销到北京。那时,宛氏落脚在宣武门外上斜街一带,推着一辆独轮小车串街走巷卖牛羊肉,下午三四点钟出车,卖到掌灯时分,每天可挣几吊钱。

当年,清代的北京由于蒙古人的进入,烤肉食品兴盛了起来。随着清代烹调技术的日益求精,烤肉这一草原的风味食品在京城备受欢迎。宛氏先人见此,便在推车上放一个炙子(用方铁条拼成,中间有细缝的平底锅,下置木柴为火),沿街边烤边卖。先是烤牛头肉片,后来也烤牛羊肉片,吸引了众多的食客。当时因本小利微,无力置办铺面,所以开始几年间,一直是流动经营。

过了几年，宛氏便把车子停放在绒线胡同西口外的一家"大酒缸"（一家酒肆）门前，供来此饮酒的人买下酒菜。不久，经由酒肆掌柜协商，宛氏在酒肆门前摆了固定的烤肉摊子。秋日凉风吹拂，烤肉炙子下松柴熊熊，鲜嫩的牛肉，拌好调料，放在炙子上一烤，吱吱流油，香味四溢，使"宛记"的烤肉名气越来越大。至20世纪20年代，宛氏第三代传人宛玉魁已把流动的小摊固定下来，先以麻袋片为棚支帐，后又改用青布为幔，最后终于在安儿胡同西口买了块地皮，建起几间平房，挂出了"烤肉宛记"的招牌，开始了坐馆经营。不久又将招牌改为"烤肉宛"。

烤肉宛经理宛玉魁不请厨师，自己动手，只找个伙计帮忙。这时的宛氏烤肉，技术已相当精到。他选的肉，都从膻味不浓的两岁羯羊和只生过头胎的乳牛上选取。牛肉只选上脑、元宝肉、里脊等部位；羊肉只选上脑、扁担肉等部位。作料又非常齐全，不下十多种。烤肉的燃料，均用柏木、松木和枣木，烟少而有芳香味。宛玉魁切出的肉片薄似纸，状如柳叶，观之透明。他切肉极快，两三分钟便可切一斤。烤肉宛的烤肉以"含浆滑嫩，松软喷香，肥而不腻，瘦而不柴，鲜嫩可口"而著称，誉满京城。

三四十年代，不仅公子王侯、达官显贵光顾小店，而且艺坛名流马连良、梅兰芳、张大千、齐白石、金少山、张君秋，都是座上客。张大千还曾为清真烤肉宛写了匾额。

有一次《实报》记者拉国画大师齐白石去品尝烤肉宛

的烤牛肉，齐白石笑问："能嚼得动吗？"记者说："正因为让你嚼得动，所以才请你去。"齐白石去了，一吃果然鲜嫩可口，风味独特，便连连称道。饭后，提笔为烤肉宛写了一个钟鼎文的"烤"字，下面并缀了一行"跋"："钟鼎本无此烤字，此时齐璜杜撰。"后来这个字被装裱起来，挂在店堂之内。

誉满京华"爆肚王"

报载,20世纪40年代专营北京传统风味小吃爆肚而誉满京华的西德顺,近来在朝阳门内北小街又重新与消费者见面。而且当年的著名爆肚厨师"爆肚王"被聘为技术顾问,这实在是令人高兴的事,想来这位王师傅也应该有七十多岁了。

犹记当年之西德顺开设在王府井的东安市场内杂技场路东,是一个两间的门脸,明柱绿底贴金花,上挂两块黑底金字匾:左书"西德顺",右书"爆肚王"。里边摆有十张八仙桌,皆金鱼池名家具店广兴、老天成榆木擦漆制品,可谓窗明几净,再衬上墙壁上的几幅字画,十分雅致。

北京同时做爆肚的,还有天桥的"爆肚石"、前门外的"爆肚杨"、东四牌楼的"爆肚满",以及也在东安市场内的"爆肚冯"。但从买卖的兴隆,抑或名声之大,都不及"爆肚王"。究其因,大概不外乎选料精细和技艺高超吧。

笔者多次到西德顺就餐，亲尝"爆肚王"的手艺，也曾与爆肚王父子畅谈。这里的品种有十多种：诸如爆肚仁、爆牛百叶、爆羊散旦、爆肚板、爆肚领等。尤其爆肚仁和爆牛百叶，为该家父子首创。前者呈乳白色，似虾仁；后者吃来脆且嫩，别具风味。其料来源自南苑屠宰场。这些肠、肚、肝之类俗称"下水"，一般说没有正经肉干净。但是爆肚王在选料时，分门别类，极其严格，绝不鱼目混珠。为保障质量，即使在可爆与可不爆之间，亦不爆，而放在杂碎中处理。洗时，百遍不厌其烦。尤其牛百叶、羊散旦，翻过来正过去，每个叶都必洗得干干净净。切时很讲究刀口，不但薄厚适度，而且整齐不碎。最后一度关键工序是爆。要求技术熟练，水温、火温掌握极为合适，汤不稠不混，不管忙得多么不可开交，都是每份一爆，绝不大锅爆再分盘。如此虽慢，但质量精、分量足，所以博得顾客好评。其经营观点是宁肯让顾客等不及走，绝不能让顾客吃过以后不爽口而不再来。据笔者记忆，吉祥剧院就在东安市场内，有些著名演员如马连良、马富禄、侯喜琴、姜铁麟、吴素秋，以及侯宝林、少蘑菇等，在晚间演出之前，经常来这里光顾。

西德顺也售酱羊肉、酱牛肉。为防苍蝇，当时一般用竹制冷布罩住，而爆肚王却是用玻璃罩，既可防苍蝇，又能防尘，且能放冰，使肉不干不湿，常葆鲜嫩。

而今，西德顺的复业，表明北京对传统风味的重视。老技师虽有，但已寥若晨星，如不及时抢救，当明日"风味"而非"传统"了。

津门"天下第一坊"

清末民初的京、津人,几乎无不知天津有个天一坊饭庄的。当时有"未进天一坊等于未品尝天津风味"之说法。天一坊饭庄创建于清光绪五年(1879),坐落在天津旧城北门的闹市区,靠近水旱码头。门前即是通往京师的通衢大道,北面不足百米是钞关,即南运河漕税收衙门。当时运河是华北、江南运送各种物资进京的主要通道,来往船只很多。天津水旱码头又是京津物资集散地,游人如织,商贾云集,所以天一坊饭庄位置得天独厚。故《津门精华实录》称之为:"水陆交通,商贾云集,为商业荟萃之巨。"天津北距北京不足百公里,南与济南、南京、苏州、杭州水旱相通,南来北往的客商都想领略津门大都会的风采,品尝传统的津菜的美味。因此,天一坊饭庄名扬四海,遂有"天下第一坊"之美称。

天一坊饭庄最初由林永福、李庆山、张德贵、燕得林、魏庆远、王三爷等六股合作经营,依次领东。民国初年，由魏庆远领东，他精明强干，整修门面，结交名流，聘请名师，广集菜谱，形成色、形、味俱佳，独具特色的天津风味。其中以挣蹦鲤鱼、煎熬花鱼、官烧目鱼、炒清虾仁等最享盛名。当时，天津的达官贵人，社会名流每宴请宾朋都来这里。魏庆远为适应业务需要，又在南市荣吉大街开办了天一坊饭庄分号，使生意更加兴隆，成为该饭庄自开业以来的鼎盛时期。1922年益智书馆出版的《商业汇编》刊登天一坊饭庄的广告为："专办喜庆寿筵，应时小酌，无不完备。"1935年出刊的《天津游览志》记载：天一坊饭庄是"天津市饮食业同业公会"所在地。由此足见其地位之显赫。

后来，由于军阀混战，来往商贾、游人减少，加之领东更换，经营无方，曾一度中衰。抗日战争时期，天一坊饭庄本号改为中和楼饭庄，又重整旗鼓，整修门面，改进服务设施，汇集津菜名师，增加饭菜品种，恢复经营传统，以纯正的天津风味炒菜，吸引了不少"津门老饕"，声名一时再起。

据了解，中和楼饭庄50年代曾经改建，经营规模不断扩大，到1988年重又恢复天一坊饭庄称号。聘请原天一坊厨师长，津菜大师杨再鑫、赵克勤分别料理，按照津门八大成的传统做菜，使天一坊饭庄再次重振声威，成为一家专做正宗津菜的高级餐馆。

难忘的中立园饭馆

天津东门脸有一家不大的二荤馆,就是有一百多年历史的中立园。

中立园有几样受欢迎的食品:一是单勾卤面,用鸡蛋、肉片加木耳、黄花菜打卤,如再加虾仁,便是三鲜卤面,更是美味可口。二是锅贴饺,多用白菜(或西葫芦)、猪肉作馅,如馅里加上鸡蛋、虾仁,味道更美。三是家常饼,油大面软层次多,酥软适口,卷上葱段、青萝卜条、蘸甜面酱,不吃菜也够甜的了。

中立园的炒菜,最拿手的有糖醋鲫鱼。选中等个儿的鲫鱼,用油煎得焦黄,放进盘子,先用炒勺调好糖醋汁,乘煎鱼还滚热,端到顾客桌前,把晾凉了的糖醋汁往上一浇、凉热相激,"刺啦"一声,在色、香、味之外,又加上有声之美,别具一格,另有风味。还有个新奇的菜是"糖醋溜松花蛋",松花蛋(南方叫皮蛋)本是下酒的菜,可是他们却独出心裁,把松花切成六瓣,温油一煎,浇上糖醋汁，多加姜蒜末，味道极美。另有一种特殊风味菜是玛瑙野鸭。在冬季野鸭最肥时，选红腿黄嘴绿羽毛的好野鸭，洗剥干净，切成匀称的方块，裹上豆皮（煮豆浆滚开后，揭下来的浮在浆汁面上的薄皮），用滚油煎炸，则外焦里嫩，再浇上糖醋稍咸的汁，则香嫩可口。中立园的坛儿肉也有名气，其不肥不瘦，又香又烂，入口即化。冬天来上一碗坛肉，外加白菜粉，热热乎乎，又好吃又下饭。饭后再来碗酸辣汤——用红、白豆腐（猪血煮成块和白豆腐）切条煮汤，甩上果儿（鸡蛋），调上醋、胡椒粉，加点味精，勾上团粉，撒点芫荽（香菜叶）——酸溜溜、辣丝丝，香喷喷，不管刚才吃的什么饭菜，一碗酸辣汤下肚，遍体生津，顿觉清快舒畅，又大有助于消化。

中立园的酒菜，如小酥鱼、糖醋排骨、琥珀豆（煮黄豆）等，经济实惠，也都精致味美。

这家饭馆虽是一家不大的二荤馆，可是名传遐迩，也能吸引一些社会名流来就餐。南开大学校长、曾任青年会董事长的张伯苓先生，东亚毛呢公司副理、曾任青年会总干事的陈锡三，以及社会名流陈芝琴、顾海田、雍剑秋等，都是中立园的常客。

在海外的天津人或到过天津的人，至今提起中立园来，还是津津乐道，尽管已是四五十年以前的印象，但还是津津有味的。

秦淮河畔六华春

十多年前,台北市的南京东路开了一家"南京六华春"餐厅,不知是怀念南京的六华春,还是想回味一下南京的菜肴,该店自开张以来,生意一直很兴隆。尤其是供应的南京板鸭、盐水鸭、卤味,虽谈不上正宗,但在台北饮食界堪称一绝。这不由使我想起了以京苏帮名菜佳肴著称的南京六华春。

犹如包含着六朝胜地春华之意的六华春,坐落在秦楼楚馆栉比的秦淮河畔,创业老板名朱继林,清末在此靠卖"柜酒"(简易酒店)发家,后来古董商胡某见该店生财有望,遂带头入股经营菜馆。六华春正式开业后,就以正宗京苏帮烹调技艺而闻名遐迩。所烹制的菜肴口感平和,咸淡适中,讲究色、香、酥、形、器,注意保持原汁原味醇浓及京苏帮口的鲜、香、酥、嫩的特色,所以当年每当华灯初上,门前车水马龙,各界人士翩然而至。六华春的应招及广告多为国民党元老所书,后来的应招一直是名教授胡小石手迹。

在这些京苏大菜珍馐美味中,该店的松子熏肉、芙蓉虾球、清炖鸡脯、炖菜核誉称"四大名菜"。传统炖焖烤菜肴中的炖生敲、黄焖鸭、金腿炖腰酥、金陵圆子、贵妃鸡翅、鸡蓉鲍鱼、金陵文烤及老卤浸盐水鸭,也早就脍炙人口,享誉海内外。还有那美誉"平地一声雷"的口蘑锅巴,更是号称"天下第一菜"。

据当年厨师介绍,芙蓉虾球是选用鲜活的清水大虾作原料,将虾子斩头去尾,挤出虾仁洗净沥干,拌以蛋清,在热油中一爆而成(如用小虾则成了虾米),炒时配齐作料,下锅只能翻几个身。虾球的鲜嫩色彩,全靠厨师的火眼金睛来掌握。炖菜核是选用南京特有的矮脚黄青菜,这种菜叶短而肥,色翠质嫩,制时只用其长约三寸的菜心二十四颗,削成橄榄形,交叉划成十字状,配以切成一寸五分长、三分宽的柳叶形鸡脯、肉片,用蛋清、干淀粉拌匀,分别入猪油微爆,待菜叶色呈鲜绿色、菜根白中透明、鸡片起壳时捞起,将菜心头向外、叶朝里放入沙锅排齐,再用冬菇、冬笋、火腿、鸡脯片顺序排成圆形,置于菜叶上,放进各种作料后置旺火炖沸再用文火焖透,最后淋些鸡油放上桌。那碧绿晶莹的菜叶,你会疑为鲜货;那调和的色彩令你越看越爱。即食,则鲜嫩油润,入口酥烂,汤汁醇浓,味极鲜美,连斯文的食客也在不自觉之中连取数箸而不以为饕餮也。

该店制作的盐水鸭，向来为南京正宗榜首，它是用肥膘的仔鸭精制而成，人称该店盐水鸭"炒盐腌，老卤复，吹得干，焐得足，皮白肉红骨头绿"，是鸭肴之上乘。另外该店制作的香酥鸭亦异常香脆，据称这种鸭多炸一分钟或少炸一分钟都是不合格的，达不到理想的色泽和酥脆。

我曾经请教老厨师火候是如何掌握的，厨师笑答曰："全凭眼力！"真是"慧眼识香脆"。

六华春的京苏名菜久享盛誉。国民政府定都南京后，五院八部的官员、各界名流无不往之。如国民政府第一任行政院院长谭延闿，是一位著名的美食家，他常在公务之暇到六华春品尝陈年花雕、京苏大菜；著名的国学大师胡小石，也常常喜欢邀请有才华的学生去六华春下馆子，且在酒酣饭饱时，将长期研究积累的知识、经验一一传授给得意门生。据当年厨师告之，"西安事变"结束后不久，蒋介石在陵园官邸宴请张学良，菜肴就是从六华春包送去的，当时席上还有孙科、张群、何应钦、宋子文、朱家骅等军政要员。蒋纬国也是六华春的常客，每当春深之后，他总喜欢来此品尝炖生蚝、炒鳝糊之类。这时鳝鱼膘肥鲜嫩，无论炖炒软兜，都极为鲜美和富于营养。六华春鳝鱼菜肴不下十种，都是下酒的佳肴。

宋美龄与宋蔼龄亦是六华春的老食客。记得1947年元宵节，宋美龄兴之所至，邀约宋蔼龄及孔家公子和小姐等到夫子庙逛花灯市场，事前嘱咐侍从到六华春预订一桌酒席，但口味要清淡。六华春的厨师知道宋氏姐妹不爱多吃荤腥，经过多次琢磨，由胡天保、殷长贵两名厨制定了这次别出心裁的筵席。当日宋氏一家大小围桌后，先上了一道冰糖银耳清补甜食，然后逐一上些淡雅的菜肴，当上完口蘑锅巴、汽锅鸡后，酒菜也吃得差不多了。最后上来一碟色如碧玉、清香扑鼻的小磨麻油拌腌菜心，吃粳米稀饭。上口鲜嫩异常的腌菜心，众人顿觉清爽可口，余味无穷，蒋夫人大加赞赏。她平日在官邸里没有吃过这种小菜，便传呼厨师询问菜的做法，临走时还带了一小缸回去。不登大雅之堂的寻常人家冬季必备的腌菜，一时跃登龙门，身价百倍。吃腻了荤腥的达官富贾们，自此，常登六华春去品尝小磨麻油腌菜心。

这件名人品尝腌菜的轶事，成了金陵饮食史上的一段珍闻。其实南京腌菜是平民百姓家的一项时令菜，开春之后，用它和猪肉或河蚌炖汤，鲜美无比，而且能清热降火，比麻油腌菜更胜一筹。南京冬季寒冷，故而腌菜能久贮不坏。

六华春不仅历史悠久，名扬四方，而且名师辈出。如现为内地特一级厨师的胡长龄，曾多年在此挂牌掌灶；冷碟名家、特级厨师杨继林也曾在此执刀多年；已故的胡贤义、屠文元等前辈都是这里负有声望的名师。建国后，该店从夫子庙迁到新街口，1968年又迁到南京车站，经营规模逐步扩大。

老店马祥兴的名菜

南京的清真风味大体有两种：一是北方菜系，以牛羊肉为主要原料，秋冬季节的涮羊肉是主要应市品种；另一种就是以鸡、鸭、鱼、虾为主要原料的本地菜系。坐落在南京鼓楼广场旁的马祥兴，就是素以本地清真菜系而誉满江南的百年老店。其菜肴的特色是清淡适口，味美醇和，用料新鲜，原汁原味。尤以那著名的美人肝、凤尾虾、松鼠鱼、蛋烧卖四大清真名菜而享誉中外，雅称"四大名旦"。

"美人肝"是用鸭胰脏为原料烹制的。早年一般清真菜馆的烧鸡、烤鸭、炖鸭、鸭脯、鸭舌、鸭掌等都属知名的佳肴，胰脏却从未上过席面。马祥兴的厨师觉得弃之可惜，于是用胰脏来点缀菜肴，倒也鲜嫩可口。那是20世纪30年代末，有一位名医在马祥兴设宴请客，要了一桌"八大八小"的筵席，刚巧有的原料已用完，缺少一菜，正当厨师紧张之际，厨师马定松突见放在清水中的鲜嫩诱人的鸭胰白，灵机一动，与其他几位师傅和老板一合计，便将鸭胰白油爆后配之鸡脯、冬菇、冬笋，用鸭油炒制而成，权称一菜，冠以"美人肝"之名。此菜一上桌，色香诱人，乳白光润，像京戏里名门闺秀卷帘登场一样，具有一番清新雅静的气派，赢得一片赞赏声。从此"美人肝"盛名传播开去，竟身价百倍，一跃而为名菜之冠。

马祥兴的松鼠鱼是用桂鱼为原料，剖花刀制成松鼠鱼身，用天竺果子装眼睛，以冬菇做二耳，形象逼真，色泽金黄，鱼竖伏盘中，很像伏首缓行的松鼠；鱼炸成后速端上桌，浇上卤汁，吱吱有声，犹如松鼠欢鸣，色、味、香、形、声俱全，难怪驰名海内外。桂鱼也称石桂鱼、鳜鱼、桂花鱼等等，唐人张志和曾有"桃花流水鳜鱼肥"之句。它巨口细鳞，骨硬刺少，皮厚肉紧，体具文章，营养丰富，味美异常，是春令的时菜。故晋人曾说清炖桂鱼是"黄颔霍"，唐人说其肉是"白龙霍"，把它比成天上的龙肉，可见其鲜美之程度。松鼠鱼据说自古就是吴国有名的菜肴，当时是在火上烤炙而成，到清代才改为油炸，乾隆时流传到南京。此菜经马祥兴烹制后，增色、味、形、声，更臻新鲜完美。

杭州奎元馆的爆鳝面

杭州奎元馆面店，不但已选新址，而且还营造了高大洋楼，规模远非昔比。虾爆鳝面是该老店久享盛名的独特风味。

奎元馆设在官巷口汤养元药店旁，当年我游苏杭时，友人曾在那里为我洗尘。给我印象最深的是，它进门就是厨房，多眼炉灶居中而立，中门口置一张大圆桌，桌上一大堆新鲜河虾，四周满坐挤虾仁的伙计，可谓不付广告费的广告。在北京我可从未见过这个阵势。后面打横约有四五开间大小的地方才是"堂口"——食客就餐之处。

友人是奎元馆的常客，他告诉我，奎元馆的店主陈桂芳幼时在一家小面店学生意，满师后又在杭州一家最有名的菜馆聚丰园"过堂"（做继续深造的学徒），拜老板赵阿泉为师学艺，以后的兴旺发达就奠基于此。在那里，他不但眼界大开，还学到从刀功、配菜到掌勺一套完整的真正烹调技艺。后来离开单间门面择吉开张，主营面点，兼卖菜肴。他先从杭州特有的而又大众化的爆鳝面着手。最初的杭州爆鳝面只是将鳝片炸好之后盖在面上，亦即盖浇面。但奎元馆却将鳝片炸好，再起油锅煸炒后烧面，加上操作精细，滋味当然大不相同。烹调上的改良，带来生意上的兴旺，不久奎元馆爆鳝面声誉鹊起，规模亦随之逐渐扩大。

至于爆鳝面冠以虾仁，成又一品种，则是受菜肴的启示。与虾仁合伙而成的菜肴不下一二十种，诸如虾步鱼、虾黄鱼、虾时件、虾干贝等等，那么虾仁与鳝鱼并成双档，则是顺理成章的了。于是改良了的虾爆鳝面以新的姿态出现在餐桌上，食客们又多了一种面点的选择。但操这碗面的并非陈桂芳，乃是莫金生厨师。莫金生有一手精湛的技艺，后被同行誉为"虾爆鳝大王"。但进货一项，陈不敢假手他人，他对选料要求极严，如虾仁要用新鲜河虾，绝对不用冰镇货或海货。鲜虾每斤要在一百二十只上下，鳝鱼每斤在三四条之间，绝不马虎。在做法上，一碗虾爆鳝要用三种食油，素油爆，猪油炒，麻油浇，这是其他面所没有的。而其烧法亦异，一曰混烧，将炸过的虾鳝再在油锅里略加煸炒，放入作料，另加头汤（肉骨头汤）和面同煮；一曰清烧，虾鳝煸炒后加汤稍滚盛起，留汤锅内，另加清汤（豆芽汤）煮面，面熟后装碗，虾鳝覆于其上。虾爆鳝之为虾爆鳝，即在于此。

姑苏陆稿荐腊味

北京的八面槽有家"浦五房",专卖南味肉食,上海人"趋之若鹜"。而居京的苏州人多感到那里的货色不足味儿,总忘不了姑苏的陆稿荐。

过去,苏州人每逢农历四月十四日,都要到阊门下塘虹桥西首的吕祖庙(俗称神仙庙)去看庙会。全城男女老少纷至沓来,庙内庙外摩肩接踵,熙熙攘攘,好不热闹。听说,这一天吕神仙要化身挤在人群中"与民同乐"。苏州人称之为"轧神仙",谁能碰到仙人就要交好运。传说某年"轧神仙"的头天晚上,一个背条破草荐,捧两只叠在一起的瓦钵的乞丐,走进东中市崇真宫桥的一户人家求宿,户主是个卖熟肉的,姓陆,他为人心肠好,便让乞丐在他家灶门前歇了一晚。次日天未破晓,乞丐即不辞而别,却留下了那条铺在地上的破草荐。不久,伙计来生火煮肉时,便随手扯了一块草荐塞进灶膛,不料一阵异香散发出来。陆老板联想起乞丐用两个相叠的瓦钵为枕(叠口为吕），认定是吕神仙来指点他。于是将没烧完的草荐收藏起来，每次烧肉时，只取用一根放进灶内，于是煮的肉味道独特，声誉鹊起。这就是陆稿荐得名的由来，信不信由你。

苏州之有陆稿荐，确实是早在康熙二年（1663），迄今已有三百多年的历史。每想到陆文夫写的《美食家》，我就琢磨陆稿荐是怎样为"入堂"里的人制造口福的。原来这家老字号选购的猪，多以湖猪和常州洛猪为主，鸭子则都是从鸭行中选购四至五斤重的娄门大麻鸭。他们的厨艺代代相传，迭有改进，制作酱鸭、酱肉、酱汁肉等配料方法，除选用一般辅料外，还配用丁香、砂仁、新会橙、茴香、桂皮等上等原料，精工细作。酱肉皮薄而呈麦黄色，膘白不腻，精肉细致，食之满口香酥。酱鸭亦肥嫩可口，色、香、味俱佳。"酒闷汁肉"（俗称酱汁肉）是陆稿荐又一传统名牌产品，它是用肥瘦均匀的条肉，切成小方块，加红米、砂糖、香料等精制而成，其色红似樱桃，其味甜而不腻，入口而化。立夏后，气候转热，新鹅即将上市，陆稿荐便应时推出糟鹅、糟肉等品种。糟货的特点是乳白色，糟味香，爽口鲜美，清淡宜人。夏末秋初，新鸭开始上市，新卤鸭也开始应市。冬季是腌制各种生酱品的最佳季节。陆稿荐腌制的酱条肉、生酱鸭，便于携带，宜赠外地亲友，故销量极大。

蛇餐祖师蛇王满

生活在粤、港、澳一带的人,大多知道广州市桨栏路有一间百年老字号的蛇餐馆,它就是誉满海内外的蛇王满。

距今一百四十年前,即清咸丰七年(1857),在南海县大沥堡荔庄村姓吴的贫苦农民家庭里,一名男婴呱呱坠地,父母亲单取一个"满"字,希望日后米缸常满,他就是以后名扬四海的广东最早的蛇餐祖师蛇王满。

少年时,吴满以捕蛇、采药为生,被人称为"蛇仔满"。吴满捕捉的蛇最初在大沥圩摆卖,后来销路日广,便带徒捕捉,将蛇胆卖给制售蛇药的药店,人们尊称为"蛇王满"。

光绪十一年(1885),吴满在广州新基正中约开设蛇店,出售活蛇、蛇胆,以"蛇王满"作店名。到20世纪20年代,他又在佛山汾流街开设蛇王满分店。吴满开设蛇店后,就在蛇上做文章,对蛇类综合利用。

他用蛇胆制成药——三蛇胆陈皮末、三蛇胆川贝末、三蛇胆半夏末、三蛇胆南星末、三蛇胆油、三蛇胆追风膏药、三蛇胆酒。由于蛇胆成药能够治疗咳嗽、风湿、小儿急慢惊风等多种疾病，深受群众欢迎，产品远销国内外。

随着蛇胆成药的发展，原来的眼镜蛇（饭铲头）、金环蛇（金脚带）、灰鼠蛇（过树榕）等三种蛇的胆供不应求。

经过长期的实践，吴满和他的伙伴们逐步将银环蛇（过基峡）、三索线蛇以及白花蛇（广西产）投入使用，并创制原装五蛇酒。

过去，敢于吃蛇肉的人很少。吴满觉得杀蛇取胆后舍弃蛇肉十分可惜。他认为蛇肉不但美味可口，还可补养身体和治疗风湿。

他鼓励病后体弱患者和风湿病患者吃蛇肉，并教人加入少量肉类或药材熬汤，但许多人未敢尝试。他将蛇肉和配料熬汤后送给保滋堂药店店员品尝，他们吃后大加赞赏。

后来，蛇王满店经营蛇餐，食客由少到多。吴满和伙伴们逐步改进吃蛇方法，他们将蛇肉撕成肉丝，加入冬菇、木耳、马蹄、姜、陈皮、鸡、蚬鸭等脍羹，称为"三蛇羹"，再加野狸，则称为"龙虎凤会"。在"蛇王满"的推动下，广州各大酒家也纷纷制作蛇餐。

1938年，日军侵占广州、佛山，广州蛇王满店被焚，夷为平地，佛山分店也关门停业。翌年，吴满与伙伴吴楫川合作，在广州桨栏路重开蛇王满店，佛山分店则由女儿吴桂荷经营。1950年9月，吴满因病辞世，终年九十四岁。

现在，"蛇王师"郑师文主营蛇王满蛇餐馆，继续在蛇上做文章，他带来新一套经营方法和新一代对蛇餐的理解，给这个百年老店注入了新的活力。

来往广州的游客都把到蛇王满品尝蛇餐作为一件快事，犹如来往北京的外地游客都想到"全聚德"品尝烤鸭一样。

"改刀肉"和五奎园

塞外古镇平泉,有一家餐馆字号叫五奎园。五奎园有道名菜叫"改刀肉"。

清朝道光年间,御膳房有七位厨师,争相创造新菜谱。主厨师刘德才想,用猪肉、水笋并炒,其味道可能更佳,经多次试验,终于炒出美味佳肴。献给皇上,道光帝倍加称赞。因为这道菜在刀工上经过多次改进,故名"改刀肉"。其做法是:用四成猪臀尖瘦肉,一成猪脖领肥肉,先切成极薄的肉片,然后瘦肥肉按四比一搭配,再顺切成火柴梗粗细的肉丝。粗细要均匀,不能连刀,不能切成韭菜扁,不能切成老鼠尾(一头粗、一头细)。切笋丝更精细,先将发泡好的水笋,用骨汤煮一遍,然后切成如纸的薄片,再顶刀切成如发的细丝。最后,配以口蘑汤、鸡鸭汤、料酒、陈醋、香油、白油、葱、姜、蒜等各种调料。

刘德才创造了此味佳肴,到老了,还是被赶出皇宫。他孤身一人,辗转出京,流落到塞外八沟(即平泉)。当时的八沟是塞外通向关里的重镇，行客往来，商贾云集，有"拉不败的哈达（今赤峰），填不满的八沟（今平泉）"的盛誉。刘德才定居下来，在镇上开了一座小餐馆。由于烹调技艺超群，引来八方顾客，生意十分兴隆。许多顾客在这里吃过"改刀肉"以后，还要再买上几盘，装在食盒里，带回故乡给家人品尝。更有蒙古王爷每年进京路过这里，总要带上"改刀肉"到京馈赠亲友。

刘师傅过世后，五个徒弟谨遵师嘱，合力办好餐馆，兴旺不减当初。一日，共同商量起个字号，大师兄说："我们五个是一师之徒，起字号也应按这个意思起，就叫五奎园怎样？"众兄弟拍手称赞。于是请来举人任维岚隶书"五奎园"金字匾额。

五奎园师兄弟五人，各收门徒，代代相传，历传八代，一百六十余年，据说，牌号至今未倒，名声未衰。

忆成都药膳

偶检旧箧，翻到一份成都同仁堂药膳食谱。

食谱所开列的菜名，每一种都是以中药与鸡鱼之属配制烹调而成。如菜肴有：陈皮鸡、妙香舌片、黑芝麻兔、玉竹心子、丁香鸭、白果烧鸡、龙马童子鸡、杜仲腰花、贝母雪梨、虫草鸭子、天麻鱼头；点心有：茯苓包子、银耳鸽蛋；饮料则有：枸杞酒、洋参五汁饮等。

这家同仁堂与北京乐家老铺虽然不是一家，但也有两百多年历史了。

药膳摆上台面来了，原来，并不是在大盘大碗中众人分而食之，而是每人一小盅、一小盘，吃完一道再上一道，很像中餐西吃办法。而且每上一道菜，侍应小姐都向我们介绍菜名、特色、医学上的滋补作用等。不过，据笔者吃过之后，深感虽名为药膳，其实讲究色、香、味俱佳还是主要的，并没有服那种又苦又涩的汤药的感觉。

据同仁堂主人相告，中国的药膳远在周代即已在宫廷中出现。秦、汉、六朝、唐及后来各朝代的医学家都很重视"食疗"。饮食疗法在中医学中占有很重要的地位,药膳正是饮食疗法的精华所在。

笔者所知,著名医学家张仲景、孙思邈、孟诜、李时珍,在食疗方面都有专著。尤其是唐代医学家孟诜与其弟子合撰的《食疗本草》,为现存最早的食疗方面的权威之作。孟老先生为汝州(今河南临汝)人,少精医学,五旬之后得识孙思邈,并以师事之,医术大进。他主张"若能保身养性者,当需善言莫离口,良药莫离手"。他所著的《食疗本草》原名《补养方》,是孟老先生汲取了孙思邈及历代医家关于食疗的论述,内容博而实效佳的著作。其宝贵之处在于:以食为药,以药为食,食药均为我用的养生见解。并且在每味食物药品下,都注明了药性,服用方法,对于益处与害处也加以分析。

《食疗本草》,问世后不久,全文散失,但书中的内容却在一些医学著作中保留了下来。

成都为"天府之国",物产丰饶,鸡嫩鱼鲜,川菜又是名满天下的佳肴,成都同仁堂的药膳自然是味美而又滋补了。

秋尽江南蟹正肥

"秋尽江南蟹正肥。"忆往昔，每当此际，素有"蟹王"美称的太湖和阳澄湖螃蟹，整批运到南京。各大酒家无不以阳澄湖大蟹相号召，往往高朋满座，把酒持蟹，咏诗唱和。此时的螃蟹，正如曹雪芹借林黛玉赋诗所形容的那样："螯封嫩玉双双满，壳凸红脂块块香。"味道极其鲜美。无怪乎唐人卢纯要说"四方之味，当许含黄伯第一"了。

中国人吃蟹历史悠久。据传晋代有名叫毕茂世的小吏，常常右手持蟹，左手执壶，一边吃喝一边说："此足够我餍一生了。"记得当年京师四大名医之一的施今墨，即是位出名的食蟹家，他每年深秋必南下一次，目的地是南京和苏州，目的是食蟹，此公食蟹不用姜醋，不执酒壶，蘸点酱油便大啖大嚼。这一点连素以"李百蟹"号称的著名清道人李瑞清也甘拜下风。施大夫还有渊博的蟹学，他把各地出产的蟹分为湖蟹、江蟹、河蟹、溪蟹、沟蟹及海蟹六等。每等还分为二级，如湖蟹以阳澄湖、嘉兴湖为一级,邵伯湖、高邮湖为二级;江蟹以芜湖为一级,九江为二级。他还戏将这些无肠公子由于出身不同,冠以官场名称:一等湖蟹为特任官,二等为简任官,三等荐任官,四等委任官……等而下之便是芝麻绿豆官了。当年在南京的各界名流几乎无不爱蟹,名教授黄季刚、胡小石等,嗜蟹如命。有一年黄氏在南京中了航空彩券,高兴之余,携家人登酒楼吃蟹,不意所食过量,归后染疾,不幸病逝,造成因嗜丧命的悲剧。

历史上有许多脍炙人口的咏蟹诗。如李白在《月下独酌》中咏道:"蟹螯即金液,糟丘是蓬莱。且须饮美酒,乘月醉高台。"把蟹、酒、诗融为一体了。宋代苏东坡亦写道:"可笑吴兴饶太守,一诗换得两尖圆",传神地描绘了吃蟹的乐趣。《红楼梦》第三十八回中,贾宝玉、林黛玉、薛宝钗等在大观园中食蟹咏蟹,不仅托物寄情,而且逼真地描绘了螃蟹的形态,道出了吃蟹的最好季节和方法。

"蟹肥菊花香",当年南京各大酒家还以丰富多彩的菊花蟹宴而招徕食客。如清蒸大蟹、味透醉蟹、异香蟹卷、嫩姜蟹钳、蛋衣蟹肉、鸳鸯蟹玉、菊花蟹斗、香烤菊蟹、仙桃蟹黄、锅贴蟹贝、口洁蟹圆、爆炒蟹虾、黄金蟹羹、蟹黄鱼唇、蟹黄鱼翅、蟹黄菜心、四喜蟹饺等,洋洋洒洒,令人垂涎。除了这些蟹菜外,还有一道"芙蓉蟹"的名菜,它是用完整剥下的大蟹制成。相传清乾嘉间,秦淮有家酒肆的朱二娘长得如花似玉,有一手剥蟹绝技,能完其全身不碎,芙蓉蟹之名即由此而来。

粤菜"东江盐焗鸡"

"东江盐焗鸡"是广东的一道名菜,它以鲜、嫩、滑、香、软著称,历来被客家人所赞赏。据悉近年来它已成为国宴上的名菜。据传"东江盐焗鸡"源于明末,创于民初。它的前身是"东江咸鸡"。惠州最早在东江酒店出现,兴盛于东兴酒家,为厨师梁一梅所创造。

笔者早年认识东江酒店的学徒李林胜先生,故对其做法略知一二。"东江盐焗鸡"用料严格,制作讲究。选用的鸡是本地出产的"三黄鸡"(即胡子黄、皮黄和腿黄),这种鸡大小适中,肥瘦相宜,且肉质厚滑,一只鸡,一般重2.5市斤。制作时,先将鸡宰杀,掏空内脏,洗净,将光鸡吊起干水。然后,在热锅里将2.5斤左右粗粒的海盐来回翻炒,当听到灼盐发出哔剥声,盐的颜色由白变焦黄色时,即将灼盐铲起搁置盆中。再将干水的光鸡用土(纱)纸裹实,放在锅中,将鸡用焦盐埋实,盖上锅盖,用中火去焗,约焗至20~25分钟左右方取出。用这种方法焗出来的鸡,咸淡适中,鸡皮腊黄发亮,肉质嫩滑,皮骨香脆,老少咸宜,色、香、味俱全。装盘时,将鸡的皮、肉、骨分开成块状,按骨、肉、皮先后的顺序排装成整鸡。再在小碗碟里盛满用花生油、沙姜粉、芝麻油和精盐混成的作料,以便顾客蘸食之用。食时顾客感到香味扑鼻,胃口大开,比食其他鸡味道更胜一筹。特别是鸡皮和鸡骨香脆,越嚼越有味道,令人百食不腻,回味无穷,且有补肾健胃之功能。依笔者之体会,区别是否正宗的"东江盐焗鸡",主要是入嘴时是否有股烟熏的味道。

不久前,笔者旅次惠州,当年的李林胜而今已是东兴酒家的经理。几十年来,一直坚持用传统方法来制作盐焗鸡,因此,买卖兴隆。据说,每月销售可达三千多只。不少海外华侨和港、澳、台同胞回内地旅游时,都纷纷到东兴酒家,专门点这道菜。

"贴饽饽熬鱼"香又美

"贴饽饽熬鱼"是天津人的土产小吃,也是一种家常饭。

这种吃法的发明者乃是渔船上的渔民。后来陆地上一般居民也群起仿效,因味道奇鲜,所以远近驰名。其实"贴饽饽熬鱼"是船家的家常便饭,制作方法也颇简单。北方人把煮菜叫熬菜,所熬之鱼并非一斤以上的鲤鱼,也不是半斤以上的鲫鱼,而是从海中打上的小条杂鱼。制作时,把鱼洗净后放入大锅内,不烹不炸,锅内放少量食油,以防粘锅,然后加葱、蒜、花椒、大料、盐、醋、面酱和腐乳等作料和少许清水。有时作料不全,只加食盐和面酱也可。要知道,熬鱼之美,全在鱼鲜,作料虽少,更能保持鱼的鲜味。熬煮约半小时,鱼汤耗尽,即可出锅。所谓贴饽饽熬鱼,是为了节省时间,在熬鱼的锅边上端周围,贴上一圈棒子面(玉米面)饽饽饼子,一锅熟,掀锅后,把饽饽取出,鱼盛在碟里,渔民们一手端着鱼碟子,一手拿块饽饽,坐在船头舱尾,大吃大嚼,不但鱼味奇鲜,饽饽里吸收鱼汤,也带有鲜味,真是美食。岸上居民仿效后,稍加改良,多是选用较大的杂鱼,或单熬鲤鱼或鲫鱼。制作方法略同,但因多加作料,岂知反而有损鲜味了。

后来,市内也有一些专卖"贴饽饽熬鱼"小馆摊档,其中以南市"杨奶奶熬鱼"最佳,名气不亚于北京宣外穆家寨的炒疙瘩。

天津还有一种外地少见的吃法:烙饼卷蚂蚱。所谓蚂蚱即蝗虫也。天津南郑卫南洼,涝时一片汪洋,盛产鱼虾;旱年则遍地荒草,蚂蚱成群。当地农民涝时捕鱼,旱年捕蚂蚱。市内居民或小摊买了新捕到的蚂蚱,去掉双翅,投入沸油锅内,片刻捞出,已成深红色,放入酱油加葱花的盆内浸透,用以下酒,或用新烙薄饼卷着吃,脆香可口。蚂蚱卵如鱼子,不仅富有营养,咀嚼起来尤有异香,比空腹蚂蚱尤惹人爱。

油炸蚂蚱不但下层市民爱吃,而且在大饭庄的席面上,也是一道好菜。当年天津头等的回民饭庄会芳楼,八个压席酒菜碟中,往往有一碟油炸干蚂蚱(晾干的蚂蚱)。记得北京东安市场北门内东来顺西侧的酱肉摊上,也卖过油炸干蚂蚱,可见这道美味也曾从天津传到北京。何时能再以炸蚂蚱下酒,饱餐"贴饽饽熬鱼"啊!

石头门坎大素包

多年客居海外,吃遍中西餐点和南北菜肴,忆及家乡风味,在久享盛名的大餐馆,诸如"狗不理"的包子,东来顺的涮羊肉,全聚德的烤鸭,聚合成的银鱼紫蟹火锅,丰泽园的燕翅全席之外,却不时想起天津的素食来。

天津的素食餐馆,在当年很有几家颇为出名,所备素食菜馔,品种繁多,各有特色。例如河北大胡同真素楼的素什锦,劝业场小食堂的烧二冬,南市六味斋的干烧冬笋,罗汉斋的整桌素席,宫南石头门坎的素包,以及在街头巷尾设摊现炸现卖的油炸素卷圈。其中享名久远,且深受大众欢迎的,当属石头门坎素包。

素食餐馆特定的主顾多半是佛教信徒,在不杀生的戒律下,要吃素食。再就是达官富贾在经常吃荤吃得脑满肠肥之后,要换换口味吃些清淡的菜肴。还有一些文人墨客讲求养生之道的,以为吃素可以增进健康,所以常去照顾素餐馆。于是这些素餐馆便生意兴隆了。素餐馆专用香油，所以其价码并不低于荤菜。又为吸引顾客，整桌素席同样有"鸡"、"鸭"上桌，只不过都是油和面的仿制品，形象逼真，浇汁之后，端上桌来，照样引人垂涎。如赶上烧香还愿，送到寺庙里去给佛上供的全桌素菜，看那"鸡"、"鸭"、"鱼"、"肉"的四大扒，真可以乱真。其实那都是仿做的假鱼假肉。因为多了一套面食塑造、涂色、油烹的手工技艺，难怪素菜要比荤菜贵得多了。

素包价廉物美，是大众食品。它是以白面做皮，以绿豆芽菜、芫荽、粉皮、面筋、香干（豆腐干）切碎做馅，用芝麻酱、腐乳、香油调料，包入面皮内，捏成有皱折的素包，上蒸屉蒸熟。蒸熟后一掀蒸屉，只见雪白晶亮，柔软细腻的素包，散发着清素的香味，引人垂涎。

每当早晚，天津各街巷之间常有清脆的叫卖声："石头门坎的大素包！""大素包，石头门坎的！"出门看时，可见小贩挎着黑漆提盒，缓缓走来，打开盒盖，见到那冒着热气的素包，谁能不买上几个品尝一番？

石头门坎在天津东门外天后宫南的一条街上，有两家具有百年历史的素餐馆，都做素菜，但更以素包最能招揽主顾。因为素包出了名，天津各处卖素包的都吆喝"石头门坎大素包"，人们吃起来味美可口，也就不问其真假了。

源远流长话豆腐

被誉为中国"国菜"的豆腐,向来以其物美价廉、营养丰富、老少皆宜而深受国内外人们喜爱。据记载,中国末代皇帝溥仪的食谱上,一顿早膳菜单就有四个菜是由豆腐做成的,分别叫做羊肉炖菠菜豆腐、卤煮豆腐、熏干丝、五香干等。1986年,英国女王伊丽莎白二世到中国访问,在招待其用餐时,有一道杭州名菜——清淡别致的龙井豆腐,女王用后,倍加赞赏。据说在女王到来之前,曾从白金汉宫传来消息说,女王不喜欢吃中国菜,嫌太油腻。但当她遍尝了中国各地的名菜特别是豆腐后,即完全改变了原来的印象,而被中华民族五千年文明凝聚而成的中国菜肴所折服。

豆腐的制作历史,在中国流传已久。在河南密县发掘的一座汉墓中,即发现了石刻豆腐作坊,说明汉代已有豆腐制作,距今已有二千多年的历史了。大医药学家李时珍在《本草纲目》中也曾经写道:"豆腐之法,始于汉高祖之孙,淮南王刘安。"

相传刘安因贪图享乐,妄想永久为王,急于寻求灵丹妙药,以图长生不老。当时在淮南有八位自称能炼取金丹的方士,刘安即带着金块跟随他们登上一座高山炼丹。但见方士们把金块埋在地下,上面架起炼丹炉,口念咒语,说等九九八十一天即可炼出长生不老丹来。但是,当刘安及其随从回府中等候时,他们却挖出金块来企图远走高飞。不料,刘安在山下派兵士把守,未能逃脱。为了掩饰罪过,他们胡乱找来一些黄豆,磨成浆粉,然后放进炼丹炉内加温,谁知又加入一些卤水后,炉内即变成了又白又嫩的水豆腐,他们谎称此为长生不老丹液凝成。待刘安一尝时,果然味道非常鲜美,于是信以为真,并令其做成块状,火速送往京城进贡。

豆腐从此便诞生了,而且久传不衰。

一个新的食物品种的形成,往往是在无意中产生的。这八个方士本来是一伙骗子,在逃走不成时,为了应付刘安,却制出了鲜美的豆腐。当其正式问世后,又经不断改进和提高,从品种到质量都越来越赢得人们的喜欢。据不完全统计,两千多年以来,在中国用豆腐类烹饪出的风味菜肴,至今已有四百多种。从大的类别分,就有水豆腐、干豆腐、老豆腐、嫩豆腐、豆腐汁、豆腐皮等,像国宴上用的"东方龙脑"、上海的"五香豆腐"、成都的"麻婆豆腐"、陕西的"水煮豆腐"、无锡的"银鱼豆腐"等都堪称是中华名菜。就连乡间的"小葱拌豆腐"也是人们盘中的美餐。至于那些闻着臭、吃着香的"臭豆腐",则更是中国一绝,不少制作臭豆腐的厂家因此而"臭"名远扬。

　　李时珍把豆腐也归于医药类。据称:病人多吃豆腐,能消炎健身,老年人多吃豆腐,能延年益寿,少女多吃豆腐,能永葆青春貌美。它虽然不是长生不老丹,但其营养价值却是众所公认的。

"大千风味"张家菜

徐悲鸿在《张大千画集》序中曾写道:"大千蜀人也,能治蜀味,兴酣高谈,往往入厨作羹饷客。"大千曾笑对朋友们作过自我评价:"以艺术而论,我善烹调,当更在画艺之上。"可见他的烹饪手艺之高。但说来很奇,大千的烹饪手艺竟是在土匪窝里学的,那还是大千十八岁时发生的事。

这年春节后,张大千跟随一伙商人从内江回重庆"求精中学"读书,途中,他被一彪人马蒙眼带上了山。山寨大王要大千写信告诉家中被绑了票,要家中速拿千块银元来赎人。后来见大千信中称他们是江湖好汉,又写得一手好字,遂改变主意,要留大千当山寨"军师"。从此大千"落草为寇",开始了他平生奇特的"土匪生涯",过着"大碗喝酒,大块吃肉"的草莽生活。山王为防大千逃跑,叫一姓张的厨师负责他的"安全",队伍外出他就跟厨师在一起守山寨,大千无事也就经常观摩或帮助厨师烧菜,在厨师指点下，大千竟将蜀味学得似如名厨。日久山王对大千戒备也松了，大千在取得张厨的理解和同情后，终于逃跑。他在这百天与土匪生活的收获，就是他对烹饪入了门。

大千一生不吸烟、不饮酒，但生性好客，所以大千家中经常人来人往，食客不断。大千有一习惯，客多热闹，他的兴致就高，胃口也就好。著名老画家谢稚柳在回忆时说："大千的旁出小技是精于烹饪，且待友热诚，每每亲入厨房弄菜奉客。"他和客人谈笑的高潮，也几乎都是餐桌上评厨论菜的时候。张大千曾幽默地说过："读了一辈子孔圣人的书，就只两句做得到，那就是'食不厌精，脍不厌细'。"

大千一生遍游名山大川，赏尽各地美食，他集诸味之长去粗取精，以在自己的烹饪中巧妙吸收，融汇合一，从而形成了独树一帜的"大千风味"。如"红烧狮子头"是大千拿手菜之一，他在国内制作时，沿袭传统做法，精瘦肉与肥膘要有严格比例，剁细调料精拌更有讲究，必须下油锅炸至艳丽的金黄色，烩制时的火候亦有学问。

大千设家宴总有亲手书写的菜单，这既是张家做客的宴请凭证，也是大千的墨迹真宝，故客人赴宴不是争尝菜肴，而是争抢菜单。1981年张学良在大千家做客时得到一份菜单，他精心装裱成手卷，特在后部留下空白，于次年邀大千书题留念。大千"戏图数笔博笑"，画了白菜、萝卜和菠菜，题名"吉光兼美"，并赋诗一首。这张集诗书画于一身，有九位名人在录的普通家宴菜单，如今仍收藏在张将军藏品中，成为烹饪界和收藏家瞩目的一件稀世艺术珍品。

临清与《金瓶梅》食谱

据"金学"专家考证,山东临清已确认是《金瓶梅》的写作背景地。临清至今仍流传着一些与《金瓶梅》书中所描写相似的菜肴和饮食习俗。

元以后,因运河山东段开通,临清渐渐成为运河沿岸热闹的商埠。它的繁盛景象和社会习俗也为产生于明万历年间的古典文学名著《金瓶梅》提供了丰富的创作素材。

以《金瓶梅》(词话本)为例,书中写了主食、菜肴、糕点、酒、茶、干鲜果等多达三百余种,为研究临清是它的写作背景地提供了丰富的资料。

《金瓶梅》中写的面食有五十五种,多用北方的小麦、小米、黄米、豆类制作,少为大米或糯米。这五十余种面食,至今在临清多有流传。如"炊饼"(烧饼)、"黄米面枣儿糕"、"烙饼"(厚饼)、"寿面、寿桃"、"玉米面鹅油蒸饼"、"葱花羊肉一扁食"(水饺)、"粽子"、"冷糕"(切糕),还有"花糕、包子、桃花烧面、馒头、元宵、麻花"

等，都是临清人常吃的面食。"炸酱面、温面"，更是临清人喜爱的饮食之一。

《金瓶梅》中写到的菜肴计一百零五种。所用原料仍与临清现在差不多，如鸡、鸭、鱼、肉、蛋、虾等主料。以《金瓶梅》第三十四回和七十五回中写过的菜肴为例，可以看出这些菜肴仍列临清食谱中。如三十四回中有"干蒸的劈晒鸡、王瓜拌辽东金虾、白炸猪肉、水晶膀蹄、油炸烧骨"。劈晒鸡即今临清的风干鸡；白炸猪肉即今之干炸肉、干炸里脊；油炸烧骨即今红烧排骨。七十五回中有"烧脏肉酿肠儿、黄炒的银鱼、银苗豆芽菜、春不老炒冬笋、黄芽韭和海蜇"。烧脏肉酿肠，即临清今之粉肠、南肠；银苗豆芽即炒无根豆芽。《金瓶梅》一书写了三十一种糕点，基本上是糕、酥、饼、卷之类的甜食。有的名字虽异、形状不同，但用料、味道差别不大，大多在今天临清市场见得到。如："果馅饼、玫瑰饼、果馅椒盐金饼、丁皮饼、糖薄脆、白糖万寿糕、果馅寿字雪花糕、玫瑰元宵饼、香茶桂花饼、玫瑰八仙糕"等。其中用玫瑰花做的糕点多种，现临清每年仍有玫瑰做的"鲜花饼"大量上市。据糕点业老师傅回忆，书中那些糕点，他们大多做过、见过。

《金瓶梅》书中写茶、饮料有二十二种。书中饮茶多用果仁、盐笋佐茶。今临清仍有饮茶用瓜子、牛肉干、豆腐干、姜片等当"菜肴"。

《金瓶梅》书中写的干鲜果三十二种，其中多为北方产品。如"雪梨、莲子、榛松、栗子、荸荠、苹果、盖柿、大枣、核桃"等。

近年临清名厨们已挖掘整理出有特色的"金瓶梅筵"，以飨远方来客。

马叙伦与"三白汤"

世人多知马叙伦是革命家、政论家、哲学家、教育家,还兼擅古文、诗词、书法,殊不知他还是一个美食家。

马叙伦字夷初,浙江余杭人。年轻时追随孙中山先生,是老同盟会员。参加过南社,编辑过《国粹学报》《大共和日报》等等,为当时士林之俊彦。民国以后在北京大学任过哲学教授。讲老庄哲学,对儒、道、释诸家兼而通之,著有《庄子义证》等。1916年袁世凯称帝,马先生大愤离职而去,一时有"挂冠教授"之誉。

马叙伦的信仰诚如他自己所云是为社会"生死不计",但他的兴趣却又是多方面的。从他早年出版的两种随笔集《石屋余沈》、《续沈》中,竟然可以看出他是一个美食家,竟善治佳肴美馔。

二三十年代北京餐馆食谱中有三种以当时名人命名的肴馔:赵先生肉、张先生豆腐、马先生汤。而其中的"马先生汤"即为马叙伦先生所创。当时北平中山公园辟有茶座，为当时社会名流茗谈雅集之处。马先生常光顾那里的川黔馆长美轩，看到那里菜烧得好，唯独汤不甚佳，遂将己之所手创"三白汤"制作方法告诉厨师。长美轩仿制后命名为"马先生汤"，到此品尝者无不称誉，以后便成为长美轩的名肴。

何为"三白汤"？三白者，即白菜、笋、豆腐也。因皆为白色之物，故名。原料看似简单，做法却十分复杂，不但主料要选最好的，还要配以雪里蕻等二十余种作料。此汤烧制后，味极鲜美。马先生在《石屋余渖》中说：

……此汤制汁之物无虑二十，且可因时物增减，惟雪里蕻为要品……

看来作料中最重要的是雪里蕻，别的尚可"增减"，唯此不可缺也。

据说，长美轩仿制的马先生汤虽然鲜美，但比马先生亲自所制"三白汤"的味道仍要略逊一筹。其中奥妙恐怕自然在火候、作料配置上。现在中山公园里的餐馆中已然没有"马先生汤"了，现在的人们也已不知当年还有这样一道镇堂的名菜。那时能在长美轩品尝"马先生汤"而今又健在者，至少要有两个条件，当时有一定社会身份，还要当时年龄起码在二十岁左右。我认识两位老先生：一个是健在的张中行先生，今年八十六岁高龄，在他的《负曝闲话》一书中谈起马叙伦和"三白汤",但他没有品过;还有一位是已故的南社老人郑逸梅先生,他1993年故去,享年九十六岁。在其所著的《南社丛谈》一书中也提到过"三白汤",但郑老也未曾品尝过。可见称之为"广陵绝响"并不为过。

马先生虽说可称是美食家,但据郑逸梅老人记叙,他平生最爱吃大蒜烧豆腐,并云:

> 色香味三者俱备,且又价廉物美,大快朵颐。

马先生不仅擅佳肴,他的兴趣和余事还有书法、诗词等,亦皆可成家。50年代他出版过《马叙伦墨迹选集》,自书诗居多,人民美术出版社线装影印。印数极少,当时得者已可庆幸,今天则是只可与闻而不可见了。

茶香酒趣
chaxiang jiuqu

中山公园的来今雨轩

北京中山公园内有个来今雨轩,它建于1915年,是著名的茶楼和饭馆,也是近代一些社会名流聚会之所。

它得名于一个典故:唐朝诗人杜甫闲居长安,曾一度被唐玄宗赏识,得官有望。一般达官贵人以为他会前途无量,便主动上门结交,可是他后来没做成官,所以与他就逐渐疏远了。一日,秋雨绵绵,杜甫贫病交迫,适一魏姓故友前去探望,使诗人既感激又伤心,因而作诗一首。诗前有一小序:"秋,杜子卧病长安旅次,多雨生鱼,青苔及榻,常时车马之客,旧雨来,今雨不来……"后人便以"旧雨"指"故友","今雨"指"新朋"。

"来今雨轩"匾原系民国时期总统徐世昌所书,是指所识朋友欢聚一堂之意,款署"水竹邨人"。大总统给茶社写匾,可以说是十分气派了。在20世纪二三十年代中,"来今雨轩"的茶客可以说是北京当年最阔气的茶客,外国人有各使馆的公使、参赞、洋行经理、博士、教授;中国人有各部总长、次长、银行行长、大学教授……大概当年北京的一等名流，很少有哪一位没在来今雨轩坐过吧，柳亚子组织的"南社"活动也曾在此举行。

来今雨轩不仅以它的园林秀美吸引游客，其菜肴也颇具特色。其中有著名的冬菜肉包，几十年常销不衰。它用炒熟的瘦肉末和四川冬菜做馅，略微加糖的面粉做皮，不仅鲜美可口，而且由于蒸的时间较长，一般可放三天不变味儿，价格也较低廉。游人到此，吃几个肉包，喝一杯清茶，可以饥渴顿消，游兴倍增。另外还有比较名贵的"马先生汤"，以鲍鱼、广肚、鲜贝、海螺、海参、鱿鱼等加调料制成，味道鲜美，营养也十分丰富。其他还有"赵先生鸡丁"、"鱼香鸭方"、"干烧鱼"等名菜。其菜肴兼具各方风味，又有自己的特点，以适当降低川菜"辣度"，增添一点"甜度"来适应一般顾客的口味。

近闻，现在来今雨轩较当年又有了很大发展。不仅增添了许多新品种，如"清蒸活鱼"、"松鼠活鱼"、"五柳鱼"、"糟溜鱼片"等等。更重要的是将文学巨著《红楼梦》中的肴馔搬上了餐桌，大致有四十多种。如刘姥姥在大观园吃到的"茄鱼"，薛宝钗赠林黛玉的"冰糖燕窝粥"，史湘云请客的"笼蒸螃蟹"，贾母吃的"牛乳蒸羊羔"，等等。

来今雨轩有一样很珍贵的东西，现在大概还在吧，那就是竖在大厅台阶下面的那块青色山子石。这是有名的"小青"，本是圆明园旧物，原有大小两块，曰"大青、小青",俗称"破家石"。传说乾隆南巡,在某地见此二石,十分喜爱,惜二石太大,运送困难。有一富室,尽全部家资为运此二石来京。待石至京,该富室已破产矣。这同宋徽宗"花石纲"故事是一样的,只可惜很少有人知道了。

来今雨轩的名点是"肉末烧饼"、"梅干菜包子",只别来多年,不知何日再能大快朵颐。

什刹海茶棚的野趣

在北京旧时夏天坐茶座,品茗消暑,如果嫌北海公园等处富贵气太重,那么最好到什刹海的茶棚中去,那是最有趣的地方了。早年间,中山公园和北海没有开放的时候,这里就已有茶棚了。

什刹海荷花市场上,搭席棚临水卖茶,是市场上的主要的生意。近人曹张叟《莲塘即事》诗云:"岁岁荷花娇不语,无端斗茗乱支棚。斜阳到处人如蚁,谁解芳心似水清。"说的就是荷花市场上的茶棚。

这种茶棚是每年到了夏天临时搭起的,本来前海这条大堤,约三丈多宽,两边都是老柳树,一间房屋也没有,每年荷花市场开市时,开茶馆的人便约棚铺来搭茶棚。北京棚匠的手艺是堪称天下独一的绝技。这在李越缦、苏曼殊、震钧等人的著作中都曾被高度赞赏过。棚匠们对任何精巧的棚都能搭得出来,何况这种一般的茶棚。这茶棚都是用杉篙、竹子、芦席搭成的,十分巧妙,下面用杉篙、木板扎架子，高出平地二三尺，一半伸进水中，成一水榭形的平台，这样，自然就把大堤加宽了，堤的两侧都可设座，中间还可以供行人走过。平台上面再用芦席搭天棚，以挡雨淋日晒，平台四周还装上栏杆，天棚出檐处吊上茶馆的幌子。白布横幅，写着什么"三义轩"、"二合义"等招牌。就在这茶棚中，摆上老式高桌、方凳卖茶，也是论人头算水钱，然后再加茶叶钱。价钱比北海公园两处著名茶社，如漪澜堂、来今雨轩要便宜不少，在市制未贬值前，一般都按铜元计算，加上五大枚一包的"香片"，连茶叶带水钱，总不会超过五分钱的，但可以享受半天的"莲塘清风"。这不是很实惠的吗？

　　在什刹海喝茶确有野趣。当时什刹海的前、后海都有人包租了去种水生植物，海中心水较深处种莲花，水边上较浅处，种菱、种芡（俗称"鸡头米"），坐在这种席棚下茶座中喝茶，可以饱览这种江南水乡般的荷塘景色。还可以看到有人撑着一条船摘荷叶、采莲蓬、采菱角、采"鸡头"。《一岁货声》中所载"老鸡头，才上河"的市声，卖的就是这里出产的"鸡头"。这种水乡农村中的景色，在北海是看不到的，而在什刹海茶座上，却可以一边悠悠然地喝着茶，一边吹拂着有荷花香味、菱角香味的薰风，一边欣赏着这水中的野景，听着老柳荫中的"知了"声。这种境界几乎是只可以意会而不可言传的了。

上海城隍庙"得意楼"旧话

　　凡是上了些年纪的老上海，总还记得城隍庙有一间规模宏大，年代古老的茶馆——"春风得意楼"，简称得意楼。

　　当年的得意楼，每天天刚蒙蒙亮，便已是熙熙攘攘，高朋满座。到这家茶馆来饮茶的常客，大多数人都有固定的座位。跑堂的都是些有经验的老手，接待时面带笑容，殷勤而又热情。客人刚坐定，一块热腾腾的毛巾便递了过来，一转身，又将一壶香茗送来了。所用茶具很多是私人自备专用而由茶馆代为保管的。当你才呷了几口茶，跑堂的又过来问用些什么点心，如松月楼的素什锦两面黄、松运楼的蹄膀面，以及南翔馒头等，都可以随叫随到，方便得很。还有些小点心，如刚出炉的蟹壳黄、葱油饼和生煎馒头等，则由小童端着，穿梭似的来往兜售，既快，又方便，所以也很受顾客欢迎。

　　得意楼的三楼上，特设岛市茶座。为了适应喜爱养鸟的茶客的需要，特为提供水斗和刷帚，免费给茶客冲洗鸟笼。各式各样的笼子，各式各样的芙蓉、秃眼和百灵鸟，吱吱喳喳，百鸟争鸣，组成一曲非常悦耳的大合唱。这些爱鸟成癖的鸟主人，一面欣赏自己的爱鸟的妙奏，一面和三朋四友扯谈品茗，这种闲情逸致，不是局外人所能意会到的。

得意楼还附设三个书场：二楼和底层怡情处二间书场都是光裕社弹词名家的地盘，如夏荷生、徐云志、沈俭安、薛筱卿等，红极一时，天天满座。还有底层的柴行厅，一般属于涧余社的地盘，经常聘请一些评话的响挡。当年许继祥和沈俭安在这说书，卖座始终不衰。城隍庙的书场还有一个特点，是各种小吃的品种很多，有些品种当时还只有在几家书场里才有供应，如鸽蛋圆子、鸭膀鸭舌头、面筋百叶等。听两挡书只花费五分钱，还供应一壶茶，但花费在零食小吃方面的，往往要超过好几倍。

20世纪50年代，由于把城隍庙的豫园扩建，将三穗堂、点春堂和内园三座假山园林连接起来，辟成上海的最大的古色古香的园林，因此"春风得意楼"这座古老的茶馆也就不复存在了。

韵味无穷的清茶馆

老北京人最爱喝茶,更爱喝酽茶,尤其爱喝高级的"小叶儿茶",这种足可以益寿延年的嗜好一代传一代,祖祖辈辈已经喝了七八百年,到如今,兴致丝毫不减。

北京这块福地,虽然不产茶叶,更没有杭州虎跑泉那样的好水,但是茶文化的韵事,确实丰富多彩。

吃与喝,是人生两大需求,而渴比饿更难受,故此旧京之茶馆多于饭馆,尤其是专卖茶水的所谓清茶馆,犄角旮旯,比比皆是。

倒退五六十年,北京城十分空旷,不像现在这样拥挤得几乎透不过气来,于是所有的清茶馆都非常宽绰,桌凳疏置,空间开阔。大家伙你一壶"雨前",我一壶"大方",他一壶"毛峰",闷透了之后才一碗一碗地细品,喝得踏实,喝得自在,喝得痛快,喝得够味儿,喝得肚子里空膛了,不用人催,自然四散,各奔东西。

清茶馆的茶客,自清晨至黄昏,有如走马灯,你来我往，络绎不绝，至于那饱食终日、无所事事的"茶腻子"，则终日泡在茶馆里，长时间占着座位，而善良的掌柜从不对其下逐客令，恪守和气生财之道，竟至于此。

闻鸡而遛鸟者，作为清茶馆每天第一批顾客，给茶馆带来了繁荣和热闹，也为北京的民俗谱写了历史篇章。这些鸟迷们涉足郊野遛早儿后，进城先奔茶馆，借以歇腿儿、喝茶兼赏鸟。此时不过清晨七时许，懒人尚在梦乡，而茶馆早已是炉火正红、水沸茶舒、清香扑鼻了。鸟迷们纷纷摘下竹笼的布罩，那百灵、红子、黄雀、靛颏儿等诸般训练有素的名贵小鸟，双双不甘寂寞，一块儿迎着朝霞，顷刻即仿效出喜鹊、山鹊、布谷、大雁、老鹰、苇扎子以及伏天儿、家猫等十几套叫法，各逞歌喉，互不相让；其主人则互谈茶经、论说鸟道、叙述家常、评议时政，恬淡的心情，溢于言表。

步鸟迷之后座者，是五行八作的工匠。这些人于茶道并无研究且不感兴趣，迫于生计，必须在上午八九点钟在茶馆聚会，各自沏壶茶慢慢喝着，肚子里没什么油水，因怕"水饱儿"后被茶涮得越发心慌，故只是小口儿小口儿地抿，一旦被雇佣，即弃茶扬长而去；倘无人问津，则耗至中午怏怏而回。

午后的茶座儿，另是一拨人马，形形色色巧舌如簧的纤手，充斥着各个角落，一面大口喝着茶，一面交换着租赁、买卖或典押房屋的消息，或从事放高利贷的活动。亦有"打鼓儿的"小贩,把茶馆当做"攒儿上"(北京土语,即集散地),互通情报,以统一标准的最低的价钱收购某某户的旧货。

清茶馆的场面难以忘怀,清茶馆的招幌更给人难以磨灭的印象:朱红的木牌,刻着毛尖、雀舌、龙井等茶叶名称,招牌下系着红布条穗,迎风飘扬,像凌空跳动的火焰,醒目,有画意,更有诗情,用它迎接着四面八方的新老茶客,虽无声而胜有声也。

杭州的茶馆

中国茶馆之多,杭州独有一份风姿,盖杭州的茶艺馆,开在天堂西湖,那是独占了一份天籁。比如风荷茶馆,听其名,便知其开在西湖十景"曲院风荷"旁,夏雨中,晚七八时到那里去,最是迷人。那时人少,可听檐外雨声,品龙井一杯,俄顷,有小姐送上莲蓬一枝,正是西湖里生的,里面有鲜嫩莲子数枚,此时意境,无法言喻,唯有独坐茶席,再品一杯。至于春和景明,杂花生树,落英缤纷,风和日暖,到有庭院的大佛茶庄,可赏盆景,赏奇石,赏春水,赏新叶,一杯在握,四处闲走,独往独来,其乐融融。这样的茶馆,哪里找去?

茶最初药用,继而食用饮用并举,最后发展到品饮,进入人们的精神生活领域。在这过程中,茶馆的诞生和发展与饮茶的历史齐头并进。茶馆的切入口为宗教。汉时有人出家,与饮茶有关,为此专门建立了一种品茶的屋子,人称茶寮。这种茶寮,也就是茶馆的雏形,从中我们可以得知茶与佛教之间的关系。

最早记载的杭州茶馆在南宋时代。当时的茶馆集中地,有一块开在今天的清河坊一带。那个时候,茶馆已经分出各种不同的种类来了,有听琴说书饮茶的,有文人雅士聚会饮茶的,有市井引车卖浆者在街头茶摊上边饮茶边谈天说地的,等等。尤其已经出现了一种称之为瓦肆的游艺场所,这里常常有说书人说书,下面坐着的人品茶听书,入迷之极。岳飞死于杭州风波亭,他被平反昭雪之后,事迹立刻搬入瓦肆,所以有"一市秋茶说岳王"之诗。

到了明代,茶肆茶楼在杭州林立,成为这个城市的一种生活象征,有茶馆老板,每逢花事兴起,便在茶馆开花展,以此招徕茶客。

清末民初,杭州的茶馆业更是兴旺,不少革命志士,比如秋瑾、陶成章等人,也经常在茶馆中谋划革命。那时杭州著名的茶馆有三雅园、喜雨台等。各个茶馆分工也往往不同,有专门斗鸟的,专门作人力市场的,专门下棋的,都是自然形成。据有关方面统计,当时的茶馆大约有二百多家。

1949年之后,杭州的老茶馆越来越少,但沿西湖边的风景点内的茶室,却始终没有关闭过,这是沾了西湖的光。游人总有走累与口渴的时候,坐下来便有地方喝茶,且可饱览山光水色,那是何等享受。即便是"文革"最激烈的时候,这种可以被视为"资产阶级"的生活方式,在这里也没有被革除。这是杭州茶事的幸事。有人统计,今天杭州的茶馆差不多已经恢复到当年的二百多家了。

品茗胜地"湖心亭"

　　湖心亭茶楼,坐落在上海城隍庙。建筑富有民族传统特色,陈设古朴典雅,上下两层能容纳二百余人品茶,为沪上品茗休憩之胜地。茶楼供应各式名茶,并有配套茶食,水质经净化矿化处理,清澈甘甜,不同一般。茶楼设有专业茶艺表演队。每到周一下午,还可欣赏到江南丝竹优美的乐曲。湖心亭四面临水,池中鱼群嬉戏,桥有九曲相通,夏季荷花盛开,坐在亭中品茶赏景,别有一番情趣。

　　现在的湖心亭在豫园外面,原先是在豫园范围之内。明嘉靖三十八年(1559)兴建豫园,万历五年(1577)后又陆续扩充到七十余亩。园内亭台楼阁,堂馆轩榭,小桥流水,怪石嶙峋,辅以名木花卉,布置得错落有致,为江南名园之一。园主潘先瑞,上海人,曾任四川布政使,为取"愉悦老亲"之意,因豫与愉同义,遂取名为豫园。先瑞故世后,此园逐渐荒芜,并数易其主。至清康熙年间,豫园为上海绅商所得，从乾隆二十五年（1760）开始重建，改名西园，到四十九年（1784）完工。其间，周围茶馆酒楼相继开设。湖心亭也于是年建成，迄今已有两百多年历史。当年由大布商祝韫辉等人集资建于凫佚亭旧址上的这座耸立水中的湖心亭，周围为上海各业公所的经商活动之地。直至清道光年间，湖心亭还专供经营青蓝大布商贾们聚会议事的场所。

湖心亭成为茶楼，始于清咸丰五年（1855）以后，初名"也是轩"。清末有位商人名刘慎康接管茶楼，改名"宛在轩"。楼主接管后桌椅全部更新，临窗排列一色花梨木茶几与靠椅。居中放有云石面红木圆桌，配蛋圆形红木凳。墙上悬挂名家字画，为环境增添文雅，洁静宜人。茶馆服务热情，生意兴隆。城里城外一些文人雅士都喜欢到此品茗聊天。不过，宛在轩这个名字过于斯文，一般茶客呼其名并不习惯，还是叫它湖心亭。清末民初，茶楼兴旺，在城隍庙附近的四美轩、春风得意楼、乐圃阆、凝眸阁、红舫等，都颇有名气，湖心亭和这些茶楼，一起组成了有城隍庙特色的茶市风光。当年王韬曾写到湖心亭一带风光："园中名肆十余所，莲李碧螺、芬芳欲醉；夏日卓午，饮者杂沓。"

湖心亭茶楼的楼下内外堂，都可以两个人合饮一壶，内堂茶价每位上午七十文，下午一百文。外堂上午六十文，下午七十文。楼上内堂，每人一堂，外堂可以两人一壶，而取价一律，上午七十文，下午一百二十文。这里不像一般茶楼那么嘈杂喧闹，而是幽雅宁静，为文人所向往。清末著名小说《海上繁华梦》的作者警梦痴仙，实名孙家振、字玉声，别号海上漱石生，他曾经居住在南市，对老上海风土人情很有造诣，闲来无事，经常品茗憩于湖心亭。并为湖心亭景色有感而发，留下了美妙诗句："湖亭突兀宛中央，云压檐牙水绕廊。春至满防新涨绿，秋深四壁暮烟苍。"

闲话龙井茶

笔者初到杭州时，品尝了龙井的真正味道，方知名不虚传。

龙井其实是口泉，名曰龙井。此泉位于西湖凤凰岭之中，群山环抱，东临南高峰，南通九溪十八涧，西接上天竺，北面化高峰。此岭古树参天，郁郁葱葱。这得天独厚的地理环境，使此泉泉水清冽甘甜，喝一口真乃沁人心脾，精神为之大爽。故茶因泉得名，成为茶中佳品。

据说，龙井泉水经科学测定，内含丰富的矿物质。龙井茶中含有大量的叶绿素、氨基酸和维生素C，饮之令人心旷神怡，有关部门已在此新辟一景观，取名"龙井问茶"。夏日来此游山观景，品茶避暑，情趣惬意。

杭州有一道传统名菜，与龙井茶有关，叫"龙井虾仁"。制作此菜是选用活的大河虾，剥去虾壳，配以清明前后的龙井新茶烹制而成。

关于"龙井虾仁"的来历，尚有一段传说。说是清明时节,乾隆皇帝一次便服游西湖,来到龙井,忽然下起大雨。为避雨躲进一户农家。农妇以新茶招待。乾隆喝过清香味醇的龙井新茶,赞不绝口,便趁农妇不留神,偷了一把装进衣袋里。雨过天晴,乾隆走出农家,继续游山逛景。时至傍晚,又饥又渴,进了西湖边的一家酒店。吃喝之后,颇想饮茶,忽然想起偷来的龙井茶,即唤过店小二,从衣袋里掏出茶叶,叫其泡茶。老板正在烹制"炒虾仁",一听皇上到店,大惊失色,手足无措,慌乱中误把店小二拿来的茶叶当作葱花放入锅内,加入黄酒,颠炒片刻,倒入盘中。店小二也未察觉,便战战兢兢端到乾隆面前。乾隆一看虾仁白玉晶莹,茶叶翠绿欲滴,色泽典雅,香气清幽,夹进口中更觉香嫩鲜美,胃口顿然大开,不禁连连叫绝,竟忘记了喝茶。后来杭州的厨师将此菜不断改进,遂成为传统名菜"龙井虾仁"。据友人说,如今到西湖的中外游客,"龙井虾仁"成为他们必尝的美味佳肴。

茶中极品武夷茶

品一杯武夷茶，顿觉滋味醇厚，香气浓郁。

早在八百多年前，苏东坡的《咏茶》诗里已有"武夷溪边菜粒芽，前丁后蔡相宠加"之句，可见当时武夷茶就已出名，而为丁谓、蔡襄等文人学士所赏识了。

武夷茶之所以脍炙人口，盛名不衰，究其原因，就在于明徐勃所说的"山中土气宜茶"。武夷山的奇峰泉水，为茶树的生长提供了优越的自然环境。这里峰岩高耸，峡谷深邃，日照时间比平地短。山间岩泉渗流，终年不绝，相对湿度比较大。气候温暖，四季如春。植茶的土壤，几乎全是酸性岩石风化而成的，并含有丰富的腐殖质。有如此优越的环境，自然会"深山无地不栽茶"了，因此各岩均依崖筑成梯式茶园，有的利用岩凹、石隙垒成的盆栽式茶座，容土植茶，土层深厚、疏松，更适于茶树深根的生长。作为一个茶区，武夷山的自然条件，可以说是得天独厚的。

武夷山的茶树，品种繁多。各岩种植的，多半是土生土长的菜茶。用菜茶制成的茶叶，可分为奇种、名种、小种三类；而奇种又有提丛、单丛、名丛之别。所谓名丛，是从各岩茶园里选拔出品质特优的一二株茶树，分别采摘，单独制作而成的。如大红袍、钱罗汉、白鸡冠、白瑞香、素心兰、金钥匙、不知春、白牡丹、不见天、半天夭、水金龟等，不胜枚举。以九龙窠的"大红袍"来说，它长在绝壁上，叶片厚，色微红，只须数片冲泡，便香气四溢，故有"茶中之王"的美名。除了本山品种之外，近百年来，还从外地引进了不少良种，如水仙、桃仁、奇兰、铁观音、梅占、雪梨、黄龙、肉桂等等。所以，有人把武夷山称为"茶树品种的王国"。

自然环境的优良，茶树品种的繁多，加上管理的周到和采制的考究，就使武夷岩茶具有色、香、味均佳的优异品质，而被誉为"茶中极品"。这是介乎红绿茶之间的半发酵的乌龙茶，既有绿茶的清香，又有红茶的甘醇。一片标准的岩茶茶叶，冲泡开来，有"三红七绿"之分，叶缘红似朱砂，叶片绿如宝石，茶水深澄而鲜丽，逗人喜爱。喝起来，纯而不淡，浓而不涩，令人喉下润滑，齿颊留芳，味久而益醇。不仅可以提神、益思、破闷、解乏，而且还具有消食、止痢、去暑和醒酒的功效。

清代陆廷灿——《续茶经》的作者，有《武夷茶》一诗，写道：

桑苎家传旧有经,弹琴喜傍武夷君。
　　轻涛松下烹溪月,含露梅边煮岭云。
　　醒睡功资宵判牒,清神雅助昼论文。
　　春雷催蒸仙岩笋,雀舌龙团取次分。

诗中不仅对武夷茶作了形象的描绘,而且极力称道它的功效。更有意思的是清人戴廷栋的两句诗:

　　我愿息缰依止止,肯分半席作茶佣。

竟由赞美武夷茶,而甘愿去做那里的茶工了。

香浓味醇普洱茶

普洱茶盛名远扬。清人阮福在他的《普洱茶记》中写道:"普洱茶名遍天下,味最醇,京师尤重之。"檀萃的《滇海虞衡志》里,也有这样的记载:"普洱茶名重于天下,出普洱所属六山:一曰攸乐,二曰革登,三曰倚邦,四曰莽枝,五曰蛮端,六曰慢撒。周八百里,四山作茶者数十万人,茶客收买,运于各处。"文中所列的六大茶山,皆在今天云南省西双版纳境内。而西双版纳是以绮丽山水著称的,可见好山、好水与好茶是密切关联的。

普洱茶属云南大叶种茶,经科学分析,茶的水浸出物、名酚类、儿茶素的总含量均高,故色艳、香浓、味醇、耐泡。加之制作技艺精湛,形成了独具风格的传统名牌茶叶。其中主要产品有红茶,色泽红润,滋味纯强,香气馥郁;绿茶,包括散茶、沱茶、砖茶、饼茶,汤色清澈,茶香浓爽,味醇回甘。普洱茶在国际市场上享有很高声誉,据说现在已远销亚、欧、美等几十个国家。

云南是中国栽培茶树较早的省份,也是世界上茶叶的一个原产地。据南糯山的一些老茶农说,在他们之前的五十五代祖先,就在这一带栽种茶树,并且培育出不少优良的茶叶品种。著名古典小说《红楼梦》中写到的"女儿茶",就是普洱茶的一种。曹雪芹笔下的才子佳人,在大观园中品尝普洱茶时,曾有这样一首很别致的诗:

普洱名茶喷鼻香,饮茶谁识采茶忙?
若怜南国采茶女,忍渴登山与共尝。

听说这些年,在云南西双版纳、景谷等地,陆续发现了一些又老又高的大茶树,当地老百姓称之为"茶树王"。比如南糯有株"茶树王",阿尼族人叫它"沙桂茶",树高4.59米,树幅达10.9米,直径1.83米,已有八百多年的历史,它吸引着世界上好些国家的茶叶专家前去参观。不久以前,在巴达区的大黑山里,又发现一株野生型的大茶树,树高达34米,据说树龄已有一千七百多年了。

有人说,美丽富饶的云南,是动物、植物和有色金属的"王国",我认为,云南也称得上是"茶树的世界"。

曾国藩与"祁红"

已记不清在哪一本前人笔记上看到一段轶闻:曾国藩归里之后,清廷因为他曾权倾一时,门生故旧遍天下,又是汉人,怕他心怀叵测,乃对他布置严密的暗中监视。某日,曾与清客们下围棋,以所饮龙井不够味,无意说了一句:"当年驻军祁门时,所喝的当地祁红胜此多矣!"不意不久之后,清廷忽派飞骑从北京送来祁红一篓,曾国藩吓了一身冷汗,才晓得自己的一言一语,早有人密达"天听"了。

这轶闻说明:清廷对于他的忠实臣仆如曾国藩之流也是不放心的。其次,作为中国名茶之一的祁红,有其为其他名茶所不及的独到之处。

祁红,即祁门红茶的简称,其名已传遍世界。其实它的产区并不局限于安徽祁门。从历史上看,至德、浮梁、石棣、东流、伙县乃至江西的鄱阳、乐平,这一带所产的红茶,都统称为祁红。

原先祁门、至德、浮梁等地所产的茶以绿茶为大宗，白居易在《琵琶行》中所吟的："商人重利轻别离，前月浮梁买茶去"，指的便是绿茶。千百年来，这种绿茶运销于两广，极受欢迎。后来红茶畅销，则是17世纪的事。

祁红之名所以不胫而走，主要是祁门具有优越的自然条件，茶树都种于山上，终年为云雾所封，空气湿润，气温适宜，雨量又很充沛，这些都是茶树所不可缺少的。而制茶技术也是一个关键。祁红与其他名茶不同，茶庄所收购的都是湿坯，由富有经验的老师傅掌握发酵程度和一定的火候与时间，这三者都必须恰到好处，否则便要差之毫厘，失之千里了。按这种卓越技术所制成的红茶，条索坚细秀长，香气馥郁，味醇和而甘浓，茶色红艳鲜亮。一杯泡开，有特殊而持久的香气，令人未饮而神怡！所以它不仅畅销全国而且畅销全球，海外人士有饮之成癖者。18世纪，印度也广种茶树，抵制中国茶，并限制中国茶叶进入英领土及英本土，唯独祁红例外。因为英人要用祁红来掺和印度、锡兰所产的茶叶，否则淡而无味，于此亦可见祁红的身价了。

可惜的是：三十年前，由于农村破产，祁红年产量仅达二千担。据闻1954年在祁门建立了机械化制茶厂，祁红的产量、质量当一定大大改观了吧。

刘完素与颐春茶

友人送我几盒包装精美的颐春茶,用开水冲泡后,观之色泽淡雅,澄澈透明;饮之味道纯正,清香爽口,津生渴止,喉底回芳。

颐春,中老年颐养青春之谓也。这种保健茶的创始人,就是具有"金元四大家"之誉的金代名医刘完素。

刘完素,字守真(1120—1200),出生在河间府肃宁乡间。当时,由于战乱,民不聊生,瘟疫流行,其父因患病无钱医治而死。刘完素因而立志从医,稍长便为百姓治病。他除用中草药行医外,还根据《黄帝内经》《食疗本草》中所云:"医食同源"之理论,选用了既能强身治病,又芳香可口的天然药物,泡制为茶,送百姓饮用。据医典载,当时他选用的天然植物和中草药有枸杞、山楂、菊花、红花、决明子、陈皮、乌龙茶等,它们对防止高血压、动脉硬化、冠心病等有明显医疗效能,深受民众拥戴。

刘完素从医成名后，金章宗皇帝召其入宫为御医。做御医时，仍每年还乡为百姓治病，故他谢世后，人们为了纪念这位医药大师，在家乡肃宁洋边村，遂取"大师完素"之意，简化为"师素村"，并在他家宅基地上建成"刘爷庙"，塑立神像。每逢农历正月十五日和三月十五日（刘完素的生卒日），河间、任丘、饶阳、蠡县、高阳等邻县的乡民，皆去朝拜，香火极盛。

1507年，明朝正德皇帝封他为"刘守真君"，后人更是奉若神明。八百多年来，冀中一带，广泛流传着神医刘完素妙手回春、用颐春保健饮品返老还童的传说。这在《刘守真传》中有详尽的记述。据说冀中一带农民种药材、养药材、泡制药材、用药材做饮料的习惯，一直延续下来。这都是刘完素直接影响的结果。

笔者曾问过一些名医，这些植物和中药缘何有颐春疗效？名医言，枸杞和山楂有软化血管、活血化淤之功能；菊花、红花、陈皮、决明子具有清肝理气、降低胆固醇，促进血液循环之效力；至于乌龙茶，能减少血液和肝脏中的稀醇及中性脂肪的积累，自然强化了血管壁的渗透能力。名医又言，保健茶的成功不仅是疗效，更重要的是口感，不然就称不上"茶"了。原料中乌龙茶是茶香、菊花是清香、枸杞是甜香、山楂是果香，便构成了颐春饮料的爽口回芳。

这番道理，几十年来我一直铭记在心，因为讲得入情入理。所以,友人馈赠的颐春茶,我爱不释手。友人告曰:而今生产这种颐春茶的,正是刘完素的家乡——河北省肃宁县颐春食疗饮料厂,厂房就设在师素工业区,采用的是现代化生产,产品已远销海内外。

昔日南京茶叶棒

一般老南京提起茶叶棒来,该没有不晓得的。早年南京的一般茶庄,多雇用一些年轻妇女,替他们分拣茶叶。把茶叶上的粗柄拣出来另放一处。用意很明显,是分档次,茶叶好提高价钱卖,茶叶柄价钱低点卖。那个时期的妇女,在家除做家务外,有的还揽点针线活,但大都闲着没事干,就每天去拣几个钟点茶叶,捞点外快。只要有熟人担保,不拿不带就行。有些恶作剧的小伙子们,对这些拣茶叶的老姬村姑,嘲称为"茶叶棒",茶叶棒本来是指的茶叶,这样一叫,便自然而然地成了这些妇女们的诨名了。

茶叶棒的供销对象,当然是背街和穷乡僻壤的小茶馆以及一些收入很少的市民,他们饮不起好茶,茶叶棒也能经得起冲两遍开水,有色有味,过过茶瘾,但比农村过路摊点上的柳叶茶和山楂叶茶还是强得多。

南京另外还有二道茶,它的身价和茶叶棒相伯仲,有的还略高一筹。南京人过去有一个习惯："早上皮包水，晚上水包皮"，上茶馆的人很多，谈闲聊天，一喝大半天。当然也有工作忙，呷两口茶就走的。一些高级馆子和大茶馆，把这些吃剩下来的茶水倒掉，茶叶贮藏起来，每当晴天，成担的在外面摊晒。夫子庙原市政府西围墙外漫长的人行道上，都是天然晒茶的场地。隔一两小时，就有人用竹耙子翻一遍。晒干了，又可以回炉待客。东牌楼义顺茶社茶资较便宜，南京人图吉庆，大年初一到那里坐坐的人很多。因为来路是统茶，味道并不差。还有卖三道茶的，冲两遍，就完全是白开水了。

今日南京喝茶叶棒或二道茶、三道茶的人，大概是不多了吧。但在品香啜茗时，我想，这段历史还是不应忘记的。

蒙山茶话

爱品茗饮茶的人,都知道"扬子江中水,蒙山顶上茶"一说。蒙山,又名蒙顶山。在四川省名山县境内,海拔一千四百五十米。曲曲弯弯的小道旁,茶树郁郁葱葱,宛如绿色地毯。山林中,中外名人题写的石碑,比比皆是,组成了茶文化碑林长廊。

蒙山有五大名茶:蒙顶黄芽、蒙顶甘露、蒙顶石花、万春银叶、玉叶长春等,历史上都属贡茶。这些茶主要以采摘细嫩、芽叶完整、多茸毛、加工工艺独特为特色,要经过炒、揉、烘、整形等十一道传统手工操作工序精制而成。茶叶外形秀丽,紧卷多毫,色泽翠绿,鲜嫩油润,别具特色;开汤后,滋味甘鲜,醇厚香绵,耐冲泡。新中国成立后,在50年代末期就被评为全国十大名茶基地之一。

据当地人介绍,蒙山茶好,不仅保持了传统的制作工艺,而且现在还有了新的发展,更主要是蒙山的天然条件好,蒙山山高,空气清新,气候温和,雨量充沛,终年云雾笼罩达二百多天之久。春季开始，蒙山烟雨蒙蒙，阳光散射；再加之土地肥沃，酸度宜茶，所以这里的茶特别好。

据《茶谱》记载，蒙山茶功效显著："服一两能祛宿病，二两眼前无疾，三两固以换骨，四两即为地仙。"相传古代有一个和尚，久患重病，药石无效。一天，一个老翁告诉他，春分前后，雷声初发时，采摘蒙山中顶茶，以本地水煎服，能治宿疾。如每年服用，永无疾病。老和尚依言而行，宿疾果然痊愈，而且体健不衰，眉发绀绿，好像年轻了二十岁。于是后人都说蒙顶茶有返老还童的功用。

蒙山茶在当地还有许多动人的传说：相传青衣江河神的女儿"雅鱼仙姑"采了七颗野生茶种来到人间，与本地青年农民吴里真相爱。她见蒙山气候干燥，不宜种茶，便取下头上的白头巾在空中左右舞动，天空顿时布满了云雾，整个蒙山被云雾笼罩着，茶树受到雨露的滋润长得十分茂盛。当地百姓用它泡水解渴，有病治病，无病延寿，强身健体，返老还童。

有关文献记载，从唐朝开始，每年清明时节，茶树刚刚发芽，县官就选良辰吉日，穿上朝服，率领僚属和全县七十二座寺院的和尚上山朝拜"仙茶"（皇茶园中的茶），然后开始采摘。采摘时先由三天前就已净过身的采茶僧在上清峰下的"皇茶园"中采摘仙茶三百六十芽，送交制茶僧负责炒制。炒制时寺僧盘坐诵经，制茶僧在特制的新釜中翻炒，用炭火焙干，储入两银瓶，成为"正贡茶"，这是专贡皇帝祭天地祖宗用的。另外在上清峰、菱角峰、玉女峰、甘露峰、灵泉峰五峰中采摘"凡种"（普通茶），制成"颗子茶"二十斤，装入十八锡瓶，称"陪贡茶"，供皇帝和大臣们饮用。制作完后，县官命人将制好的贡茶全部装入木箱，再用皇缣丹印封之。"贡茶"送京进贡。每经过的州县，都要由该州县派人谨慎护送。随着时代的变迁，特别是改革开放这些年来，蒙山茶区的茶叶发展迅速，可采面积达4.3万亩，产量逐年增加。

大理白族的"三道茶"

云南大理，是个非常迷人的地方。那里十八个少数民族，聚居在风光秀丽的苍山下洱海畔，生活多姿多彩。在众多的民俗中，白族的"三道茶"最为有趣，其独特的饮茶方式令人叫绝。

所谓大理白族"三道茶"指的是苦茶、甜茶和回味茶。第一道是苦茶，又称"烤茶"或"百斗茶"，饮后生津止渴、消除疲劳。第二道是甜茶，内有乳扇、生姜、蜂蜜、核桃等配料，饮后提神补气、神清气爽。第三道是回味茶，内有花椒等配料，饮后满口清香，其内涵丰富，有着很深的哲理。主要意思是告诫人们，生活是先苦后甜，要经过艰苦奋斗，才能得到幸福。它提醒人们，在走过一段路程之后，要认真总结一下，然后信心百倍地去创造美好的未来。

在当地饮用"三道茶"，还有一种调节人际关系和传扬民族文化的作用。不论是在街头巷尾，还是在公园船头，饮用三道茶的形式和内容都是丰富多彩的。尤其是在欢迎客人和来宾的重要场合，更加隆重和热烈。其三道茶中，每一道都伴有三至五个节目，身穿漂亮民族服装的"金花"和"阿鹏"们（白族姑娘统称为"金花"，小伙子统称为"阿鹏"）载歌载舞，边表演边劝茶，而当第三道"回味茶"饮至过半时，那些"金花"和"阿鹏"们便会热情地邀请客人走到场子中间，一起唱歌和跳舞，从而将活动推向高潮。此时，你才能真正体会到大理白族的"三道茶"，确实值得"回味"。

云南的茶叶向来是很有名的，其种类繁多，大理地区尤以下关沱茶和苍山雪绿享誉中外。沱茶呈"砣"形，又因产地在沱江，故而得名。其味醇厚，汤色澄亮，香气馥郁，不仅能解渴提神，而且有帮助消化、散烟解酒之功效。近代人饮用，据说还可降低胆固醇。雪绿是采用高原大叶茶精制而成的高级绿茶，色呈暗绿而油润，味道馥郁而清爽。大理"三道茶"之所以源远流长、经久不衰，与这些优良品种的茶叶密切相关。

大理"三道茶"的记载，最早见于唐代徐霞客之《滇游日记》。说是在当年的一个元宵节上，徐霞客于鸡足山悉檀寺西楼观灯，"注茶为乐，先清茶，中盐茶，次密茶"，是即为"三道茶"之雏形。后来，佛教在寺庙中提倡坐禅饮茶，香客和游客也共饮之，"三道茶"便逐渐发展起来。到了明、清年间，这种饮茶方式已在市镇及广大农村广泛传开，并增加了乳扇茶、蜂蜜、核桃等配料。人们在举行某种仪式、婚礼及过节时,均专门加工、饮用"三道茶"助兴。其内容和形式也逐渐完善和固定下来,形成了其独特的民族风格。

"天府之国"多佳酿

品尝四川泸州老窖特曲过后,唇齿留香,回味无穷,其真不愧为名扬海内外之佳酿。

四川盛产名酒,泸州特曲仅是其中之一。另外还有宜宾五粮液、绵竹剑南春、成都全兴大曲、古兰郎酒。它们被称为名酒中"五朵金花"。除此之外,川酒中的名牌还有沱牌曲酒、旭水大曲酒、文君酒、太白酒、泸州老窖头曲、二峨特曲、彭祖头曲、玉蝉大曲、宝莲大曲、绵竹大曲等十多个品种。

四川名酒众多,与其酿酒历史源远流长有关。据史料记载,早在秦汉时期,川南就出产一种名叫"蒟酱"的酒,名气很大。左思在《三都赋》中罗列蜀中名产时,特别提到"蒟酱流味于番禺之乡"。《史记》《汉书》中均有巴蜀蒟酱远销南越的记载。古时的番禺、南越即今广州一带,可见早在两千多年前,川酒的影响就已经到达沿海地区了。

唐代四川酿造的"重碧春""荔枝绿""剑南道烧春""卓女烧春"等均在当时享有盛誉。这些古代的美酒分别产于成都、宜宾、泸州、绵竹、邛崃等地。这些地方至今仍以酒闻名。

四川自古文人荟萃，出过不少独领风骚的文人泰斗、巨匠奇才，还有许多著名人物宦游入蜀或流寓进川。他们的长歌短吟闲恨别愁，不少同酒有关联。

诗仙李白一生嗜酒，相传他早期的好些诗篇，便是由唐代名酒剑南道烧春激发而成的。李白所居之地彰明青莲乡（今属江油市）与剑南道烧春产地绵竹县毗邻，那里至今流传着李白"貂裘换酒"的故事。

比起李白来，杜甫不算善饮，但他流寓四川十年，也深深爱上了川酒，称赞"蜀酒浓无敌"。他在戎州（今宜宾市）品尝到当地著名的"重碧春"和"荔枝绿"时，即席高吟："重碧拈春酒，轻鸿劈荔枝"。

宋代大文学家苏东坡，一生浪迹天涯、历尽坎坷，对家乡的美酒念念不忘："生不愿封万户侯，亦不愿识韩荆州，但愿身为汉嘉守，载酒时作凌云游。"汉嘉指今乐山市，凌云即乐山大佛所在地凌云山。在苏东坡的心目中，一切功名富贵、利禄荣华，比起家乡的美酒和山光水色来，都视同等闲。

金奖佳酿五粮液

"一滴酒露落入口,千粒珍珠滚下喉。"这是人们赞誉五粮液的诗句。的确,五粮液不仅风味独特,闻名中外,考其历史亦引人入胜。

五粮液产于四川南部的宜宾城,与泸州大曲的产地泸县相距不远。这里山清水秀,背靠翠屏山麓,左挽岷江,右夹金沙江,两江相交,汇入长江东流而去。正是这里清澈透明的岷江水,黏柔绵软的土质和干湿匀调、温差不大的气候,构成了酿酒的得天独厚的自然条件。

远在公元前,这里便已开始兴起酿酒业。最早,人们酿制的单一粮食酒,各具特色。如高粱酒醇香味正,稻米酒甜香柔和,玉米酒酒香浓烈,小麦酒清香爽快。历史上,许多骚人墨客,曾为这些酒挥毫赞誉。唐代诗人杜甫有"重碧拈春酒,轻鸿劈荔枝"之句。"重碧"即当时的佳酿。到了北宋,诗人黄庭坚的诗中说:"王公权家荔枝绿,廖致平家绿荔枝。试倾一杯重碧色,快剥千颗轻红肌。泼醅葡萄未足数，堆盘马乳不同时。谁能品此胜绝味，唯有老杜东楼诗。"老杜，指杜甫。说明杜甫当年赞誉的"重碧"酒，这时又名"荔枝绿"了。黄庭坚认为，这种"荔枝绿"酒，不仅可与向皇上进贡的绿荔枝相媲美，就是和素享盛名的葡萄美酒比也不在话下。

但是，人们逐渐发现把几种单一的粮食酒混为一体，酒质可更佳，于是便开始酿制几种粮食混合酒。黄庭坚在《荔枝绿颂》中就说过："王墙东之美酒，得妙用于三物。三危露以为味，荔枝绿以为色。"可见这种混合酒的色、香、味极佳。

随着时间的推移，宜宾的酒几经演变，酿酒原料由过去的三种，增加到五种：即高粱、糯米、大米、玉米、荞子，酒名也由"荔枝绿"改为"杂粮酒"。1916年，"杂粮酒"在巴拿马国际博览会荣获金质奖章。1929年，宜宾前清举人杨惠泉，因爱其酒而鄙其名，遂将"杂粮酒"更名为"五粮液"。

多年来五粮液经过精心酿制，酒质更臻佳美，被评为国家名酒，荣获金质奖章。

追寻文君当炉处

邛崃,是四川省一个有两千多年历史的县城的名字。卓文君乃西汉一位奇女子。可是你若说起邛崃,也许知者不多,但提到卓文君,就有说不尽的故事了。

昔日我在成都先后遇到过两位邛崃人,当我问其中一位:"府上什么地方?"他答:"邛崃,卓文君的老家。"另一位则索性自我介绍:"我是卓文君的同乡,邛崃人。"何以会如此回答?邛崃的名字不如卓文君大名响亮也。而卓文君,正是"文君当垆,相如涤器"这一千古佳话的女主人公。

西汉文学家司马相如客居临邛(即今邛崃)时,城中首富卓王孙之女文君新寡。一天,卓王孙盛宴招待县令王吉及司马相如。酒酣耳热之后,相如抚绿绮琴,奏"凤求凰"曲。文君闻琴心动,不顾封建礼教,寅夜私奔相如,二人遂结永好。为了生活,二人又冲破世俗观念,在临邛城内开一酒店,由文君当垆卖酒,相如跑堂涤器。蜀中咸闻其事，传为佳话。

为使人们不忘这一对敢于冲破封建枷锁的夫妻，他们当年的酒肆故址还依稀可寻，并已建成一座古色古香的园林"文君井"。

园林里的"琴台"建筑还保持着汉代的风格，三面临水，芰荷飘香；台后有千竿修竹，如一座绿屏风，环境极为幽静。相如当年获得文君这一知音之后，爱情上的满足助长了文思的泉涌。继脍炙人口的《子虚赋》之后，他又写下了《凌云赋》和《上林赋》。这些名作中凝结着相如的心血，当然也有文君的功劳。

琴台对面即文君井，并形如大瓮：口小肚大、水质清冽。井壁为黑色黏土嵌以陶片，纯为西汉所遗古井。清代一位诗人来到这里后吟诗一首：

窈窕当炉只为贫，香泉酿出瓮头春。王孙悔后如填去，千古谁传卖酒人？

幸运的是，不但文君并没有被卓王孙和后人填掉，以文君井水酿造的美酒也一代一代地传下来。如唐代的"临邛酒"，明清两代的"卓女烧春"，民国时期的"邛州茅台"，目前的"文君酒"，一直盛名不衰，为一方佳酿。宋代词人陆游入川后，曾游临邛，多次登临琴台，并写下脍炙人口的诗篇：

落魄西川泥酒杯，酒酣几度上琴台。
　　青鞋自笑无羁束，又向文君井畔来。

　南宋距西汉约一千二百年，放翁若是早生一千二百年的话，一定天天是文君酒店的座上客了。

一个清明节两个杏花村

　　每到清明前后,时常想起那"杏花、春雨、江南"的情景。那温暖扑面的春风,那迷迷濛濛的细雨,那村前村后含笑迎人的杏花,那湿漉漉的石板路,那小路两旁的小酒店——尤其是杜牧那一首诗:

　　　　清明时节雨纷纷,路上行人欲断魂。
　　　　借问酒家何处有,牧童遥指杏花村。

　　更是把清明、酒、杏花村连接在一起了。
　　山西汾阳县的杏花村确实出好酒。早在一千四百多年前南北朝时期,那里就以产美酒而享名。所产的美酒,清澈透亮,香气扑鼻,入口甘醇。凡是好饮酒的人,都以痛饮汾酒为快。在1916年巴拿马万国博览会上,杏花村的汾酒,以精美的质量荣获金质奖章,而且其质量之美经久不衰,直到现在仍为中国八大名酒之一。

杏花村酒之美,首先在于酿酒所用的水好。据说杏花村中有一口古井,其水少杂质、无邪味,清冽甘甜,用以酿酒,自是不同于一般水。其次,酿造方法精。他们的经验有七条:人必得其精,粮必得其实,水必得其甘,曲必得其香,器必得其洁,缸必得其湿,火必得其缓。可是,有近人指出,杜牧诗中所说的杏花村,并不在山西汾阳,而是在安徽贵池县。

贵池是长江岸边一个港口,离安庆不远,古称池州。境内有奇石嶙峋的齐山和碧波荡漾的清溪。县之西郊,曾有杏花村,至今故址仍依稀可寻。据《贵池县志》记载:"古时杏花村方圆十里,四周为一片杏林。阳春三月,杏花怒放,为池州十景之一。村中有酒店,名'黄公酒垆',店中有井曰'黄公井',且产美酒。"杜牧诗中"借问酒家何处有",很可能即指此处。井,至今犹在。现在,贵池县酒厂产"杏花村大曲""杏花村香泉"等四五种酒,虽不若汾酒之美,但质量也属上乘。

为什么可以论定杜牧诗中的杏花村是指贵池县的这一个,而不是汾阳的那一个呢?第一,据历史记载,杜牧当年曾在池州当过两年刺史,对当地情况熟知;第二,诗中所描绘的清明时节情景,正是江南三月的风光,而不是华北地区汾阳的景色。

兰陵美酒郁金香

友人聚会,饮山东名特产"兰陵美酒",斟之杯中,呈琥珀光泽,纯净透明;喝一口,香气馥郁,回味悠长。

兰陵美酒产于山东苍山县的古兰陵镇。这是战国时期著名思想家、教育家荀子做官达二十余年的地方。其产酒历史更早,据考证,在三千多年以前,商代甲骨文中就有"鬯(音尝)其酒"字样,即用黑黍米酿酒,这就是兰陵美酒的前身。春秋时代,兰陵又名东阳,兰陵美酒又叫东阳酒。到唐朝,兰陵美酒的制作工艺已经相当完善,而且质量和数量也相当可观。不但在本地及山东省内畅销,还畅销数千里之外的西安、洛阳等大城市。那时全国许多城镇的酒店为了装潢门面,招徕顾客,都在店前高高挂起"兰陵佳酿"的招牌。大诗人李白喜饮此酒,曾赋诗赞道:

兰陵美酒郁金香,玉碗盛来琥珀光。
但使主人能醉客,不知何处是他乡。

诗为酒发，酒因诗名，从此之后，兰陵美酒更加驰名，香飘四海。到了近代的1914年酿酒作坊达三四十户，以王姓居多，较有名气的有德源涌、开源、醴源、黄源盛等堂号，其中王祥和开办的德源涌规模最大，产量最多，质量最佳，名气最大，销路最广，并在北京设有兰陵美酒公司。1915年2月20日，美国因巴拿马运河开掘成功，在旧金山举行太平洋万国博览会，以示庆贺。中国是参展国，兰陵美酒在山东省物品展览会上夺冠，经中央农商部审查，定为赴旧金山万国博览会的参展产品，被列入农业馆参赛。在各参展国美酒如林的激烈竞争中，兰陵美酒以其色香味俱佳，赢得了世界评酒名家和商贾的青睐，一举夺得金奖，为国争光，使兰陵美酒享誉世界，走向了新的辉煌。

20世纪40年代，笔者有泰山、曲阜之游，曾慕名转道该地，犹记兰陵酒厂大门口有一副古老的楹联写道："名驰冀北称好酒，味压江南一品香。"经询问其制作方法，确与别种酒不同，它先用上等大曲酒作水，再加玉米、糯米、红枣、冰糖、郁金香、龙眼肉、鲜玫瑰等材料来重酿。所以制出酒来，甘洌芬芳，醇厚而浓郁。另外，兰陵美酒之所以美，和兰陵独特的水质也大有关系。明代汪颖著的《食物本草》中记载："酿造兰陵美酒所用之水，秤之重于它水，邻邑所造之酒俱不然，皆水土之美也。"据化验，兰陵酒厂的几口深井，井水纯净甘洌，为一般井水所不及。

现在，兰陵酒厂不但质量在保持原风味基础上有所提高，而且在生产数量上也大大增加。此外，还研制出了新品种，如兰陵白酒、兰陵二曲、兰陵大曲、兰陵特曲、白云陈香和太白老窑等，除国内畅销各地外，还远销秘鲁、日本、马来西亚、新加坡等地。

钦定御酒御河春

友人送我几瓶古沧州的御河春酒,观之晶莹清澈,饮之浓郁芳香、绵柔甘洌。

御河春酒是由麻姑酒更名而来,历史相当悠久。据说,宋代以前沧州以酿制黄酒著称,后发展成醇香、甘洌的蒸馏酒,至宋代酿酒业已是星罗棋布。《水浒传》中有关林冲发配沧州、醉倒雪地的描写,即可见一斑。到明清两代,沧州的酿酒业更是盛况空前。古沧州是京杭运河必经要道,沿河南销北运,生意兴隆。加之沧州地处渤海之滨,盛产海味,佳酿名肴,吸引无数游人、墨客。此时,蒸馏酒已演变成麻姑酒,闻名燕京。

为何叫麻姑酒呢?传说有个美妙的故事:麻姑是个倾城倾国的仙姑,每年三月三日到降珠河畔用灵芝酿酒,献给天宫王母娘娘。王母大悦,遂到瑶池摘来蟠桃让麻姑食用,自此麻姑长生不老,麻姑酒的名声亦随之大振。清代《茶余客活》云:"沧州(麻姑)酒止吴氏、刘氏、戴氏诸家，余不尽佳。盖藏至十年者，味始清洌。"明末，吴、刘、戴诸酒家的酒楼，背沧州古城面运河列屋而踞。一日，三位老者至楼上聚饮，不多时，三老皆醉。临行时将余酒倒入河中，河水色变；再取河水酿酒，酒味甘洌。清代兰维毅著《沧州图古歌》中，也有类似的记载。当年的沧州，酒家众多，青旗高悬，麻姑酒闻名遐迩。

清代学者纪晓岚的《阅微草堂笔记》中，多处记述麻姑酒。他说"麻姑酒非市井所能酿，必旧家世族代相授受，始能得其水火之节候"。还记载，有一次乾隆皇帝下江南，由运河乘船到沧州歇息，饮用了当地官员献上的麻姑酒，赞曰"朕从未饮过这样的好酒"。遂令纪晓岚传旨，饮定麻姑酒为"御酒"。

早年笔者多次饮用麻姑酒，知其工艺相当讲究。它用冀中平原所产红高粱为原料，取颜色江黄、颗粒饱满、壳糠甚少者。制作时，又用新鲜呈金黄色的稻糠作副料，清蒸去杂味，又用新鲜麦麸制曲，为糖化剂，多微共酵，时为四十八天。后再分层出池，缓火蒸馏，精心勾兑。

据悉，麻姑酒今取名"御河春"酒，是因20世纪70年代初恢复生产时，"麻姑酒"注册商标已被别家酒厂先用。而御河春完全是用当年"麻姑酒"的工艺，并保持了其传统特色。

天津美酒直沽烧

天津美酒出自天津城东的大直沽。

早在元代初期试行漕运（南粮北运），粮船从江苏太仓刘家河启碇，漂洋过海，千辛万苦，从大沽口进入天津大直沽，再改换内河粮船，经运河运到大都（今北京）。大直沽既是由南而北长途运粮的重要港口，便日渐兴旺起来，当地就建起了制酒业，当时叫"烧锅"，酿制的高粱酒叫白干烧酒。

到清代中叶，道光咸丰年间，酒业大兴。清末，大直沽成为天津酒业中心，"烧锅"多达三十多家。老字号留下来的有同丰涌、同源涌、义聚永、义聚成、义丰永、同丰和、同兴、王厚记、同兴涌、同华涌、永庆、仁和义、存益公、恒丰和、承记栈、福升太等家。经过多年变化，到1950年，据《天津志略》载：天津"烧锅"最盛时为二十七家，其中在大直沽有十六家。

"佳酿必有甘泉"，大直沽酒所以好，就因其引用的河水甘洌可口。据传说,大直沽后街有一条小溪,引进御河水,经过自然沉淀,是酿酒最好的水源。大直沽的"烧锅"傍溪而设,所酿的酒醇正甘美。

大直沽酒的配料和酿造方法也很讲究。经营"烧锅"的人,从西河、御河两岸农村采购上等红高粱,经过洗料、前净、后净、采曲、发酵、加气,到头淋、二淋、三淋,每道工序都认真操作,一丝不苟。在贮存时,酒缸深埋,锡盖加封,使酒不跑味,不降度,越是隔年陈酿,色、香、味越佳。清代《津门百咏》中有诗句"名酒同称大直沽,色如琥珀白如酥"的赞咏,并非过誉。

直沽酒不仅以高粱白酒有名。后来又增制"玫瑰露""五加皮""状元红"三种再制酒,也成为驰名中外的产品。中国早在殷商时代就已采用香花奇草入酒,直沽各"烧锅"在清中叶开始用玫瑰花酿酒,以鲜玫瑰花二十斤放入白酒四十斤中,蒸、制成"玫瑰母",再加入高粱白酒中,再加适量白糖,即成玫瑰露酒。被誉为"色媚如梅,清香凝玉,香露四射,芳氲不绝"。可谓妙矣。

"状元红"原名红酒。明代洪武年间,中州金家所酿最佳,后来金家后嗣有人中了状元,故改名"状元红"。清乾隆皇帝喜饮此酒,收益寿之效。大直沽"烧锅"得到制酒秘方,减去栀子增加红曲的分量,成为独具特色的"状元红"。由于酒色鲜艳,在喜庆寿诞和年节设宴时,饮用"状元红"更增加浓郁的吉祥气氛。

大直沽酒鼎盛时期,年产量达二千一百六十万斤,一直远销到南洋各地及欧美各国。

徐水有酒"刘伶醉"

"刘伶醉",酒色明净清澈,酒质绵甘醇和,饮后余香留长。河北省徐水县酿制的这一特曲名酒。追溯它的历史,有一段有趣的故事。

晋朝"竹林七贤"之一的刘伶,字伯伦,本系安徽省宿县人士,因他不满朝廷的专权横暴,便千里迢迢到了北方的遂城(今河北省徐水县),访友张华。张华以当地佳酿款待,刘伶饮后大加赞赏。据《徐水县碑志》记载,刘伶当年常"借杯中之醇醪,浇胸之块垒",并乘兴作诗。他在《酒德颂》中写道:"捧瓮承槽,衔杯漱醪,饮此美酒,无思无虑,其乐陶陶。兀然而醉。豁然而醒。静听不闻雷霆之声,熟视不睹太行之形,不觉寒暑之切肌,利欲之感情。"传说刘伶饮酒后,完全沉醉于美酒之中,竟大醉三载,后卒于遂城。据说遗冢至今尚在,是河北省重点文物保护对象。后人为刘伶修建了一座"酒德亭",迄今犹存。

后来,不仅"张华造酒刘伶醉"成为历史佳话,而且

"张华酒"也应运而生。尤其梨园界编演"刘伶醉酒"一剧后，更提高了"刘伶醉"的知名度。

"刘伶醉"之所以闻名，这与它的特殊制作工艺有关。它用本地产的优质高粱、大麦、小麦、大米、小米、糯米、豌豆等七种粮食为原料，取太行山下古流瀑河畔的甘泉井水，采用传统的"老五甑"工艺酿造，又以张华村（刘伶墓所在地）的芳香泥土封窖，发酵陈酿而成。"刘伶醉"属酱香型，敞杯不饮，酒香扑鼻；多饮也不伤神。笔者曾饮"刘伶醉"，实感它幽香浓郁，名不虚传。

而今"刘伶醉"已远销日本、新加坡、马来西亚、联邦德国和香港、澳门等十多个国家和地区。行家评论它"既有茅台香型，又有泸州大曲香型"，被誉为别具风味的"小茅台"。

济宁名酒话"金波"

《镜花缘》第九十六回写道：一位客官走进一家酒馆，要饮天下名酒，酒保捧出一块粉牌，上列名酒五十五种，其中有山东济宁名酒金波酒。

金波酒是济宁玉堂酱园的传统名牌产品，因色泽金黄，波光闪闪，故名。1915年，在巴拿马国际商品博览会上，金波酒荣获金牌奖章。该酒属低度饮料药酒，入口绵软，香味醇厚。据说此酒选用优质高粱大曲配以沉香、檀香、郁金香、当归、枸杞、蔻仁等十四种名贵中药酿造而成。

俗话说："名酒产地，必有佳泉。"济宁四周多佳泉，城南有碧波万顷的微山湖，城东有光府河，因此，自古以来，济宁的酿酒业极为发达。唐代"斗酒诗百篇"的李白，特在开元年间定居济宁，购置酒楼，前后长达二十三年之久。唐、宋年间，济宁的酒坊有上千家。足见"济水三分酒"的说法并非夸张之谈。

记得当年参观玉堂酱园酿造车间的时候，酿酒师傅神秘地说，金波酒是严格按照鲁国传统的酿造工艺生产的。此外，还有三个显著特点，一是用药的处方特殊，十四味中药的选用和剂量，缺一不可，多一有害；二是药物的炮制，工艺奇特，手续繁多：有的要炒，有的要蒸，有的要煮，有的要炙，有的用酒喷，有的用醋泡，有的用水浸，而且泡制的时间要恰到好处，如滋补性的药味，宜文火慢煎，挥发性的中药，要武火急炒，等等；三是酿酒的技艺全凭老师傅代代言传口授，绝不轻易示人，尤其关键工艺，只有一两位酿酒艺人动手，即使作坊之内的小工，也要离场。

济宁金波酒因其有独特的营养和医疗功能，在国内外享有很高盛誉，故慈禧太后曾指令其为贡酒。

金波酒具有强身健脑，补气壮阳，促进食欲，延年益寿之功效，且对治疗男子性机能不强有特效。只要连饮数月，诸病皆除了。

笔者当年在玉堂酱园还探听到另一治病奇方，即筋骨不活、跌打损伤，可用金波酒腌制微山湖的大螃蟹，每日进二三次，伤轻的数日则愈，伤重的月余即痊。但需牢记——一定要将醉蟹的渣壳等物砸碎捣烂，敷在患处，并且要七天一换，若有跌伤患者，不妨一试。

张士弼与张裕酒

张裕葡萄酒厂是我国最早以科学方法酿造葡萄酒的工厂，是中国驻新加坡领事张士弼于1892年建造的。

张士弼本是苏门答腊的一个爱国华侨富商，后弃商从官，任中国驻新加坡领事。任职期间，他在参加一次法国领事举办的宴会上第一次品尝到法国葡萄酒。醇香甜美的酒汁，宛如一注沁人心脾的甘泉，立刻引起了张士弼的兴趣。具有爱国热情和实业家素质的张先生，首先想到的是能不能在中国建造一个生产葡萄酒的工厂。他向法国领事打听在中国什么地方建造葡萄酒厂最合适，法国领事告诉他在烟台，因为当时烟台是对外开放的口岸，一些法国传教士已经在那里种植葡萄，并小规模地自产出高质量的葡萄酒。

为了实现在中国开办酿酒厂的愿望，张士弼辞去了领事的职务，来到烟台实地进行考察。在此，他结识了奥地利驻烟台领事巴博，这个巴博曾在奥地利跟他父亲学过酿造葡萄酒，还在酒厂干过，对葡萄酒的酿造很在行，一听张士弼要开办酿酒公司，非常高兴，正好英雄有用武之地。于是赶忙辞了职务，自告奋勇地为张士弼的酿酒公司做技师，经过一阵紧张的筹备，张裕葡萄酿酒公司正式成立。在巴博的建议指导下，张士弼拿出三百五十两白银作为开办费，先买了东西两座石山，然后填土，硬是在这石头山上填出一千多亩葡萄地来，并引进了法国、意大利、德国的优良葡萄种，按品种分植于此。在海岸边建起一座三层楼的厂房，楼底有一个十米深的酒窖，厂房以东还建起一个玻璃厂，作为包装配套工程，厂房以西建有职工宿舍。巴博为公司引进了当时最先进的全套生产设备。

万事开头难，第一次从法、意、德引进了一百二十万苗葡萄种，在海运途中，耐不住印度洋的高温，全部报废。他们立即又从三国引进一百二十万苗种子，这次重视了运输途中的管理，特别是经过印度洋高温区域时，采取了降温措施，确保了种苗的质量。经过艰难的远涉重洋，终于使这些异国的葡萄能在中国的大地上深深地扎下根来。

功夫不负有心人，在巴博的精心管理指导下，张裕酿酒公司终于酿出了纯正的葡萄酒。1915年的巴拿马博览会上。张裕葡萄酿酒公司的白兰地荣获金质奖章。金奖白兰地由此而得名。张裕葡萄酒也从此名扬天下。

绍兴加饭酒上国宴

现在中国礼宾工作已有所改革,国宴不用烈性的茅台酒了。绍兴加饭酒成为宴宾国酒。

加饭酒,是绍兴老酒中的名牌。素有"酒中独步""中华第一味"的美称。它是以元红酒为基础精制而成的。顾名思义,"加饭"就是多加原料的意思。元红酒,又称状元红,因过去酒坛外壁涂朱红色而得名。用元红酒酿制的加饭酒,色泽深黄带红,透明晶莹,显露琥珀之光。它的糖度高于元红酒,酒精含量为18%~19%,总含酸量为0.45%,属低浓度白干酒类。故酒味醇厚,兼备香、柔、绵、爽,并且酸、甜、苦、辣、咸五味俱全,一口喝下去,回味无穷。加饭酒的刺激性小,适量常饮,有兴奋精神,促进食欲,生津补血,解除疲劳的功效。添入烹饪作调料,能除腥、增香、添味,并有健脾的效能。若用于制药,能使药性移行于酒内,从而增加疗效。因此,加饭酒历来为人们所喜用,成为绍兴酒中之佼佼者。

千百年来,在古老的绍兴酒乡,人们已与加饭酒结下了不解之缘。逢年过节,红白喜事,绍兴人都离不开此酒。绍兴的风俗,孩子出生三天宴客叫"三朝酒";满一个月叫"满月酒",也叫"剃头酒"。孩子到周岁吃"周岁酒";贺生日叫"吃寿酒"。定媳妇叫"订婚酒";结婚吃"喜酒",男家办的叫"筵席酒",女家办的叫"出阁酒"。新婚夫妇首次去女家叫"回门酒"。人死悼亡叫"开奠酒";埋葬时吃的叫"安葬酒"。新屋落成吃"贺房酒";乔迁之喜叫"进屋酒"。商店新开叫"开张酒";年终分余吃"分红酒"。出远门时吃"饯行酒";返归时吃"洗尘酒"。清明节吃"春酒";端午节吃"雄黄酒";中秋节吃"赏月酒";除夕夜吃"团聚酒";过春节吃"年酒";正月十五吃"元宵酒"。平日无事而请吃的酒,绍兴人则还有一个好听的名字,叫吃"要酒"。真是五花八门,名目繁多。

古传即墨老酒

谈到黄酒，使人很容易想起"绍兴加饭"；其实山东的"即墨老酒"，也是一种历史悠久，名闻中外的黄酒。

即墨，是胶东半岛最古老的一个县，即墨老酒始称"醪酒"，意为醇酒。只是到了宋代，人们为了区别于其他地区的黄酒，才把"醪"改为"老"，称"即墨老酒"。

据记载，战国时期，即墨物产丰盛，富庶繁华。醪酒作为一种祭祀和助兴的饮料，酿造极为盛行。据传，当时燕军攻齐，连拔七十余城，最后围困了即墨城，守城齐将田单用"火牛阵"大败燕军，转守为攻，收复了失地。其取胜原因，除田单具有军事才能等诸多因素外，与百姓用"醪酒"犒劳将士，用以振奋精神，激励斗志也有关系。即墨老酒曾受到几代帝王的推崇，春秋时齐景公驻崂山，曾把醪酒作为朝拜仙境之圣物；秦始皇、汉武帝、唐玄宗均畅饮此酒；元太祖、明万历皇帝都赞赏此酒为珍浆。至清道光年间，即墨老酒已畅销全国各大商埠，并远销日本及南洋诸国。

即墨老酒属半甜型黄酒,是按照黍稻必齐、曲浆必时、火炽必洁、水泉必香、火剂必得、陶器必良的"古遗六法",选用优良黍米,陈伏麦曲,用崂泉水将米浸泡洗净,适火铲糜糊化,高温糖化,定期定温发酵,压榨后陈酿而成。其典型风格是:酒色纯正,黑褐晶莹,清香馥郁,醇厚爽口,微苦而有后味。因此,古今名人对即墨老酒都有高度评价,归纳起来可用五个字、五句话概括:色——黑褐晶莹;香——芬芳馥郁;味——微苦清香;液——盈盅不溢;功——舒筋活血。

其营养之丰富,据近代用科学测验,含有人体必需的氨基酸、蛋白质、维生素、微量元素、酶类等。古称"回春佳酿",今称"液体蛋糕"或"浓缩奶油"。经常饮用,不但能舒筋活血,强壮身体,而且能促进新陈代谢。特别对产妇滋补,治疗腰腿疼,关节炎等效果尤著。故即墨老酒有日常生活中的"三料"之称,即营养丰富的饮料,菜肴调味的配料,治病必备的引料。

曹雪芹家酒四百年

今日市场上曹雪芹家酒,追溯它的历史,始产于明代嘉靖年间,盛行于清代康熙年间,起飞于改革开放的今天。

曹雪芹的先祖曹端明、曹端广,于明永乐二年(1404)从江西武阳渡北迁,定居河北丰润县。后来,兄端明留在丰润,为丰润曹之祖;弟端广去了辽宁铁岭卫,归金后,是为辽宁曹。至明代嘉靖时,丰润曹已成为名门望族,丰润县城北四十里处的白云岭,为曹家一处重要园林建筑,名"白云岭山庄"。因这里有一条浭水河,曹氏家族便取浭水酿酒,取名"浭酒"。清代光绪十六年(1894)版《丰润县志》卷九载:"浭酒以浭水酿之,所以独异者在不药不煮,即以所漉生酒贮于瓮,初则淡而有风致,窖大则香郁味覃,不觉使人自醉。韩慕卢宗伯督学京畿,饮之而甘,品为燕酒第一。"稍后的李汝珍在其《镜花缘》小说中,把浭酒以"直隶东路酒"名义,列为天下名酒之一。康熙三大宰相之一的陈廷敬专赋《浭酒歌》一首：

> 离筵尝遍京东酒，浭酒淋漓最有情。
> 东流浭水行相饯，近海清波净于练。
> 谁将浭水变春醪，曹家兄弟成欢宴。

奇酒须飨以奇人。曹雪芹的祖父曹寅就独喜浭酒。为什么在众多的美酒之中他钟情浭酒呢？这除了该酒品质确佳外，更主要的是浭水是他的故乡，一杯家乡酒在手，别有一番滋味在心头。他不由吟出了"春言酌昆友，陶然知水奇"的诗句。

曹雪芹自幼生于官宦门第，自幼与酒结缘。但他之好酒与其祖父曹寅迥然不同。如果说曹寅好酒是一种清赏，一种情调，于浅斟低吟之中寄寓一点淡远幽长的乡国之思，那么，曹雪芹好酒则是男儿襟怀，英雄本色，做鲸吸百川式的豪饮。他的朋友写给他的诗中，几乎没有一首不提到酒、不提他的豪饮。他以酒为逃避，更以酒为抗争。酒成为他生活中不可缺少的组成部分。

岁月悠悠，沧海桑田。丰润曹家同那个时代一起早已演变成历史，但曹家给后人留下的浭酒并没有因此失传，它就像后人传阅《红楼梦》一样，声名远播。为了纪念伟大的文学家，为了恢复历史的本来面目，曹氏家酒——浭酒，经著名"红学"家周汝昌、史学家杨向奎考证，浭酒即曹氏家酒。1994年6月8日，周汝昌亲自题字："浭酒——曹雪芹家酒"。

历经几百年变迁后，曹雪芹家酒仍吸引了众多客户青睐。如今丰润县曹雪芹家酒集团公司，又将传统的曹酒酿造古方与现代酿造技术相结合，陆续推出了一系列高、中、低档"曹雪芹家酒"。特别是1997年香港回归之际，曹雪芹家酒特意酿造了回归喜庆酒，送到故乡各大酒店，更扩大了历史文化名酒的声誉。

炎夏谈啤酒

进入夏季，啤酒又成为每天必备的饮料。过去，我最喜欢喝青岛和北京的啤酒，近几十年在海外虽喝过不少种啤酒，但总觉得不如青岛和北京的啤酒好喝。

有人认为用大麦酿啤酒，是外国人发明的，其实，中国早在两千多年以前就已经有了大麦酿酒。据明朝人宋应星所著的《天工开物》记载，我们祖先用麦芽酿酒，当时称为"醴"，是一种甜淡的酒。古人以麦酒作送别饯行之用，取其淡而不醉。《后汉书》载："范冉与王奂善，奂迁汉阳太守，将行，冉与弟协步赍麦酒于道侧，设坛以待之。"这说明麦酒古已有之。不过，用啤酒花酿制麦酒，则是公元12世纪法国人所首创，使啤酒有清爽微苦之味。

佳酿必有甘泉，水源是酿酒的主要条件。青岛啤酒所以好喝，跟崂山甜水有不可分的关系。美国出版的《华盛顿人》杂志，于1981年和1985年，先后两次在华盛顿举行啤酒评比会，青岛啤酒两次都获得第一名，可见青岛啤酒已在世界范围站住了脚。有人认为,青岛啤酒之所以在美国畅销,关键是质量高于联邦德国和荷兰所产的啤酒。他们说,欧洲人用同样的原料配方,也难达到青岛的水平。笔者对此也有同感。

北京五星牌啤酒好喝,也是由于所用水质好,因为用的是玉泉山的泉水。玉泉曾被清朝乾隆皇帝封为"天下第一泉",所以用来酿酒好喝也就不奇怪了。

据最近信息,北京五星啤酒厂不久以前试制出一种新产品,名叫"增富维生素啤酒",简称"VC啤酒"。这种啤酒含低分子糖、蛋白质及十七种以上的氨基酸和十一种维生素,还含有二氧化碳气体。喝之有消暑、解渴、开胃、健身的作用。所以,这种啤酒一出厂就受到消费者欢迎。

文学名著中的酒趣

中国古代文学与酒有着密切的关系,从最早的《诗经》开始,直到文坛巨著《红楼梦》,遍览文学名著,几乎离不开酒。

《诗经》中有"为此春酒,以介眉寿"句。诗三百篇中十有其三与酒关联。曹操的诗句"对酒当歌,人生几何""何以解忧,唯有杜康",可以说是尽人皆知,他的"对酒"诗则表达了他的政治愿望。

中国诗歌的黄金时期是唐代,而这一代的大诗人几乎没有一个不饮酒、没有一个诗中不写酒的。李白自称"酒中仙",他的诗文六分之一与酒有关,如《襄阳歌》《月下独酌》《将进酒》《把酒问月》《对酒》《客中作》等,都是酒诗名篇。开元年间,李白客居东鲁,写有传世佳作《客中作》:"兰陵美酒郁金香,玉碗盛来琥珀光。但使主人能醉客,不知何处是他乡。"这首典型的品酒诗,不但使读者如见酒色、如闻酒香、如呷酒味,而且感受到诗人豪爽奔放的性格。诗圣杜甫闻知官军收复失地，饱含激情写下了"白日放歌须纵酒"的诗句。白居易嗜酒善诗："酒狂又引诗魔发，日午悲吟到日西。"在他的二千八百首诗中，饮酒诗便有八百首。名篇《琵琶行》就是"醉"中之作。诗人借酒遣兴，咏物抒怀，迸发诗兴，酿造出一种美好的意境。

酒在中国饮食文化中有着特殊的地位。饮酒，使饮食文化的社会功能更加广泛。宋代苏东坡"应呼钓诗钩"句，直说酒像钓鱼钩一样，喝了酒可以把诗句钓上来。他的《蜜酒歌》则以诗的语言，表述了复杂的酿造工艺。中国传统酒文化更强调的是饮酒时的"酒趣"。饮酒乃"学问之事"，它有一套相应的礼仪规范。南宋诗人辛弃疾与酒就有一番风趣的对话。

元、明、清文人与酒更有不解之缘。在《儒林外史》《水浒传》《三国演义》《红楼梦》中，都有多处对酒的精彩描写。《三国演义》中，曹操煮酒论英雄，温酒斩华雄，演出了一幕幕充满传奇色彩的英雄故事。"群英会"上，觥筹交错，周瑜谈笑风生、醉态毕现，却原来"醉翁之意不在酒"，实乃借"酒"设计骗蒋干，好一位足智多谋的统帅。《水浒传》中，武松快活林醉打蒋门神，景阳冈连饮十八大碗，乘酒兴赤手打死了那只吊睛白额大虫。宋江浔阳江头酒楼上醉题"反诗"，又引来惊天动地的水泊全伙劫法场。鲁达正是去酒店饮酒，才听到金老父女的冤情，引得这位路见不平的好汉，三拳打死"镇关西"。吴用更是以"酒"为饵，在黄泥冈的松林里导演了一出"智取生辰纲"的好戏。

《红楼梦》中，有关饮酒、饮宴、酒仪、酒的知识和酒态描写，更是十分精彩。此外，曹雪芹还用重笔浓彩，描写了不少以酒赋诗传令、猜拳行令联句、饮酒时玩击鼓传花游戏等，形象生动地描绘了清代盛世酒礼、酒俗、酒歌、酒令等诗酒文化的高水平。

名店特产

mingdian techan

酱菜老店六必居

北京有一类专门经营油、盐、酱、醋的店铺，称为酱园，俗称油盐店。酱园亦有不同风味，以分别来自河北保定府、北京本地和江南一带的技师及其制作的风味为准，分为三类：老酱园、京酱园和南酱园。在北京老酱园居多，其声誉昭著者凡七家——前门外粮食店六必居酱园、天章酱园、西单天源酱园、东四天源酱园东号、西四天义酱园、地安门大街宝瑞酱园，以及开业最晚的王府井天义成酱园。其中历史久长、品种优良、名高誉重的是开设在前门外粮食店街的六必居酱菜园。

传说有人站在日本的海岛上能看到北京的"六必居"三个大字。此说当然不实，却反映了六必居声誉之大。1936年，六必居酱菜园曾参加过在青岛举办的一次博览会，当时曾发表声明称："本园开业在前明中季，迄今已五百余年，有严嵩未揽权以先，法书匾额为证，足资可考。"

六必居的前身是一家小酒店，系山西省临汾一个姓赵的掌柜开设的。明朝嘉靖九年（1530）开始经营酱菜园。严嵩是一个专横跋扈、臭名昭著的奸臣，在他未发迹之前，却是一个好酒文人，在小酒店喝酒题字也是常事，后来书法家曾对照严嵩在朝的墨迹考究过六必居的匾额，断定确实是严嵩的笔体，如今原匾仍高悬于店门之上。

关于"六必居"的含义也众说不一，有说它原叫"六心居"，是由六个人合伙经营的，后因有人说六个心眼做不好生意，故改为"六必居"。实际上"六必"是赵掌柜根据老家临汾酿制名酒（著名的汾酒）六项必须做到的要求，应用到制作酱菜业务上来，故称为六必居酱菜园。所谓"六必"就是：一是黍稻必齐（酿酒用各种粮食品种必须齐全），二是曲蘖必实（曲酒用的曲子必须无假），三是湛之必洁（用具器皿必须清洁卫生），四是陶瓷必良（酒坛子必须良好），五是火候必得（必须掌握好火候），六是水泉必香（必须用水质好的泉水）。酿酒与制酱和酱菜有不少共同处，六必居酱菜园把酿制好酒的要求，用于酱和酱菜的制作上，不愧是经营有方。

六必居经销自制的酱菜，丰富多彩且色香味俱佳，尤以甜酱八宝瓜、甜酱黑菜、甜酱八宝菜、甜酱黄瓜、甜酱甘露、甜酱白菜、甜酱瓜、白糖蒜、杂香菜、小酱萝卜、佛手疙瘩、稀黄酱、铺林酱油等传统酱制品和酿造品最为脍炙人口，行销全国。这些传统产品，色泽鲜亮、酱味浓郁、脆嫩清香、咸甜适度且按不同产地选料，故在清代被列为宫廷御用品，由朝廷赏赐红缨帽和黄马褂，作为进宫送货的服饰与标志。

民国二十四年（1935），六必居之酱菜参加了在青岛举办的铁路沿线出产货品展览会，荣获优等奖。其后又赴日本名古屋参展，以特制罐头酱菜及干黄酱、铺林酱油等展品赢得好评。1945年秋，蒋介石飞抵北平，旋在中南海设宴，点名要六必居酱菜，食后赞不绝口。傅作义、温寿泉、侯少白等军界要人亦曾令六必居送酱菜至其私邸。

六必居自创业以来一向不用"三爷"——即少爷、姑爷、舅爷，以免其不听使唤而影响全局——此其成功之道也。

天义成更名天义顺

近闻北京的酱园，恢复营业者有六必居、天源和天义顺三家。其实早年是有七家著名酱园的。除此三家外，尚有天章、东天源、天义、宝瑞。

天义顺原名叫天义成，创始于清咸丰年间，至今已有近两百年历史。据说西太后慈禧最喜吃天义成制造的桂花甜熟疙瘩，因之天义成这面招牌不胫而走，誉满京都。

后来天义成怎么又变成了天义顺呢？约在1930年前后，天义成由于经营不善，生意衰落。经管事说和，出倒给东来顺财东丁子清。

原来天义成和东来顺都在王府井大街的金鱼胡同西口，是对门邻居。很长时间内，东来顺所用副食调料均由天义成供应。东来顺经理丁子清对天义成窥伺多年。听到天义成经营失利，有意出倒的消息后，他立即抓住时机，把管事请到东来顺楼上，一同用饭，进行密谈，并许愿说："天义成若真弄到手，我必有重谢。"经管事从中卖力斡旋，天义成很快就到了丁子清手中。于是丁子清借东来顺的"顺"字，把天义成改成天义顺了。

丁子清踌躇满志，雄心勃勃，天义顺一到手，就立即扩大建筑，装修门面。原来旧北京东郊颇多封建贵族墓地，墓地中有不少优质汉白玉的断碑残碣；他从看坟人手中廉价买来，又雇能工巧匠精雕细琢，打磨成天义顺大门脸。门脸两侧镶有雪白瓷砖，上面乌黑漆字，工工整整地写着"山珍海味""口蘑杏仁""燕窝银耳""海参鱼翅"等醒目广告。上方正中，是由名书法家书写砖刻的"天义顺老酱园"六个大字，庄重巍峨，极有气势。东西两个配房，东配房为青菜部，西配房为粮食部。过厅北去是三间高大门面，门额上方有一块"天义顺"金漆匾额，出自清翰林江凤鸣手笔。后院有北楼房三大间，楼上为存放杂货之库房，楼下是加工车间和工人宿舍。院内西端有瓦房三间，是酱醅子发酵室。院中间地上有大开平缸百余口，用来晒酱腌菜；另有制造黄酱的全套设备。

装修工程完毕，丁子清为了"开市大吉、万事亨通"，在东来顺楼上大宴北京各清真寺教长、工商界名流以及东安市场内外各界朋友们。饭后，丁子清向大家说："天义顺过三天就开营了，请各位多加指导。"然后陪大家参观天义顺。这样一介绍，对参观的人本身就有一定影响，他们回去一宣传，天义顺的招牌就算树起来了。丁子清自己曾说过："我这种宣传的办法，比登报宣传效果大！"

歪打正着的天福号

北京有句土语——"歪打正着儿",其含义谓本是相反的动机,结果却做成某事;或是无意中把某事做成。天福号酱肘子铺,便是因为歪打正着儿而享盛名、发大财的。

天福号坐落于北京西单路口西南侧,开业于清乾隆三年(1738),迄今已有近三百年的悠久历史。

这家老字号的创始人,乃山东掖县小商贩刘凤翔。刘氏进京谋生,因本钱不够遂与一山右人合伙开设酱肉铺。未几,山右人因获利微薄而撤出股份,刘氏只得独资经营,无奈资金周转不灵,生意冷冷清清。

一日,刘氏闲步于德胜门晓市,见旧货摊上出售一块旧匾,名曰"天福号",其字乃颜体楷书,端庄雄浑、气势开张。刘氏揣摩其义,觉有天赐福佑之吉祥寓意,遂欣然购之,挂于店铺门楣上。此匾极为醒目,每有过往文人墨客驻足门前赏而品之,生意因此而逐渐兴隆。

该店之酱肉,向来是夜煮日售。至光绪年间,虽生意一直兴隆但尚未名声大噪。一次夜间小伙计看锅煮肘子，伏案酣睡；一梦醒来，见肉已塌烂于锅中，叫苦不迭，只好轻取出锅酱上颜色以待天明出售，并准备接受掌柜的一顿拳打脚踢。清晨开门后，恰有刑部衙门派员买肘子，尝后连夸味道比往日好。傍晚即对掌柜传话道：刑部老爷爱吃今天的肘子，酥嫩味香，不腻口不塞牙，命每日送一只。掌柜大喜过望，越发精心制作，并选用万寿山六郎庄荷叶包装，其清香与肉香相得益彰，遂成京城脍炙人口之一大美食。

对天字第一号的美食家慈禧太后来说，天福号的酱肘子是其御膳中必不可少的佳肴。当她第一次品尝此物后，即赐天福号一块腰牌，凭此送货进宫。自此，天福号遂成为慈禧太后的"外厨房"。当朝状元陆润庠为拍"老佛爷"（朝野对慈禧的尊称）的马屁，特意为天福号题署了"四远驰名"匾额，致使这家酱肘子铺大红大紫、万事亨通。

《老子》云："祸兮福之所倚，福兮祸之所伏。"天福号当年一锅煮过了火的酱肘子，居然使其日进斗金、名满天下，诚所谓福因祸而生矣。

刘氏的店员每日往宫里送菜，看到御膳房里用一个绘着金龙、漆着红漆的食盒，里面有二十来个扇面形的小托盘，每盘放着切成不同形状的酱肉、肘花、香肠、大肚、香肚、熏鸡、酱鸭、驴肉丝、清酱肉等，因此也仿制了许多盒子，分大、中、小三号，分装各种制成的熟肉，叫作盒子菜，顿获厚利。不久，顾客便以"盒子铺"呼之。

天福号酱肘子，选料很严。必须用京东八县当年所喂养的七十斤上下肉膘肥的猪前肘。拔净细毛，反复洗刷。每百斤配料大盐四斤、桂皮二两、生姜五两、大料一两、糖色八两、料酒八两、花椒一两。下锅旺火煮一小时，把油煮出来后，取出肘子，用冷水冲洗。撇净锅内浮油，煮好的汤过两次箩，捞净内渣，再放入煮过的肘子，用大火再煮四小时，然后换微火焖一小时，前后经过六小时的煮焖，汤已成汁，油已渗出，故能肥而不腻。等肉香透出味来，酱肘子遂告制成。

近闻，"文革"中停业多年的天福号请回了原来制作酱肉的老师傅，于1979年又在西单复业。每天一开门，店门前便排成两条长龙，顾客争相购买，居北京的人又可以尝到天福号酱肘子了。

月盛斋的酱羊肉

不久前友人邀我吃饭,见有酱羊肉,想起北京月盛斋的五香酱羊肉来。

笔者的祖母于饮食一道,可称"北京通"。她吃酱猪肉,要西单"天福"的;酱牛肉要前外门框胡同的;酱羊肉要"月盛斋"的;即便是酱八宝、酱萝卜和萝卜干,必是六必居、天源,后门大葫芦的也不吃。她的鉴别能力极高,入口便知真假。

那时,笔者正读中学,骑一单车,便成了专职采买员。一天,她老人家吩咐下来:"到内户部街的月盛斋买斤酱羊肉。"

那天,不知因什么,为了图省事,就在东四一家买了一斤。晚饭桌上,老太太夹起一块酱羊肉,放到眼前端详了一番,又闻了闻,这时笔者手心已经出汗。等她将肉放到嘴里,略一咀嚼,便大摇其头:"不对,你打哪儿买的?"笔者无奈,只好从实招来。

原来，月盛斋的五香酱羊肉与众不同，肥而不腻，瘦而不柴，吃起来脆嫩爽口，不留肉渣，且有股子特殊的醇香之味。怪不得老太太一闻一嚼便断然做出结论来。

月盛斋的酱羊肉用的是西口白羊，每头只用脖子肉、前槽肉、前后腿肉和腰窝等，既煮得烂而又不糟。其调料是从不公开的，据说是秘方。在制作火候上，掌握极严，先用旺火煮，再用温火煨，有专人随时观察调整火力。月盛斋的肉汤，号称"百年老汤"，即中国传统的烹饪方法，叫作"留宿汁"。即每次炖肉后，留下部分肉汤，次日兑入新汤中，可使肉味更为鲜美。

老太太郑重声明："慈禧太后就爱吃月盛斋的酱羊肉。"笔者将信将疑，后来看裕庚次女裕容龄写的《清宫琐记》一书，说"冬天大内里面非常冷，在东廊房子里摆着三个大煤炉子，在慈禧未到之前，太监们为我们预备些烧饼酱肉，我们大家放在炉台上烤着吃"。此中酱肉便是月盛斋的酱羊肉。据说，远在乾隆三十年（1765）有个回民马庆瑞，在前门外荷包巷设摊卖酱羊肉，起名"月盛"，取"日兴月盛"之意。由于风味绝佳，回汉平民，满汉文武大臣，都派人去买。十年以后，马庆瑞便在后来的前内公安街开起店铺，有的官员买了进献给慈禧，被列为御膳，赐了四道金牌，可直接送入宫内。看来，老太太之言是大有来历的。

王致和臭豆腐

提起"王致和臭豆腐",久居北京的人几乎无人不知,无人不晓。

王致和本是清康熙年间一落考举子,欲归故里,因往返所需盘费甚多,便留京以做豆腐为生计,想下科再考。开始先购置手推小拐磨,每日磨上几升豆子的豆腐,沿街销售。一次剩下豆腐较多,卖不出去,想起家乡有用豆腐制成腐乳的,但不知怎样做法,便将豆腐切成小块,加盐及花椒为作料,腌制起来。秋凉之后,打开缸盖,臭气扑鼻,豆腐已呈绿色。试尝其味,带有一股浓郁的美味,送与邻居品尝,均点头称善。这便是王致和臭豆腐的由来。

王致和官运不通,屡试不中,但臭豆腐的生意却越做越兴隆,遂弃仕经商,专做起臭豆腐来了。招牌最初是"王致和南酱园",雇用了几个师傅徒弟,驴拉磨代替了小拐磨,以经营臭豆腐为主,兼营酱豆腐、豆腐干及一些酱菜。从清初开业以来，二百余年，掌柜虽几易其手，但臭豆腐之名气却越来越大，越传越远。它不但味美价廉，能开胃促进食欲，且具有细、腻、松、软、香五大特点。

据说，从光绪年间起，"王致和"除白天营业外，夜间也开窗售货。其中有段故事。慈禧喜欢在秋末冬初食用王致和臭豆腐，因此，主管太监经常到王致和南酱园购货。有时来晚了，赶上闭户停业，只好以头天吃剩下的顶替。骄奢享乐的慈禧太后，岂能吃剩食？她为人狡诈，有一次她在进膳时，暗地把一枚花椒埋在臭豆腐之中，到了次日，拨开一看，果然有粒花椒赫然在目，于是严厉处罚了主管太监。太监们吃了这顿苦头，就同王致和南酱园商量，夜间开窗售货，以保证不误"上用"。

臭豆腐一经"上用"，顿时身价百倍，王致和门前三块主匾，均彩绘龙头，以示是"大内上用"的珍品。"王致和南酱园"这六个字分为两块匾。分别由状元孙家鼐、鲁琪光书写。孙家鼐还写了两副门对：一曰"致君美味传千里，和我天机养寸心"；一曰"酱配龙蟠调芍药，园开鸡趾钟芙蓉"。两副门联的冠顶四个字："致和酱园"，分别镌刻于四块门板上。太后珍食，状元手书，王致和真可说是出尽风头。

王致和臭豆腐也引起了一部分外国人的兴趣。记得1947年，北京燕京大学有几位美国教授曾慕名参观整个制作过程，拍了许多照片，品尝了一番，最后还买走了一些,以便回校进行分析化验。过了一段时间他们又来到王致和酱园,声称"味道不错,并含有蛋白质和多种维生素"云云。

宣威火腿驰名中外

早在1915年,云南双猪牌火腿罐头就已打入国际市场,在巴拿马食品博览会上撷取金奖。这种名特产品产于云南宣威,大商号、总经理为爱国实业家浦在廷。

浦在廷(1873—1950)出生在云南宣威一个书香之家。他不做科举制度的奴隶,十四岁就向父亲提出参加马帮,当赶马人。当马帮赶车谈何容易,当时云南交通闭塞,须穿过瘴烟毒物的原始森林,躲过土匪强盗的抢劫。唐代大诗人白居易对这里曾这样赋诗:"闻到云南有泸水,椒花落地瘴烟起。大军跋涉水如汤,未过十人二三死。"浦在廷不畏艰险,迎难而上,多少次死里逃生,终于拥有了自己的马帮。从短途集市贸易走向长途贩运,马帮进入昆明闹市、西双版纳以及东南亚等地,成为滇东北一带拥有实力和声望的商人,担任了县商会会长。

宣威火腿是浦在廷贩卖的大宗商品之一。其火腿色润鲜艳,红白分明,咸香带甜,营养丰富,余味无穷。与浙江金华火腿、江苏如皋火腿三足鼎立，号称中国三大名腿。然而，这宣威火腿表面不洁净，粗大笨重，不便于携带。浦在廷反复思索，当时欧洲一些罐头食品流入中国，如把火腿制成罐头岂不更好？1909年8月，浦在延在宣威创办了火腿股份有限公司，后又自创食品罐头公司，商号"大有恒"，商标"双猪"。随后更新设备，引进先进技术，亲手把关制作，使宣威火腿从里到外焕然一新。罐头装潢别致，便于携带保存，味道更加鲜美，很快打开国内外市场销路，产品供不应求。

1916年，蔡锷率领护国军途经宣威入川，讨伐窃国大盗袁世凯。浦在廷时任商会会长，目睹护国军军纪严明，秋毫无犯，带头为部队捐款。云南省长兼督军唐继尧在县城召开各界人士大会，表彰地方协助讨袁有功人士，授浦在廷银制梅花奖。还亲书"急功好义"大字匾额以赠。1917年后，浦在廷拥护孙中山，支持护法运动，反对北洋军阀段祺瑞。1921年，孙中山成为大总统，浦在廷随滇军入粤参加北伐，被任命为旅粤滇军军需总局局长。但粤军总司令陈炯明在广州发动政变，孙中山只好离开羊城。1922年底，滇军受孙中山委托，入粤将陈炯明赶出广州。1923年2月，孙中山返回广州就任大元帅，设立大元帅府并嘉奖讨陈有功人员，浦在廷被授予少将军衔。

浦在廷在广州期间，于1923年底将双猪牌火腿罐头送展，参加食品博览会，获优秀奖，受到好评，孙中山为之题赠"饮和食德",委任浦在廷为广东省烟酒公司公卖局局长、全国总商会副会长。此后,双猪牌火腿罐头除在国内销售外,还远销港、澳、新加坡、缅甸、越南、巴拿马、日本、德国、法国等市场,在国内及东南亚各地开设了二十六家分号。宣威境内也出现了上百家火腿商号,每年销往省内外的火腿约三十万公斤。

宣威火腿的腌制方法异常简便,岁暮仲冬之月,农家杀猪过年,当晚便将留待年后食用或出售的猪肉放在竹篾编成的簸箕里,用手从肉的外表搓入盐末,务求深透周遍,不使一处遗漏;然后将这些搓过盐的猪肉重叠堆积于大铁锅中,压以巨石,使肉里的水分渗沥出来;次日,将这些肉取出,用草绳一块块拴好,挂在房梁上晾干。经过如此搓盐、去水、晾干的猪肉,统称腊肉,其中,猪的前腿后腿称为"火腿"。火腿挂晾半年之后便可食用。时间在一年之内者称为"新腿",在两年以上者称为"陈腿"。酒愈陈而味愈醇,火腿亦然,存放愈久,味愈芬芳。由于火腿腌制方法简便,故无须专人传授,便自然普及全县。其实就色香味说,宣威的腊肉与火腿相同。外地人独称美宣威火腿者,盖限于经验,不知宣威尚有腊肉也。

腌制宣威火腿,除盐以外,别无其他调料,但同样的腌制法,在别的地方就不能取得在宣威那样的效果。原因何在?据当地人说,一在水土,宣威喂大的猪,其肉质与别地的猪不同;二在空气,宣威普遍烧煤,空气中有某种化学成分促使火腿在腌晾过程中产生美味；三在气候，宣威火腿冬腌春晾，香味醇厚，其他季节腌制者，必大逊色。

鉴别宣威火腿的品级，一看其色泽，干瘦枯涩者为上。肥腻潮润者次之；二闻其味道，用竹子削成的签子刺入火腿深层，取出一嗅，滋味香甜者为上，否者次之。火腿的吃法，在宣威本地除炒、炸、蒸、煮之外，尚有别致者，即把三年以上的陈腿切成片状或丁状，盛于碗碟，调料如油盐酱醋、葱姜辣蒜，一概不用，直接下酒下饭，给人以淡素的感觉。此种吃法，平时少见，要在讲究人家宴宾招待亲友的筵席上，方可领略。

扒鸡·烧鸡·卤鸡

鸡是家禽，到处都以鸡为美食。然而，把鸡做到有特殊风味，却非易事。中国北方，德州扒鸡、符离集烧鸡和保定卤鸡，均著称于世，远达百年，近则六七十年。

"山东德州五香脱骨扒鸡"可谓尽人皆知。津浦线火车一进德州车站，就可以听见叫卖德州扒鸡的声音。他们卖的鸡，味道确亦不错，但这不是真正德州扒鸡。真正德州扒鸡是七十多年前德州宝兰斋的扒鸡。他们选不大不小的中型嫩鸡，先过油炸得匀黄，然后在老汤里下作料，主要有大茴、小茴、桂皮、白芷等十几种；加上味精、料酒，温火炖靠，出锅后颜色黄里透红，外型完整无缺，肉烂得一抖动鸡骨，鸡肉就脱节而下，确实鲜美可口，堪称美味。跟宝兰斋相伯仲的还有个香兰斋，两家主持人是一师之徒。

符离集也在津浦线上，德州在津浦北段，符离集在津浦南段，安徽省宿县。这里出的烧鸡，有六十多年历史，与德州扒鸡比,各有特色。符离集不止一家卖鸡,真正驰名全国的,要数资格最老的王聋子烧鸡店。王聋子叫王义明,他的做法是选又肥又嫩的鸡,像北京烤鸭一样,先蘸一层饴糖,然后下锅过油,炸的火候要老嫩适度,再下锅炖。副料有高档酱油,有中药砂仁、肉蔻等提味。做成后,同样软嫩脱骨,清香不腻。

保定卤鸡又不同了。著名的马家卤鸡铺有一百来年历史,色鲜、形美、味醇、香浓堪称一绝,与南京板鸭、金华火腿等名优食品一起,被评为中国三十三种美食之一。

马家卤鸡,是河北省保定府马家鸡铺的产品,其首创人是清朝河间县果子洼村的回族农民马家兄弟。最初只是农闲时煮鸡出售,后来马家兄弟逃荒到保定,专做卤鸡叫卖。传到第三代马耀辉,方设店经营,店名叫"耀兰斋马家老鸡铺"。由于马家卤鸡味道与众不同,一时名声大振,经久不衰。

马家卤鸡的做法考究,选料非活鸡不用。而且必膘肥体重,形态丰满者,并按照伊斯兰教规屠宰。煮前,热水脱毛,仅在臀部开一小口去除内脏,洗净掏空,鸡脯平摆,口衔一翼,另翅折后,分层下锅,初为旺火,继转温火;焖成之鸡,肉嫩皮整,骨酥不脱,软而不烂,入口酥香,大快朵颐。

值得一提的是,其味之独特,皆赖配料及老汤。配料除陈年老酱外,以砂仁、豆蔻、肉桂、丁香、白芷等18味中药材配方装袋，佐以小茴香、大料、桂皮、花椒及葱姜等入汤。老汤随用随添，长年不换，其浓度饱和，因而煮鸡时营养成分不外溢，调味尽入鸡肉体内。马家老店的卤汤是概不出售的。至亲好友如"走后门"索取，则宁可以卤鸡相赠，也不肯以老汤与之。这个规矩，不知如今仍坚持否？

据传说，马家第一代制作的卤鸡，被当时在保定任直隶总督的李鸿章所称赞。他宴请宾客，招待僚属，馈亲赠友，总离不开马家的卤鸡。李鸿章每逢晋京，还要带上卤鸡向西太后进贡。保定卤鸡成为贡品，当然身价抬高，远近驰名了。

这里谈的都是三四十年前的话了。听说近年在天津和北京，有不少家饭店也能做出风味不同的烧鸡或扒鸡。倘有机缘，愿能尝到这些美味，借以大快朵颐。

绍兴腐乳风味独佳

腐乳是绍兴历史悠久的产品，和绍兴老酒一样驰名。早在明代嘉靖年间，绍兴腐乳已运销各地。开始由绍兴幕友（俗称绍兴师爷）带到华北一带，逐渐引起各地注意。由此争购日繁，声誉鹊起，它不仅畅销两广、华北和港澳，还远销新马、印尼、泰国、缅甸等处。经销腐乳的商店，还往往挂有"绍兴南乳"的招牌。"咸亨"酱园出品的腐乳，1909年参加"南洋商业会"曾获得过金质奖牌，1916年在"巴拿马万国博览会"上又获金质奖牌和荣誉奖状。

绍兴腐乳之得为名产，并不是偶然的，它选用上等黄豆、绍兴名酒、古田红曲、优良酱籽和秀润的鉴湖水配合制成，具有营养丰富，味道鲜美，解腥去腻，帮助消化，久不变质等特点，因而深受人们的欢迎。江浙农民，一到夏秋，差不多每餐必备；广州、香港一带，除佐餐外，还以红乳制作糕饼，称"南乳月饼"；菜馆酒楼，也有用以煮菜当酱的；绍兴人更有以腐乳卤猪肉者，堪称佳品。

绍兴腐乳产品分"红方""醉方""青方""棋方"四类。"红方"又分"太方""门顶""三酥""门大""大方""行大"六种，都是色深红、味鲜美，含丰富蛋白质。"醉方"分"门醉""单醉"两种，颜色淡黄。"青方"分"顶青""门青""行青"三种，青方不用酒，色青白，俗称"臭豆腐"，当地人很爱吃。"棋方"如一粒粒方形棋子，味鲜且柔，常作赠送远方亲友之礼品，因块小，故只称斤两，不点块数。

听说现在绍兴腐乳越做越好，不仅畅销大江南北，而且在国外也重振声誉。同时绍兴咸亨食品厂还恢复了"花雕"腐乳生产。"花雕"腐乳像"花雕"美酒一样，由富有经验的优秀技师，选上等南乳，装入洗净晒干的罐内；每放二层，加麦面一层，每罐装六层，约280～300块；装好后，灌入状元红老酒，面上再加麦面和盐，然后加盖密封；再在罐外用彩色瓷泥雕塑出精致的"稽山鉴水""兰亭"等风景画，并在罐口镌上"中国绍兴腐乳"字样。

济美酱园及"进京腐乳"

山东省临清市济美酱园的传统产品"腐乳"已有两百多年历史。据传，清乾隆帝乘船沿运河南下，曾在临清凤凰岭下船，地方官把济美酱园制作的红豆腐乳等土特产献上，龙心大悦。之后每年都按时进贡，因以"进京腐乳"称之。

20世纪40年代，笔者有幸结识济美酱园的汪家后代，据当时的汪克森等回忆介绍，济美酱园系安徽省歙县洪琴村汪姓到临清后创建的。"济美酱园"是原字号，还有一个别号叫"远香斋"。这"远香斋"的匾额还是夏津县一清代翰林甄梦龄所写。其招牌是葫芦形的，人称"葫芦牌"，上写"江南"二字，其左右还竖写"八宝豆豉""什锦小菜""包瓜磨茄""进京腐乳"。初时，济美酱园只腌制酱菜、咸菜，后来才逐渐发展成为有三个零售店铺，五十多名店员、学徒，能够制作酱菜、蒸酒、淋醋、小磨香油等，规模较大的手工业作坊。

至清代末年，济美酱园已拥有千口大缸，每缸窨菜七百余斤，每年可产酱菜七十万斤。作豆腐乳坯子的木制盒子有四五千个，每个装料五斤，每年仅制红豆腐乳、臭豆腐就需黄豆两万斤以上。据济美酱园的老师傅讲，"济美"的学徒出师后，技术优者才留下，其余全部出厂自谋职业，然后，重招新学徒。因此，使临清酱园业大兴。从清代后期到民国初年，临清就有"茂盛东记""茂盛中记""茂盛西记""万香斋""远芳斋""茗香斋""品香斋"等十多家酱园。但济美酱园仍处"龙首"地位，左右着临清酱园业。这时的"济美酱园"就与北京的"六必居"，保定的"槐茂"，济宁的"玉堂"齐名了，它们一起被誉为江北"四大酱园"。

"进京腐乳"是这个酱园的特产。它选用优质大豆为主要原料，经过浸泡、腐糊、过滤、煮浆、点缸、压榨、切块、培菌、腌制、拌曲、装缸、发酵等十几道工序加工而成。豆腐含水适中，自然发酵，因而，表面呈枣红色，内呈杏黄色，具特有之香气，滋味鲜美，咸淡适口，块形齐匀，质地细腻，无杂质，无异味。旧时盛具为竹编，外层糊上用豆浆、动物血浸泡过的宣纸，其形如"元宝"状的小竹篓，另外用干荷叶封口，而后再贴上古香古色的商标。一般客商及平民多以此作为临清的最好礼品馈赠他人，因此颇受欢迎。

玉堂酱园松花蛋

松花蛋是蛋的一种特殊做法,笔者虽吃过不少,但最欣赏的却是山东济宁玉堂酱园的那种龙缸牌松花蛋。

玉堂酱园是个有近三百年历史的酱菜厂,名产很多,松花蛋仅是其中之一。因其用"神龙"图案的瓷缸包装,故称"龙缸松花蛋"。记得外皮是用糠壳和泥沙掺在一起包裹的,厚薄均匀,颜色金黄。剥开蛋壳,蛋体光彩夺目,如大玛瑙,晶亮透明。拿在手上,滑不沾手,软有弹性。蛋白体上朵朵花纹图案呈松枝状,世人以"妙手出松花"来形容工艺水平之高。待用刀剖开松花蛋体之后,蛋清、蛋黄呈五彩色层,有棕褐色、暗绿色、墨绿色、草绿色、橙红色等,绚丽多姿,令人惊奇叫绝。

"龙缸松花蛋"营养丰富,含有比普通鲜鸭蛋较多的维生素,且含胆固醇很低,所以对身体健康大有裨益。又因含有硫化氢和氨等特殊成分,故又有清冷爽口的风味和清热解毒的功能。据说,在炎热的夏天,如果每天吃上一个,可使整个暑天不中暑。

当年笔者吃时,是将松花蛋切成四块,再以鸡蛋清、白面、糖、醋、生姜、酱油等为料汁,把松花裹起来放到油锅里煎炸,皮熟之后,外脆里嫩,清香可口。

据师傅们介绍,一只鲜鸭蛋要经过选蛋、配料、浸泡、包灰等十几道工序,前后经过40~60天的时间,才能出厂。从选蛋、配料、腌制,到封皮、包装,要求都很严格。以选蛋为例,有经验的师傅目测过的鲜蛋,不但个头一般大小,而且重量也相差无几。这些鲜鸭蛋都是从山东最大的淡水湖——微山湖收购来的。由于湖广水多,鱼虾、田螺、河蚌等天然饲料鲜嫩丰茂,故鸭子产蛋个大油多,质量绝佳。

玉堂松花蛋的生产已有四五百年的历史。传说在明代,微山湖岸上有一养鸭老翁,因在房后的石灰洞里发现了鸭子下的蛋,剥开蛋壳,见蛋体凝固,颜色墨绿,上面并有美丽的松花纹,尝之,味道甚鲜,只是稍有涩口。后来,他在石灰中拌上食盐,把鸭蛋埋入,几天后取出再尝,涩口一点也没有了。从此,养鸭翁不再卖鲜鸭蛋了,靠销售松花蛋成了当地有名的富翁。后来,"玉堂"兴起,在民间传统制作方法上不断探索试验,终于生产出誉满中外的"龙缸牌"松花蛋。

天津冬日话"四珍"

时值隆冬,想起了旧日被人们称为津门冬日"四珍"的银鱼、紫蟹、铁雀和黄韭。

天津人平时爱吃鲫鱼、鲤鱼,一到冬季就讲究吃银鱼了。银鱼谓"四珍"之首。那时,在金钢桥旁、三岔河口一带的卫河冰上,常见有人冒风寒,顶白雪,须发结霜,凿开冰面,好不容易逮住几条银鱼,自己却舍不得受用,而作为珍馐美味,把它托在白菜叶上,卖给肯出高价的人。二寸来长的银鱼,通体透明,纤细无鳞,形似面条,配上那比芝麻粒还小的黑眼睛,有的黄眼圈,有的红眼圈,煞是好看。常言说得好:物以稀为贵。如此珍品点缀在高门巨贾的春节宴席上,自是增色不少。尽管并不拿它做什么主菜,在吃火锅时涮上几条,或是加上一大海碗清汤,主宾不免都要仔细品品它那独特的鲜美清香。

提起津门名产紫蟹,记得清代有位文人写过"赚得南人思乡暖,白鱼紫蟹四时肥"的诗句。

体小如铜钱的紫蟹,并非河蟹的幼苗,而是不易长大的一种。早年是炸货铺里油炸小螃蟹那种小东西,每逢入冬蟹黄饱满,人们从河堤泥窝中破冰把它掏出来,可舍不得把它炸着吃了,而是把它加到滚沸的火锅中,品尝那扑鼻香味。

津门文人有咏《铁雀银鱼》诗:"树上弹来多铁雀,冰中钓出是银鱼。佳肴都在封河后,闻说他乡总不如。"铁雀确为冬日的好下酒菜。冬季雪后,铁雀觅食于郊,即有人网捕或用铁砂枪轰打,一日收获甚丰,然后去掉羽毛内脏,穿成串上街叫卖。人们买回后干炸,浇以糖汁,入口全是瘦肉,酥脆可口,连骨带肉,一齐吞咽,边嚼边赞曰:宁吃飞禽一口,胜过走兽半斤!

据说,近年打铁雀的人少了,而养鹌鹑生蛋卖的却比比皆是。喜好连骨带肉大嚼"炸飞禽"的天津乡亲,把拳头大的鹌鹑炸得焦黄,如吃"干炸里脊"一般,也蘸盐末、五香面,比嚼那瘦小的铁雀要过瘾得多了。

至于冬日温室里经过苦盖遮光培植的黄韭菜,每到春节前后,总是一种稀罕物,价钱昂贵。但人们总是多少要买上一小把几十根,放在饺子馅里提味。有没有它,味道确是大不一样的。

中国三大名醋

独流三伏醋,是中国三大名醋之一。这种醋产自河北省静海县独流镇,因天津为集散地,遂称为天津特产。它始创于清代康熙四年(1665),曾名扬京、津,被选为宫廷贡品,为御膳房所乐用。

独流老醋所以驰名遐迩,除去使用的"御河"(南运河)水水质好以外,在传统工艺和配方上也有独到之处。醋厂精选优质玉米、高档红糖做原料,经过陈酿三年(必经三个伏天),才出缸外销。这种"三伏"老醋,口味醇香,用之烹调鱼肉佳肴,不仅解腥去膻,除腻增香,而且具有助消化、杀菌、降低胆固醇等功效。

所谓三大名醋,除天津的独流三伏醋,另外两种是山西醋和镇江香醋。

山西人每饭必备醋,在全国口味中遂有"南甜、北咸、东辣、西酸"的说法。甚至有人称山西为"醋乡",并为此编造了不少笑料,说山西人选女婿,除去"家有箱柜",

还必须"院有醋坛";还说火车一进娘子关,车轮节奏马上有变化,变成了"喝醋、喝醋、喝醋……"

一般人称山西人为"老西儿"。这个称呼,一方面可以理解为山西的"西"字代称或是在太行山的西边;另一方面,也可以理解为含有醋的意味。古代,醋称为"醯","醯"与"西"同音,老西儿,便可以称"老醯儿"了。从中可以看出山西人在古代就有吃醋的习俗。

山西人普遍喜食醋,但又以中部地区的晋中、太原一带的百姓为最。正因为晋中地区吃醋习俗最盛,所以,这里也就出现了闻名全国的"老陈醋",尤以临汾、晋祠和汾阳三地产品最为出名。

山西人吃醋普遍,酿醋也很普遍。普通农家,几乎全会酿醋,祁县的高粱醋、忻州的红粮皮醋、太原清徐的回流醋、大同的味醋、晋南闻喜的小米封缸醋,以及河津、万荣、新绛、运城一带的家酿柿子醋,还有各地酿制的玉米醋、果醋、酒糟醋、粉渣醋、红薯醋等,品种繁多,原料不一,这足以说明山西人酿醋的普遍性。

镇江香醋的特点是用优质糯米做主要原料,因此也叫"米醋"。它质美、味佳,兼有色、香、酸、醇、浓五大特色,酸而不涩,色浓味鲜,经久而不变质。早在清宣统元年(1909),镇江香醋参加"南洋商业会"国际展赛,获银质奖,声名历久不衰。

古语云:"开门七件事,柴米油盐酱醋茶。"把醋列为生活中七件必备物品之一,可见生活中之不可须臾离,但是醋是何时何人发明创造的,却缺少史料可稽,不过有一段民间流传的故事,很有趣味。

据说,杜康造酒之后,带领全家老小到了京口(今江苏镇江)定居,在京口小鱼巷开设了一间小糟坊,紧靠长江。江中有条白龙,常年向外喷吐水泡。杜康每天叫他儿子黑塔去江边挑水,回来酿酒,然后用酒糟喂马。黑塔用水缸装酒糟,每次倒入水后,随手用扁担搅拌几下;每喂一次马,就加添酒糟再倒进江水。如是天天消耗,天天补充,正巧二十一日后,黑塔偶然尝了缸里已变成黑色的水,酸溜溜,香喷喷,甜滋滋,又开胃,又提神。黑塔一想,这酒糟水泡二十一天,正是酉时变成这种美味,就用"廿一日"加"酉"字,组成了"醋"字,为其命名。从此有了"醋"这种调味佳品。醋是有医用价值的调味品,醋的品质越优良,它的医药价值就越高。

如今在国人的菜谱中,加入醋的菜肴越来越多,如糖醋鲤鱼、糖醋里脊、糖醋丸子、糖醋鸡块、醋熘白菜、醋沾鸡丝等,不能不说是受了山西醋的影响。这些菜肴加入了醋作调味品,味道鲜美。在凉菜中,用醋拌起来的冷盘也不在少数。而且,一经用醋,吃起来便觉得格外鲜嫩、适口了。

银鱼·紫蟹·铁雀

虽然已是1983年新春，在北国，仍是冰封的严寒时节。忆及当年在天津的金钢桥旁、三岔河口，常见有渔人凿冰捕捉银鱼的情景。他们冒寒风，顶白雪，须发结霜，好不容易捕捉到几条银鱼，作为珍贵食品出售。银鱼是一种北方的美味，是天津特产的珍稀佳品。银鱼一二寸长，色白如银，通体呈透明状，两只小黑眼比芝麻还小，白体黑眼，煞是好看。卖银鱼的人都是把三五条银鱼托在白菜叶上，向顾客兜售。这样的珍品，点缀在豪商巨富的春节宴席上，自是增色。最常见的吃法是做"银鱼坨"，即是用银鱼蘸蛋清，置油中炸熟，吃到嘴里有一种特殊的清香味道。还有，用银鱼做汤，也很鲜美。不过，银鱼肉嫩，不能火大，过火就失去鲜味了。

记得曾读过清嘉庆年间冯相菜所著的《南游草》，有诗名《平望食银鱼》，你看他怎样描绘银鱼：

  莺䅅湖上春水生，澄波千亩琉璃明。
  小鱼洋洋银苗苗，蛛丝密纲收晶莹。
  疑是自古蓝田地，种玉往往有芽萌。
  一寸二寸浮水面，天工游戏予物情。
  又疑冰柱久不消，东风作意吹成形。
  不然龙宫水晶笔，年深破碎堆满盈。
  偶随长流飘荡出，墨痕两点为其睛。
  呼童买取供晨馔，鲜美嫩洁腴且清。
  我来江南四十日，泥螺蟛蜞皆虚名。

  在诗句中，不只描写了银鱼的形体和生活环境，而且赞美吃了银鱼，就使江南的水产显得没有味道了。又想到有位清代文人写过"赚得南人思乡缓，白鱼紫蟹四时肥"的诗句，我联想到天津另一名产紫蟹。

  紫蟹是蟹的一种，体小如铜钱，也是天津冬季佳品之一。紫蟹到冬季聚栖河堤泥窝中，捕紫蟹须破冰从窝中把它掏出。紫蟹虽小，但蟹黄饱满且肥，在吃火锅时汤中如添了紫蟹，就增加香味，身价十倍了。

  除此两种冬季水产珍品，天津人冬季还喜吃铁雀。铁雀是麻雀的一种，冬季捕食，油烹之后，是下酒佳肴。有人咏《铁雀银鱼》诗有句云：

  树上弹来多铁雀，冰中钓出是银鱼。

佳肴都在封河后,闻说他乡总不如。

不食北国严冬珍肴美味,已大有年矣!

天津"冬菜"史话

冬菜,作为天津的特产,久负盛名。这里说的冬菜,并非冬季食用的大白菜,而是把大白菜切成碎块,加工炮制而成的一种佐餐调料品。既可用来冲汤,又可配合炒制各种菜肴,是厨房中的常备品。天津制造冬菜始于清代,盛于民初,源于沧州,兴于静海,距今已有二百余年的历史。

相传在清乾隆年间,河北省沧县"艺丰园"酱园用白菜加盐拌以糖蒜,做成"什锦小菜"出售,称为"素冬菜"。后来,天津大直沽"广茂居"酱园又制成"五香冬菜"。1890年,天津大直沽酒店又做出"荤冬菜"。

1920年,大直沽"义聚永"酱园在静海县纪庄子就地采购白菜,设场切菜,把天津制作冬菜技术传到了静海县。纪庄子"广昌德"酱园于1923年也开办了冬菜作坊,叫"山泉涌",所制冬菜还制定了"人马牌"商标,标签注明"山泉涌常万三制造"字样。

大直沽"义聚永"所以要在静海县设切菜场,是因为静海县有京杭大运河纵贯全境，运河水滋润着两岸菜田，所产白菜为"小核桃纹青麻叶"，筋细、肉厚、口甜，为各种大白菜之冠。每年立冬砍菜时，"义聚永"就派人到静海收菜，就近送作坊加工炮制，然后装包运津销售。静海"山泉涌"兴起后，生意也很兴旺，包装由油篓改为瓷罐，"人马牌"冬菜创出了名来，进到天津西北城角设立驻津分庄，又在天津西郊三园村建立储菜仓库，买卖越做越兴旺，还打开了出口门路。

天津冬菜色泽金黄，香味浓郁，家用和赠友都相宜，销售到国外也受欢迎。20世纪30年代初开始出口，除香港，远销到印尼、新加坡、马来西亚、越南、泰国、柬埔寨、老挝等东南亚国家。因为华侨多分居以上各地，他们对祖国特产的冬菜，特别亲切，口味也好，物美价廉，所以畅销。又因东南亚地区多岛屿，气候潮湿，冬菜用大蒜炮制，有除湿、去瘴、解毒功能，大受欢迎。

直到40年代，天津特产的冬菜，每年出口约为二十万包上下，最高年份可达三十万包，约为二十吨左右。近年听说，冬菜出口更为扩大，除了东南亚地区之外，又扩充到英国、法国、荷兰、加拿大等欧美国家。因而天津和静海县，除原有制作冬菜的厂家，又出现很多新的冬菜厂。仅静海县陈官屯乡，二十四个自然村中就办起了二十三个冬菜厂，从业人员近两千人。为制作冬菜，陈官屯乡每年至少要种植大白菜四千亩，大蒜两千亩，以满足做冬菜的需要。

三水五香孟家香干

制售"三水香干"的天津信和斋酱园,开业于清代乾隆年间,东家是山东章邱孟家,与谦祥益、瑞蚨祥等"八大祥"绸缎庄的东家是同族。酱园地点在天津北门外运河南岸的北大关桥口,除专门制售"三水香干",还兼营面酱、咸菜等,类似北京的六必居酱园。记得五十多年前,这家具有二百几十年历史的商店门面已很古旧了,但由山东状元王垿题字的"信和斋孟家酱园"七个大字的金匾,仍熠熠发光,悬在门额上。奇怪的是"信和斋"这个字号并不响亮,反不如"孟家酱园"为平津两地顾客所熟知。

"孟家酱园"以制作"孟字"香干出名。这种香干全名为"三水五香豆腐干",颜色呈棕红色,表面油亮有布纹痕迹,四边角圆而无楞,正面中间有木型压制的"孟"字印记,因而顾客称之为"孟家香干"。它的特点,主要是选购上好黄豆做豆腐原料,然后用小布压制成硬质的豆腐干,再用糖色、大茴、桂皮、白芷、丁香等作料煮制,因而味道香美，质地硬而有韧性，不碎不裂，切成细丝不断条。保存多日，依然清香有味。

为什么叫"三水香干"呢？因为它制作过程中，要三煮三晾。以一斤黄豆制成二十块香干白坯为标准，每块大小要保持一致。下锅煮时用温火，沸后用焖火，如此煮熟取出晾干，谓之"一水"。再煮再晾为"二水"，"二水"之后晾干撒上细盐末腌进咸味，最后再煮一次，即为"三水"，晾干后始行销售。一般酱园做香干只"一水"即为成品，味道当然比不上"孟家香干"了。

回想当年香干的吃法很多，每逢"过年"，初一要吃素馅饺子，必买"孟家香干"用以做馅，切成碎末，用芝麻油、腐乳、粉皮、面筋和少许白菜，调出馅来，分外好吃。平时，做香干炒肉丝，取其切丝不断有咬劲，又有丁香、桂皮的芳香味，是办喜寿宴会"四大碟"捞面拌菜的一碟菜。吃炸酱面切上一些香干，也为炸酱增色。此外，拌凉菜，如拌芹菜、拌莴苣、拌海蜇等，加上香干丝，既调色又好吃。嗜酒的人独酌，用一块"孟家香干"不切丝，不切片，咽一口高粱酒，咬一口香干，其乐趣犹如鲁迅笔下的孔乙己在咸亨酒店吃茴香豆一样，别有风味。

信和斋孟家酱园在二百几十年的历史中，几经兴衰，它的店堂本来临街，但在20世纪20年代初，天津商会会长卞月庭依恃权势，在它门前占用官道建起四层大楼，开设了隆昌海味店，因而信和斋被遮进小巷里去，只好在隆昌海味店对面租赁两楼两底的门面做营业部,又在南市荣吉大街开设一个门市部,生意才有起色。

漫话"狗不理"包子

天津"狗不理"的包子闻名久矣。外省或外国人都觉得很奇怪，为什么一间包子铺却起了这么一个怪名字？既俗不可耐，又令人发噱。其实，北方人原有句歇后语，叫"肉包子打狗——有去无回"。你卖的包子竟然狗都不理，岂非怪事？也许这就是最会做买卖的天津人之生意经。不过，这间包子铺的字号确有其来历。

一百多年前的清代同治年间，河北省有个农民叫高贵友，14岁到天津谋生，在一家小饭馆里当学徒。因为他小时候就性格倔强，不讨人喜欢，父母给他起了个小名叫"狗不理"。此人脾气虽不好，却心灵手巧，在饭馆里学手艺渐见出息。他能调配出一种与众不同的包子馅，又琢磨出做面食的各种不同的和面方法。他做出的包子，不同于一般大路货而独具特色。后来，高贵友离开了他当学徒的饭馆，同另外两个伙友在天津旧城侯家后三叉河口开了一个专卖包子的小铺子，店名"德聚号"。他卖的包子，比北方人常见的猪肉大包小一些，又比南方人爱吃的小笼包子大一些，雅俗共赏，且皮薄白嫩，馅味鲜美。当时光顾他店铺的顾客，多是些往来于南北运河的小商小贩及普通市民。其中有些熟悉高贵友的主顾就常直呼其小名，久而久之，就把他这个卖包子的小铺也叫作"狗不理"了。

据说袁世凯当直隶总督时，曾慕其名买了"狗不理"包子去孝敬慈禧太后。慈禧也觉得味道比御膳房做的包子还要鲜美些，因此也常派专人到天津去买。也许这正是一种宣传，可谓一登龙门，身价十倍，从此"狗不理"包子名声大振，京津乃至华北一带慕其名者大有其人。当时，天津是个"开放"城市，华洋杂处的大码头，不少官商以至洋人也纷纷慕名来尝一尝"狗不理"的包子。这个牌号流传至今，经久不衰，许多地方都设有分号。

梧州的冰泉豆浆

桂谚云："食在梧州，玩在桂林，死在柳州。"以食味和滋补而论，梧州的蛇类、禽类、狸类、龟类，山瑞、穿山甲等都是脍炙人口的；除此之外，游客们所频频称道的，还有"冰泉豆浆"。人们常说："未尝冰泉豆浆，不算到过梧州。"

梧州冰泉豆浆馆位于北山东部与南岭相峙的峡谷深处冰泉埔里。埔口有一个古井，《太平环宇记》云："其水甘凉清冽，非南方泉比也，谓之冰井。"唐代容管经略使元结过梧发现了它，为之立碑，铭曰："火山无火，冰井无冰，唯彼清泉，甘寒可凝……"苏东坡谪居岭南途经梧州，曾到此游赏，并用井水烹茶品茗，留下诗句。这两米见方的"冰井"已有千多年历史了。

近百年来，埔口居宅密布，冰井受污染，但山谷深处，源头活水仍然"甘寒可凝"。旧时这里有"冰泉山馆"，为寻幽避暑胜地。那曲曲的幽径，森森的林木，淙淙的泉水，阵阵的芳香，使人心旷神怡。抗日战争时期，广西一度成为后方，各方人士云集，这儿更是终日游人如织。初时这里没有豆浆馆，只有几间简陋的豆腐作坊。一次作坊老板黄彩洲挑豆腐下山叫卖，《梧州日报》主编陈炎见质量特佳，便相约每天清晨带糖去作坊煮豆浆吃。时隔半年，陈的多年肺病竟不药而愈。因疑是豆浆的功用，于是辗转相传，冰泉豆浆便从此出名，开始设馆专卖。

  不久前重游梧州，我发现梧州人吃豆浆，已越来越讲究了，不仅豆浆好喝，还要配以琳琅满目的各色精美细致的点心，两者相得益彰，怎能不给人留下深刻的印象呢？坐在窗明几净的冰泉豆浆馆楼上，望着服务员把豆浆斟进碗内，瞬间即结一层薄膜，用匙羹舀起摘下，就像一串断线珍珠，入口则润滑香甜，齿有余芬，食客通常称之为"滴珠密味"。我还认得冰泉豆浆创始人黄彩洲，请他介绍制法。他说，这豆浆的优质，一靠冰泉水，二靠巧手。要选好豆，浸豆要守时定刻，豆要磨得细，稀稠有度，滤渣要干净，掌握火候及时下锅，用"文武火"三滚三切，然后加糖，起锅后还要置于热水中慢慢炖过才上市。"那么离开了冰泉水又怎样呢？"黄先生笑道，"我看必然失色，不成其为冰泉豆浆了。"

苏北麻虾辣又香

麻虾俗称虾酱,是苏北广大地区冬春两季的一种美味,老少喜爱,闻名遐迩。乍一看上去,这种虾酱有点像辣椒酱,嗅一下,有股不可名状的怪味,吃到嘴里,又麻、又辣、又臭、又香。老乡们拿它作下饭小菜,或做作料炒菜、蘸饼、当面条浇头,吃得都津津有味。当时兵荒马乱,饥渴难挨,吃几口麻虾后,只觉味猛香浓,越吃越香。一天,看见一位老奶奶,一边在灶上炒虾酱,一边唱着小调:

麻虾臭又香,不吃也要望。
麻仁红堂堂,开胃添饭量。

这不禁引起我的好奇心。我便请教她,这虾酱为何叫麻虾。她便给我讲了下面的故事。

南宋年间,抗金名将岳飞率大军北渡长江,一路收复失地，势如破竹，金兵望风而逃。岳家军打过泰州，来到苏北里下河地区。沦陷区的百姓像失散多年的亲人突然重聚一样，激动得热泪盈眶，家家户户箪食壶浆，以迎王师。有钱的杀猪宰羊去劳军，没钱的穷乡亲们便端出了家常小菜虾酱。岂料岳家军中南方人特别多，最爱吃辣的，看见乡亲们纷纷送来一碗又一碗、一盆又一盆红堂堂、香喷喷的糊状虾酱，以为是辣椒糊，吃了之后更是赞不绝口："这麻虾真好吃！这麻虾真开胃！"麻虾，也就是辣虾的意思，即吃了使人辣得嘴发麻。从此以后，麻虾的美名就代代流传下去，至今也有几百年历史了。

制作麻虾的方法：冬至前后，把捕捞的新鲜虾米淘洗干净，像磨黄豆浆一样，用小磨磨成虾米浆，装入小口瓮内封口发酵，闷它半个多月，然后开罐，按照十比零点六至十比一的比例投入食盐，再闷上数日，揭开封盖，便可闻到一股十分浓烈而又说不出来的怪味，就算制成了。生食亦可，或加葱花、油、盐、辣椒炒食更佳。

九龙江畔品香鱼

福建九龙江畔有一家菜馆,笔者曾有幸品尝了当地名产香鱼。

美丽的闽南侨乡南靖县境内的九龙江,出产的这种名贵小鱼,脊背上一条腔道,能散发出诱人的香味,因而得名。它的肉质细嫩,味道鲜美,是筵席上的有名佳肴。有人说,它的味道较长江鲥鱼、松江鲈鱼更美,堪称淡水鱼之冠。

香鱼曾引起中外鱼类学者、美食家和旅游、垂钓界的广泛关注。1986年8月,日本大阪曾派出"寻找香鱼访华团"到南靖县,在九龙江钓到很多香鱼,该访华团回国后举行新闻发布会,轰动了日本。

香鱼原产于中国、朝鲜和日本,但目前朝鲜和日本业已绝迹,所以格外珍贵。中国的香鱼也为数不多,主要分布在南靖县境内。

香鱼属洄游性鱼类,生性喜洁,绝不活动于浊水中。

由于南靖县九龙江两岸山清水秀，自然环境保护良好，河水清澈，是香鱼理想的生长场所。但它的幼年却是在海中度过的。据当地渔民说，每年冬初，九龙江香鱼大量排卵，漂流到金门岛附近海域，在台湾海峡逐渐长成小鱼，次年春末，小香鱼便成群结队游回故乡九龙江，由此形成一年一度的香鱼汛期。

香鱼体长二三寸，重一二两，体形侧扁修长，纤细无支骨，鳞小洁白晶莹。它的尾部分叉，尖细窄长，形如凤尾，白中略带淡蓝色，秀美娇嫩，令人叫绝。

香鱼在台湾台北市郊新店溪的观光胜地碧潭也有繁衍，当地老百姓传说是明末郑成功部从九龙江带去的，为了纪念郑成功，所以人们就称香鱼为"国姓鱼"。

香鱼不仅以味美著称于世，而且营养丰富，它含有人体所需的脂肪、蛋白质、多种维生素和微量元素

糕点小吃
gaodian xiaochi

南味北设稻香春

稻香春创始人叫张森隆,又名春山,江苏丹徒县人。1915年,张先生到北京,由于他精明能干,脑筋灵活,善于经营,又有制作南方食品的好手艺,所以,很快在其胞兄张森裕经营的小摊基础上扩展起来。

他先是利用东安市场的有利地势,办起了个"森春阳"食品店,因南方有"甡春阳",换"甡"字为"森"字,这可能与他的名字有关。后来,他又从南方请来名技师,并租借了东安市场北门处梁姓的房子十五间,于1916年,正式经营起以南方风味为特点的"稻香春"糕点食品店。南北各方食品店多用"稻香村"做牌匾,故张先生改"村"字为"春"字,这大概又与他的别名"春山"有关。

稻香春从小到大的过程,主要有"三多、五有"。"三多"是同乡多,把兄弟多,联络关系多。"五有"是有研究、有财源、有技术、有知人善任之能、有经营特点。甚至连其胞兄张森裕,由于爱喝、爱赌、爱说大话,张森隆也不许他参加业务管理。

南方糕点之特点，不但按四季特色生产，好吃好看，花样翻新，而且油糖重，点心放一个星期，仍然爽口。如苏式的蒸蛋糕饼、肉松饼、平贝丝饼、炸花边饺、水晶绿豆糕等；镇江的脐儿、散子、猪油核桃糕、猪油松子糕、五香麻糕、椒盐烘糕等。还从南方的"紫阳观"请来技师，制作金华火腿、甜酱肘子、醉螃蟹；从上海"陆稿荐"请来技师，制作苏州酱鸡、酱鸭、酱汁肉、熏鱼、熏鸡、熏肉，还有南京的油鸡、筒鸭、肴肉、葱油饼等，虽然价格较高，但顾客们信得过，所以赚得大量利润。

后来，张森隆又在东四牌楼以西和东四北大街十一条口，增设了两个森春阳分号。职工和货品全由稻香春总号调拨。

1920年，担任东安市场联合会会长的张森隆，又将其稻香春店址全部翻新重建，增设了三楼的森隆中餐馆和二楼的森隆西餐馆。

1919年到1921年，东安市场三起大火，稻香春未受损失，传有"大火不烧旺地"之说，其实是水源临近北门之故。

张森隆从小学过食品制作技术，经营糕点可谓"行家里手"。他制作点心很注意原料的选择，南味糕点，该用南方原料的绝不用北方的代替，一些原料甚至从香港的马宝山进货，还有从汕头、上海、南京、苏州等产地选购。

张老板认为，原料的好坏，是糕点质量好坏的一个关键。他说："巧妇难为无米之炊，但巧妇不用地道货也做不出真东西。"在糕点制作工艺上，他也很讲究，该用小炉炭火烤制的绝不用大烂煤。烤制蛋糕必须先给鸡蛋消毒。他经常对人说："质量不合格的食品宁可毁掉，也不以次充好。"依照他的经营原则，稻香春的声誉越来越高。吃客赞道："稻香春的东西地道，色、香、味俱全。"

"人叫人连声不语，货叫人点手自来。"张森隆的经营之道，使稻香春的生意越来越兴隆，真是"黄金地段出黄金"。

"萨其马"及北京点心铺

甜点心"萨其马",读者可能都品尝得多,但你可知它的来历?

"萨其马",过去在北京亦曾写作"沙其马""赛利马"等,总之是译音的写法,有似翻译文字,并不一致。这个怪名字,在《光绪顺天府志》里有一则简单的记载道:

> 赛利马为喇嘛点心,今市肆为之,用面杂以果品,和糖及猪油蒸成,味极美。

这则记录虽然仍很简单,但有一点可以肯定,就是这"萨其马"是通过喇嘛传到北京的美味,过去在上海说"萨其马"是广东点心,恐怕是不知其本源的讹传。按"萨其马"的做法是以鸡蛋清和奶、糖调面粉成糊状,用漏勺架在油锅上,将面糊炸成粉条一样的东西,然后在模子中以蜂蜜黏压成型,稍蒸之后,上面洒熟芝麻或瓜子仁、青红丝、用刀切成长方块即成。因制造时调有蜂蜜，较为滋润，所以日久不会干燥；因面中加鸡蛋清调成，所以过油稍炸之后，细条中空外直，吃时入口即化，几乎不用咀嚼。而且其中有蛋味、奶味、蜂蜜味，三者和面与油混在一起，成为一种特殊美味，是任何其他糕饼所不能比拟的。如果"萨其马"的表面铺一层染成桃红色的绵白糖，样子十分好看，名字也十分好听，谓之"美蓉糕"，价钱比"萨其马"略微便宜些，但是并不如"萨其马"好吃，一来太甜，二来绵白糖压紧之后，吃起来也不够松软。

北京旧时点心铺，大约分三种：一种叫作"满洲饽饽铺"，多在内城；一种叫作"南果铺"，多在南城；后来又有一种西式点心铺，也叫面包房，卖西式糕点，北京叫"洋点心"。如东安市场"国强"、西单"滨来香"等。在这三种点心铺中，前两种的幌子上写有"满汉饽饽"等字样，都卖很好的"萨其马"，如前门大街的"正明斋"，西单北的"毓美斋""兰美斋"等，有的还是庚子前的老店，最近又有恢复原来字号的了。

正明斋京味糕点

提起北京糕点,南味以稻香村和桂香村著名,清真以大顺斋为最。可谈及正宗的京味糕点,那就要算"正明斋"了。

正明斋坐落于前门外煤市街。它始建于明代中期,由一姓孙人家开设。其糕点取南、北、荤、素之精粹,融汉、蒙、满、藏之特色,以用料考究,配方严格,做工精细而闻名京城。清光绪二十五年(1899),又增设了正明东记、正明东栈、正东文记、正明晋记四个店,由孙氏四兄弟分管。

清咸丰元年(1851)至清朝末年,正明斋糕点一直是宫廷喜、庆、宴、寿之御用食品。慈禧曾用以赠送宫妃宾客。正明斋糕点还被列为"御膳房"佳品,称之为正统的满汉糕点。当时许多旗人贵客、社会名流慕名而来,满意而归,使得正明斋名声大振,顾客盈门。张学良将军在京时,喜欢订做正明斋的玫瑰花饼;京戏名净郝寿臣,最喜爱食用正明斋的鸡油饼，满蒙宾客喜爱食用正明斋的奶油萨其马和杏仁干粮；正明斋的风味月饼也是老北京的名点。笔者对其中的蜂蜜蛋糕和红月饼尤感兴趣，当年常做早点食用。

正明斋糕点大致可分为硬皮、油炸、酥皮、蛋糕、糖皮五大类。其中有奶皮饼、干菜月饼、萨其马、蜂蜜蛋糕、桃酥、黄酥月饼等数十个品种，其制作之精细非一般糕点所及，就连芝麻也要去皮后再用。

笔者喜爱的蜂蜜蛋糕是以面粉、鸡蛋、白糖、蜂蜜、生油、青梅、桂花、瓜仁为原料，经过打糕、灌糕、烘烤、冷却等工序精制而成。蛋糕为扁长方形，表面呈棕红色，内部则为淡黄色，上面有青丝、青梅、瓜仁，口感松软、细腻、味道香甜纯正，有滋补养身、清火润肠等功效。一般晨起食用，再喝杯牛奶，效果更好。尽管正明斋的糕点精工细作，但价钱并不高，它是以薄利多销为宗旨的。

正明斋的月饼亦颇著名，其中有红、白、干菜、黄酥月饼等很多品种。犹记每逢中秋佳节，一些北京人常去买些正明斋的月饼，待到秋夜月圆之前，亲朋好友在四合院中，围坐桌旁，吃着月饼，品茶赏月，实是一大乐趣。

饽饽名铺永星斋

永星斋是北京朝阳门外一家有名的饽饽铺,其产品极具特色,誉满京城。所谓饽饽铺即是糕点铺。光绪六年(1890)二月,一个叫王芝亭的人,在北京的毓盛斋学徒期满后,便到朝阳门外买了两间门脸,自己办起了饽饽铺。他认为天有日、月、星三光,北京已建有日坛和月坛,自己就占个星字,起名为"永星斋"。

王芝亭是跟毓盛斋最有名的师傅陈富学的艺。为了创出永星斋的牌子,他制作糕点要求非常严格,用料非常讲究:其面粉必须是"元"字号的重罗细面,冰糖必须是最好的"石里冰",白糖必须是"义记"糖庄的产品,就连烧的木炭,也必须是由京西山区运来的。在其他饽饽铺陆续改用烧煤后,永星斋仍然坚持用木炭。王芝亭认为只有烧木炭才能掌握好火候,保证糕点质量。有一年冬天,一连半个多月阴天下雪,而当时正值人们买糕点摆供的日子。人们发现,在其他铺子里买的糕点很快便塌陷了,独有在永星斋买的供品却依然如故。王芝亭解释说：原因即在于永星斋烧的是木炭，火候把握得好，其他糕点铺用煤火，糖炒得太嫩，遇到连着阴天一返潮就垮了。从此后，人们更认定了永星斋，其生意愈加红火。永星斋不仅在门市上售货，还有一笔很大的收入是做"专供"。王芝亭和工部一位姓陈的尚书是世交，后又结识了主管太监李莲英，所以内务府所辖的饽饽房每年都指定由永星斋专供。满族历来有做饽饽桌子的习俗。慈禧太后每次寿辰喜宴，大多由永星斋承办。饽饽桌子分为三、五、七、十一、十三等节，每节码二百块糕点，做十三节时就有一房多高了，最上面用佛手、绢花、苹果等做顶子，以示吉利。慈禧六十大寿做的是十三节，除了优厚的加工费外，还可收到一大笔赏钱。

永星斋也为各王府和大的寺庙做饽饽。像恭王府、惇王府、中堂府等都是永星斋的常客。寺庙的供品用量也是很大的，如东岳庙、关帝庙、海慧寺、吕祖阁等大部分供品均由永星斋来做。寺庙的密供有红、白之分，红供是在上面加红丝，是供佛的，白供不加红丝，是祭祖的。东岳庙是御用寺庙，权势最大，又和永星斋是近邻，所以是永星斋的头号主顾。其第二代主持李化通和王芝亭是表兄弟，关系就更密切了。按当时的习惯，卖糕点六两就算一斤，而永星斋的密供一直是准斤足两。

小窝头及其他

当年在北京东安市场的食品摊上,常常可以买到一种小巧玲珑、香甜细腻的"栗子面"小窝头。据说,这种风味小吃是从清宫中流传出来的,至今已有七十多年历史了。然而,制作这种小窝头,最著名的要推北海公园"仿膳"。

"仿膳"由模仿"御膳房"而得名,最初叫"仿膳斋"。北海漪澜堂、道宁斋是昔日慈禧太后游览散心时就餐的地方。现在的"仿膳饭庄"就设在那里。据闻,1956年在某一次招待外宾的盛宴上,"仿膳"的老师傅大献手艺,制作出四千个精致的小窝头,个个颜色金黄,形如宝塔,被认为既是美味小吃,又是艺术佳作,赢得食客交口称赞,从此这种小窝头更加名扬海外。

提起小窝头的来历,还得从慈禧太后谈起。那是清光绪庚子年(1900),八国联军陷北京,那拉氏仓皇逃奔西安,途中饥饿难挨,有一名叫贯世里的人,把北方民间粗粮食物窝窝头呈上,给"老佛爷"果腹。慈禧食之甚觉香甜，感到是从未尝到过的美餐，嗣后回到宫里，命御膳房照样制作，殊不知再也不得其味！"老佛爷"甚为不悦，后经厨师苦心研究，用细箩筛出上等玉米面，合以黄豆粉、白糖、桂花，然后捏成每重一钱的小型窝头，旺火蒸熟进上，食之香甜爽口，颇有栗子的味道，这才遂了慈禧的心愿。

正因为这种金黄小窝头入口有栗子味道，很多人以为是用栗子面做成的。其实，它和民间窝头一样，也是玉米面做的。"仿膳"曾经做过试验，即使加入少量栗子粉，制成的小窝头，其味道和颜色反而大为逊色。小窝头用料并不复杂，但制作技术却很讲究。熟练的厨师，凭两只灵巧的手，用一斤面捏出一百个上尖下圆中间空的小窝头，确实是不简单的。

仿膳饭庄的清宫风味小吃，还有豌豆黄、芸豆卷等，也都小巧玲珑，别有风味。

除此以外，仿膳的肉末烧饼，也是慈禧得意之味。据传，有一次慈禧做梦吃烧饼，第二天御膳房送来早点中果然有肉末烧饼，太后大喜，高兴地说："给我圆梦来了。"并问是谁做的？为此，厨师赵永寿得到"老佛爷"赏赐。这位赵师傅在1925年创办"仿膳斋"的时候，也到北海漪澜堂献艺，现在他虽已故去，但制作肉末烧饼的手艺却流传了下来。这种烧饼是用长把烤铲在炭火上烤制的，外酥里软，夹上由笋丁、荸荠（广东称马蹄）丁炒成的肉末，入口酥脆、醇美。这种食品在"仿膳"的食谱中,是属于大众化的风味小吃。有朝一日,重访京华,定要饱尝阔别已久的仿膳风味。

京味特产话金糕

金糕,是北京传统风味食品。20世纪30年代,京城唯一的一家制作金糕的"泰兴号"金糕庄,门面不大,掌柜姓张,人称"金糕张"。

制作金糕始于清代中叶,过去叫"山楂糕",后因慈禧太后吃腻了各种山珍海味,点名要吃此物。"泰兴号"当时的掌柜应下这个生意,他精选原料,细致加工,做出来的金糕颜色红里透着金黄。太后品尝后非常赞赏,并赐名"金糕",从此不再叫"山楂糕"。之后,王公贵胄也纷纷购买,一时供不应求,金糕与"金糕张"也因此名噪京华。

金糕有许多品种,八宝金糕、桂花蜜糕、改良花糕和水晶金糕等,味道有别,各具特色。八宝金糕,即往金糕中加入一定量的果脯、果浆等,外表美观,吃起来风味独特;桂花蜜糕是往金糕中加入少许鲜桂花,味道清香,以甜为主,不甚酸;改良花糕是把金糕用模具制成各种形状,常见的有八仙人、老寿星、孙猴子、八戒、唐僧等传说中的人物，如同面人一般，惟妙惟肖；水晶金糕更是独具特色，它一般制成一厘米左右厚的片状，透明性很强，拿在手中可以清楚地看见对面的人和物。

制作金糕的原料主要是红果和白糖。先把红果洗净放在锅中煮熟，去掉皮核，碾成果酱，再加入适量的白糖及辅助原料即可。但如何把这些东西放在一起就能成为固体的金糕呢？这我就不得而知了。因为这些操作都是掌柜要保密的，恐怕被别人偷学去，故笔者也未曾问过。

金糕可以配菜，有名的金糕梨丝，就是将金糕和梨都切成细丝，放入少许白糖，搅拌即可。白中夹红，十分好看；食之甜中略酸，十分爽口，尤其是逢年过节，人们整日鱼肉，调换一下清淡的金糕，立觉食欲大振。

京东名店大顺斋

北京人把烧饼叫火烧，是大众化的食品。以它作早点，吃起来香甜可口。北京最有名的是京东通州大顺斋产的糖火烧。

北京有句谚语道："京东通州有三宝：烧鲇鱼、酱豆腐、糖火烧。"

通州地处京畿，自隋朝开凿南北大运河后，日趋繁华。明清两代，为畿辅之咽喉，水陆之要冲。朝廷从南方征集的皇粮及民用、军需等物资都要通过这条运河运往北方。大顺斋的创始人，就是经此运河，从南方到通州落户的。

大顺斋创建于明朝崇祯末年，位于通州城内安家大院。因店主叫刘大顺，商店也随之取名"大顺斋"。起初只靠小本经营，专做甜、咸两种火烧。乾隆年间，大顺斋生意火旺，资本增加，扩建了厂房，增加了几种糕点的生产，成了一家颇具规模、前店后厂的糕点铺，以生产风味独特的糖火烧而享誉京城。当时北京书法家关春鸿为其题写了"大顺斋南果铺"的匾额。

大顺斋的糖火烧的原料配比与众不同。普通火烧以面粉为主,其他配料为辅。而大顺斋的糖火烧,面粉只占25%;芝麻酱、红糖、桂花、香油搅拌后,统称"调和",约占75%。它的制作方法是把和好的面揪挤弄薄,抹上"调和",抻长卷起,用压板压成扁圆形,打上戳记,放在饼铛里用文火烙,使两面略带焦黄色,再入炉烘烤。成熟出炉的糖火烧,外形扁圆,呈深棕色,散发着浓郁的麻酱、红糖、桂花香气。吃在嘴里酥绵松软,又甜又香,营养也很丰富,有温补的药用功能。大顺斋糖火烧之另一特点是耐贮存,因其油多糖多,可以久存不干,经夏不坏,为一般糕点所不及,是一种便于携带的旅游佳品,受到各界顾客,特别是回民的好评。据说过去回民阿訇沿丝绸之路去伊斯兰教圣地"朝觐",就有人带上糖火烧,以备旅途中食用和赠送友人。

冠生园的南味食品

天津是五方杂处的大城市，喜吃南味食品的人很多，所以南味店成了大行业。抗日战争以前，著名的南味店有稻香村、冠生园、森春阳、奇香店、南味芳等。稻香村还分森记、明记、福记、厚记等数家。但南方风味较著者，还要数冠生园。

冠生园的经营特点有二：一是从外地进货必选老店名牌，保证货色；二是本店自制，选料精良，名师把关。例如金华火腿，在天津各味店都有供应，可是只有在冠生园才能买到真正的蒋雪舫佳品。喜欢吃火腿的都知道"金华火腿出东阳，东阳火腿出上蒋"的说法。蒋雪舫是早年东阳上蒋村制火腿的名师，他制成的火腿，色、香、味、形俱佳。冠生园非蒋家火腿不卖，所以能保持店誉，多年不衰。

天津冠生园于民国十九年（1930）开业，创办人是经营南味的名家广东人李寿初。店址在旧法租界二十六号路，前店后厂，大多数货色是自产自销。以广东腊味，如腊肠、腊肉等为主。最受天津广东同乡以及苏、浙、闽人的欢迎。还有最被人称道的糖熏活鲤、童子油鸡、酱汁方肉、团脐醉蟹等，都是吃后总想再吃的。熏鱼本来不是稀罕食品，可是冠生园精选半尺长的活鲤鱼，熏制出来，头、尾、中段卖同等价钱，有人专买熏鱼头吃，买不到还引以为憾。童子油鸡一定选八个月左右大的雏鸡，做成后，白嫩香酥，引人食欲。他们熏制食品所用的辅料为浙江绍兴酒、福建红糟等，都选上品。下料前，李寿初亲自检视，制成后又逐件品尝，稍有不合格，即另行处理，不上柜台。

冠生园还经营糖果、糕点、海味、蜜饯、罐头、酒类、小食品等。小食品中有酥糖、麻糖、皮糖等几十种。其中，以鲜橘皮为原料做的橘红糕，橘味芳芬，老幼咸宜。还有果汁牛肉、橘汁牛肉、话梅、杏花软糖、鱼皮花生等，都是独家生产的小食品。

据说，现在国内共有四十七家冠生园，都是冠生园理事会的分店，分设在沿海诸大城市。在上海就有冠生园食品厂等多处分店。南京、重庆、昆明、武汉、安徽宿州、四川大邑等地，也有冠生园食品厂或公司。

淮扬名点有特色

从前北京中央公园（今中山公园）社稷坛西南一带，满布露天茶座，由北往南第一家为柏斯馨。中间是上林春（又名长美轩），南面路口是春明馆。这三家除卖茶外，兼售点心，各有一种名点闻名九城。春明馆的火腿鸡丝伊府面，配料讲究，味美可口；柏斯馨的咖喱饭，名为西点却不失中国风味；上林春的萝卜丝饼，金黄酥脆不油不腻，皮薄馅厚更是一绝。

其中萝卜丝饼，原是扬州名点之一。扬州点心名列全国前茅，到过扬州的人，必定要到"富春"去尝尝淮扬名点；就如同去北京旅游的人，非去吃一次"全聚德"的烤鸭不可，否则将是虚此一行。

"富春"开设在扬州邗江路上，这里看上去不像一家店铺，小有庭园之胜。原来这里是昔日经营花木盆景的"富春花局"。自从"富春"改业点心以来，营业发达，座客常满，成为近百年来，扬州的名牌字号。他们的点心名目繁多，最出名的是一笼三吃的包、饺、烧卖。所谓一笼三吃，就是连蒸笼一起端上来，蒸笼里有包子、饺子、烧卖三种式样的点心；虽然都是肉馅，却由于包法不同，味道各异，这是其他各地无法与之相比的。另一种一品大包，比饭碗的碗口还大，有甜、咸两种，最出名的是笋间大包，笋丁与肉丁混合，刀功到家，丁小馅多，皮薄面松，亦称杰作，广州的鸡球大包瞠乎其后矣。

扬州的点心店兼售干丝，据说这是苏北人的嗜好。苏北一带的点心店和茶馆都代卖干丝，所以无论茶馆还是点心店的学徒，按老规矩拜师以后，首先要学会切干丝；因为这一门也是技术，必须切得长短薄厚一样，才算合格。一般的点心铺，另设一摊，专卖干丝。干丝有拌干丝、煮干丝两种。苏北人讲究吃早茶，喝早酒，一般大都来一盆拌干丝，要摆摆场面才吃煮干丝。但是不管拌或煮，关键是在浇头上，各种浇头的名目不胜枚举，像"富春"最出名的是火腿鸡丝干丝，用的鸡都是经过挑选的，以细嫩味美取胜。

扬州点心传到上海最早，从民初到北伐前，上海最风行的是淮扬名点。当时南京路上最著名的点心店如"精美""福禄寿""四五六"都是以淮扬名点为号召的。后来，广东菜点在上海兴起，乃取而代之。"精美""福禄寿""四五六"相继停业，后来出现了一家"绿杨村"，继承了淮扬名点的传统，他们做的萝卜丝饼几乎能与扬州

"富春"媲美。

记得扬州除"富春"外,也有一家"四五六",还有一家"月明轩",都是以出售点心著称。

保定四美斋糕点

说起糕点，北京有个正明斋，保定有个四美斋，皆为北方的名字号。

四美斋糕点铺开业于清代光绪初年，至今已有百余年历史，系保定府监道王家和其他三人经营，开设在保定城内西大街路北，毗邻旧藩台衙门，其"四美斋"三字匾额，乃当年藩台所书。该店经营品种达五十多种，制作精细，声名远播。据说，光绪庚子（1900）以后，慈禧太后从西安回到北京，路经保定，品尝四美斋的糕点后，倍加赞赏，称"风味不亚于御膳房所制"。自此，四美斋糕点声誉更隆。四美斋的陈设，古色古香，别具一格：货架上层层陈列着木制油漆的扁圆形大捧盒，盒面上绘着奇花异草，松竹梅兰，造型精巧雅致，具有相当高的艺术欣赏价值。货架下边摆着一行陶瓷坛子，坛口上是紫红色的漆木盖。柜台里手横排一列抽屉——这许许多多的捧盒、瓷坛、抽屉，都是分类盛装糕点的。既能防止糕点风干，又能保持糕点清洁。顾客们常说:"到四美斋好像进了中药铺。"

四美斋的糕点,叫得最响的有云片糕、芝麻细酥、雪花饼、姑苏八件、芙蓉糕、萨其马等。它之所以远近闻名,成为早年的名牌,是与创业人的苦心经营,钻研技术分不开的。据说,四美斋开业之先,主人便先做社会调查,对不同糕点的销路情况、群众爱好等,都进行了详细了解和分析。他们了解到,保定地区多数人向往南味,部分人欢迎北味,遂采取了"南北兼容并蓄"的制作方法:一方面,从南方苏州请来做南味糕点的名师;另一方面,从本地物色技术精湛的北味师傅。这样,南北师傅通力合作,不仅糕点花色品种多,质量高,味道美,更重要的是能够满足各类顾客的不同口味,因此,开业不久就打开了销路。南北师傅制作糕点时,选料认真,精工细做,保证质量。据说,有一年中秋节,四美斋员工不慎将一屉月饼压在了空屉之下,翌年取出仍不失原来风味。

"驴打滚"与北京小吃

近日读林海音女士的《城南旧事》一书,笔者仿佛回到了童年时的北京。那一队队的骆驼、那夕阳斜照的紫禁城楼、那灰暗的小胡同,尤其那推着小车沿街叫卖的"驴打滚"……哪一样不是四十年前的故乡风情呢!

记得曾经住过的西单甘石桥,大门对面就摆着卖"驴打滚"的食摊,花上几分钱便可果腹。这是一种大众化的小吃,又叫"豆面糕"。是以黄米面和黄豆面为原料,将熟黄米面团放在熟豆面上揉匀,裹上豆馅,然后摊平,卷成直径约一寸的长卷,再切成一寸左右长的小段,撒上芝麻、白糖、冰糖渣和糖桂花拌成的芝麻糖,再在铺着熟黄豆面的案板上一滚就成,闻着香味扑鼻,吃起来柔软而有劲,甜中又带有芝麻香味。不光是孩童爱吃,许多成年人也常在摊边吃上一盘。

和"驴打滚"差不多的"艾窝窝",是用糯米蒸熟后包上核桃仁、芝麻、瓜子仁、青梅、金糕及白糖、冰糖渣、糖桂合成的馅做成，形似元宵，但凉食。表面沾有熟米粉如挂白霜，吃时黏软柔韧，馅松散而香甜。过去有人作诗描写它："肉黏江米入蒸锅，什锦馅儿粉面搓。浑似汤圆不待煮，清真唤作艾窝窝。"此物历史悠久，元人称为"不落夹"。明万历年间内监刘若愚所著《酌中志》说："以糯米饭夹芝麻糖为凉糕，丸而馅之为窝窝，即古之'不落夹'是也。"

北京的芝麻酱烧饼亦是大众化食品，最受市民欢迎。烧饼古称煎饼、胡饼。东汉刘岐《三辅决录》载："赵岐避难于市中贩胡饼。"宋孟元老《东京梦华录》说："胡饼店即卖门油、菊花、宽焦、侧厚、油锅、髓饼、新样、满麻。每案用三五人擀剂卓花入炉，自五更卓案之声，远近相闻。"北京芝麻酱烧饼一面带有芝麻仁，皮焦脆，内柔软，香味浓厚，里面层次分明，一般有十五六层。刚出炉时趁热夹上"焦圈"或是酱肉吃，真是适口充肠，其味无穷。

所谓"焦圈"，俗称"手镯"，乃自清宫传出。御膳房专做此物的孙德山，传给了升源斋烧饼铺的邬殿元，遂流入民间。这是用面和上明矾、碱面及盐，做成圈状经油炸而成。形似手镯，食时酥焦香脆，故七八日后亦不失其脆性。

另有一种名敬子麻花，亦有油炸，但带有芝麻及糖桂花，形如四个椭圆形的花环束在一起，质地酥脆香甜中带有桂花味。此物古称"寒具""环饼"。苏东坡曾有诗赞之：

"纤手搓成玉数寻，碧油煎出嫩黄深。夜来春睡无轻重，压扁佳人缠臂金。"

北京的油炸小吃尚有薄脆、糖泡、脆麻花、密麻花、炸三角、炸回头、炸荷包等。其中马蹄烧饼中间空心，夹肉末吃最适宜。传说清慈禧太后一夜梦食烧饼，早点时正好进肉末烧饼。慈禧说是给她圆了梦，重赏了做烧饼的厨师。后来北海漪澜堂专售肉末烧饼。

北京的小窝头也是与慈禧有关的。据传八国联军攻进北京，慈禧去西安，沿途以窝窝头充饥，觉得吃之甘美，回銮后索此物，御膳房只好以玉米面、黄豆面加白糖做成小窝头供应。北海漪澜堂的芸豆卷、豌豆黄、千层糕即出自清宫。千层糕制作精细、色彩绚丽、吃之松软而有弹性，甜中带香，每块糕有八十一层，层次清晰可数。

当年西单曲园饭店的银丝卷亦是一绝，齐白石老人曾经常派人去买。它形似花卷，但在面皮中间包藏制成的面条。面条经九次制出，成为五百一十一根细丝。故吃起来柔和松软、油润香甜。另如有二百多年的一窝丝清油饼就是用此种制出的面丝刷上香油盘成饼状烙制而成，不过制时须再制两次，制成面丝两千零四十八根。它又名"盘香饼"。

北京人还喜欢喝豆汁。当年和平门南新华街有"豆汁张"，东安市场有"豆汁何"。豆汁色灰绿、汁浓醇、味酸而微甜，喝时与辣咸菜同食，既酸而辣且烫，别有风味。

以小吃出名的尚有"馄饨侯""爆肚满""年糕刘""馅饼周"以及"穆家寨""都一处"之炸三角、后门桥合义斋之灌肠、鲜鱼口会仙居之炒肝,等等。

北京历经四朝建都,故博采四方小吃之精华,兼收各族小吃之风味。北京的奶酪,历史即颇久远。它是以牛、羊奶制成的半凝固食品,乳白滑腻,入口即化,香甜爽口,富于营养。奶酪古称醍醐、乳酪、羊酪等。唐皮日休诗中曾有"雕胡饭熟醍醐软,不是高人不合尝"之句。《红楼梦》十九回中贾妃赐给宝玉的"糖蒸酥酪"亦是此物。曾有人赞誉它说:"饥者甘食,渴者甘饮,内以养寿,外以养神。"奶酪以东安市场内之丰盛公名最著。

北京小吃不下几百种,侧闻上述风味小吃,今日都有所恢复,何时能再尝北京小吃呢?先以回忆聊作精神会餐吧!

名目繁多的"炸货"

北京早餐的小吃,称为"早点",可说是独具特色的。热饮有:豆浆、面茶、油茶、茶汤、藕粉、百合粉、杏仁茶、莲子粥、核桃酪、红豆粥、大麦粥、油炒面、豆腐脑等,这些姑且不谈。单说"炸货"一类,也可谓品种繁多。

炸油条,俗称"炸果子",老北京人管它叫"油炸鬼"。油条分两种:一种是炸成较细的椭圆形圈状的油条;另一种炸成一根很粗的油条,俗称"棒槌果子"。

炸焦圈,是用油和面炸成小形正圆形状的焦脆小食品。焦圈可以夹在白马蹄或红马蹄烧饼里吃,也可以在喝豆汁时,当作佐饮的小菜食用。

大薄脆,天津方言叫"锅箅儿",也是一种油炸的食品,其质薄如纸而且焦脆,故名"薄脆"。它与焦圈的性质类似,而形状不同,可以夹在火烧、烧饼内食用,也可以就热豆汁吃。

炸糕,大致分为两种:一种是用糯米面包入豆沙糖馅,过油炸熟；一种是以糯米面不包馅用油炸，外撒白糖粉。

20世纪40年代末，东城王府井大街南口路东的一个弄堂口，由一家广东人制作的"奶油炸糕"，在糯米面中放入鲜奶油及香草精，吃起来香甜可口，带有西餐苹果排和菠萝布丁的味道。至今，东安市场内，尚保留"奶油炸糕"这一具有特殊风味的小吃品种。

炸麻花，用软面拌成麻绳状的花样，然后过油炸焦。炸麻花分大小两种，有的在制作时还蘸些芝麻，更增添了麻花的香味。

炸排叉，是把软面和成之后，用擀面杖把它擀得菲薄，再拌成花样，放入热油锅中，这种炸货在出售糕点的铺子也可以买到。

炸三角，炸闷子是正阳门大街"都一处"的拿手杰作，它是把预先做好的凉粉及调味作料，包在面皮之下，再捏成三角形或饺子的形状，过油炸焦，而外焦里嫩，其味极佳。

炸回头，也是当年北京地方风味的小吃，它类似江苏的炸春卷，里面有韭黄、肉馅之类，味道鲜美，只是形状不是直筒形而是蜷曲状，故名"炸回头"。

清真饭庄"东来顺"的炸羊尾、炸卷果等甜食，也是别具风味的。而北京人每逢过春节或正月十五，差不多家家户户都要炸年糕、炸元宵，人们看到这些油炸的食品，就会自然而然感到年节的欢快。

《豆汁记》和豆汁

有一出很有趣的京戏,叫作《金玉奴》又名《豆汁记》。早年是梅兰芳、姜妙香、萧长华的拿手戏。萧扮"团头"金松;梅扮金松之女金玉奴;姜扮书生莫稽,"酸生"十分当行。现在当然这样好的戏再也看不到了。在这出戏中,穷秀才莫稽在风雪中倒卧在金家的门前,金玉奴可怜他即将冻饿而死,给他喝了两碗热乎乎的"豆汁",救了他的命,后来莫稽做了官,却遗弃了金玉奴。因此,这出戏又名《豆汁记》。"豆汁"是什么东西?也许觉得,这"豆汁"同"豆乳""豆腐浆""豆腐脑""豆腐花"等大概一样吧?

回答是:不一样。不但不一样,而且也不是同类的东西,它不是以黄豆制的豆腐家族中的一员,而是以绿豆制的"线粉类"家族中的同族,这是北京特有的平民化的食品,是真正老北京人才欢喜吃的东西。简言之,它是制线粉的"粉房"的副产品。粉房中水磨绿豆做粉条或团粉时,把淀粉取出后,剩下来淡绿泛青色的下脚料,经过定时发酵之后，再把它熬熟，这就是"豆汁儿"了。《燕都小食杂咏》云："糟粕居然可作粥，老浆风味论稀稠，无分男女齐来坐，适口酸盐各一瓯。"诗后注云："豆汁，即绿豆粉浆也。其色灰绿，其味苦酸，分生、熟二种。熟者担挑沿街叫卖，佐咸菜食之。"这诗和注解把豆汁介绍得十分清楚了。

　　豆汁有一种特别的酸味，没有喝过的人第一次喝甚至是难以下咽的，似乎也同吃臭豆腐一样，要硬着头皮吃过几次，才能渐入佳境，领略其无穷的滋味。喝豆汁有在家门口叫住豆汁挑子买来喝的；有在庙会上豆汁摊子上喝的；最讲究的是东安市场东面的摊子上喝。其实豆汁大体上是一样的，区别在于咸菜上，喝豆汁必须要辣咸菜，辣咸菜好坏大有讲究，把"水疙瘩"（即盐水腌的芥菜头）切成细过头发丝般的细丝，把干辣椒放在油锅中炸得焦黄，连热油带辣椒倒入咸菜丝，"刺啦"一响，其香无比。喝豆汁时就要随喝随吃这种香喷喷的辣咸菜，同时再吃一两个"焦圈"，即很小的炸得很焦脆的"油炸鬼"。喝时要慢慢地、悠悠然地喝，直喝到鼻子尖冒汗，那真是通体生津矣。想起来，这真正是地道的北京味，喝过豆汁的朋友会有同感吧！

福兴居灌肠老铺

早年北京有一家经营灌肠的山东馆——福兴居灌肠老铺。坐落在后门桥路东,紧依着桥翅儿。煎灌肠的师傅,50岁开外,胖胖的身躯,穿着白粗布的汗落儿,光亮的脑袋上围着白羊肚手巾,大手中拿着短把儿光亮的长铁铲子,不停地翻动,压剁着高沿儿铁铛里的一片片灌肠,并不时地用铲子有节奏地敲击着铛沿儿,与油煎灌肠发出的哗啦哗啦的声响应和着,招来四面八方的顾客,把六间门脸里里外外挤得水泄不通。

一铛灌肠煎熟后,老师傅挥动铁铲三敲两剁,用平底蓝花的粗瓷小盘往下一扣,铲起一翻个儿,浇上盐水蒜泥汁,刺啦一声响;再扎一根竹签儿,高喊一声"谁的——搭手!"顾客接在手中吃起来,白里透红,外焦里嫩,咸辣适中,香味扑鼻。

福兴居灌肠老铺,每天上午11点开始营业。三教九流的顾客中,斯文者里边坐着吃,爱热闹者外边站着吃,劳动者手中一壶烧酒蹲着吃,至于赶火车的,则每每是一斤大饼两盘灌肠一卷,边走边吃。这种地道的风味小吃,是将好面糊灌入猪大肠煮熟后剪成斜片状,用原来的汤油煎制而成的,选料精细,工序烦琐,制作讲究,卫生严格。与后来挂羊头卖狗肉的"煎粉闷子"(单纯用淀粉制成,犹号称"灌肠")迥然不同。

食不厌精的慈禧太后,也曾是福兴居灌肠老铺的主顾。这位皇太后,每年总要到位于后门桥北路西的火神庙去降香。有一年,慈禧坐着黄围轿子出景山后门儿往北走,闻到一阵阵的香味儿,便问李莲英是何食品。听说是灌肠后,遂面谕:降香后品尝。灌肠铺堂柜得知老佛爷要驾临的消息,一时慌了手脚,幸亏李莲英派了小太监协助操办,教其迎接圣驾的礼仪,并命人立即到鼓楼前乾泰隆绸缎店撕了9尺黄缎子,铺在座位上;从庙门到店铺有15丈远。急用黄土垫道,净水泼街。忙碌了半个时辰后,由庙中小道士传出话来:"送到庙里去。"掌柜这才松了一口气。将二十多盘灌肠放进提盒里,在太监的监视下颤颤巍巍地送到庙中。

慈禧品尝了灌肠后,十分高兴,并给了赏钱。起驾回宫时,唯独灌肠铺没让上门板,由掌柜带领伙计在路边低头跪送慈禧回宫。自此以后,慈禧常派太监购买灌肠。福兴居因此而被封了龙罩,树了黄旗,买卖越做越兴旺,名满京华,直至20世纪40年代末,才告衰落。

马玉昆精制白水羊头

老北京人说到小吃时,总要加一个"儿"化音,叫"小吃儿",让人听起来倍感亲切。小吃即非正餐之意。在街头巷尾小摊上随便填填肚子,尝尝味道,尽兴而已,是一种独特的饮食文化。

在北京众多的小吃当中,回民小吃占有非常重要的地位。回教是大教,禁食猪肉,以牛羊肉为主。其烹调手段,蒸、炸、烙、煮样样俱全,其中味道,甜香软脆各有特色。面食中有年糕、切糕、艾窝窝、糖耳朵等,汤类有豆汁、茶汤、豆腐脑等,肉类则以爆肚、羊头肉等最为出名。

单说这羊头肉,主要有两种做法。一是酱羊头,一是白水羊头,均堪称京味小吃之绝。羊头肉包括脸子、信子(羊舌头)、天花板(羊上膛)、羊脑子、羊眼睛等。其中以脸子肉最有味道,其薄如纸,撒上椒盐等作料后,做下酒菜,确为无上佳品。

回民小吃大多集中在南城牛街和南横街一带。其中南横街马玉昆制作的"白水羊头"最享盛名。他制作羊头十分讲究，每天早上先到屠宰场亲自挑选年龄和个头都相当的二十个西口羊头，拿回来后用烧得通红的火筷子把羊鼻子和耳朵里的细茸毛烧掉，然后用刷子刷白再放进锅里去煮。锅里只有白水，不放盐和任何作料，故名"白水羊头"。

下锅前，要用手掐一下，皮儿老一点的先下锅，嫩一点的后下锅。煮一会儿，即用筷子扎一下，根据不同程度一个一个地出锅，以免生熟不均。出锅时，一般是七八成熟，将其掰开，放入凉水中浸泡，目的是把里面的杂质和余血浸出来，然后再分出羊脸子、耳朵、信子等部位，上市出售。

出售白水羊头都是现切现卖。马玉昆的白水羊头不仅做得好，而且切肉的刀功也特别熟练。他用一把二尺多长的片刀，以极其优美的动作切出来的羊肉片，看起来如同薄纸，又极富弹性，呈半透明状态。只见他手拿作料瓶往肉片上"扑"地一甩，撒得十分均匀，让人立时感到香味扑鼻，口舌生津。他这作料制作，同样是特别精细，先是将大青盐粒放在火上烤去水分，再压碎过罗，其他如砂仁、丁香、豆蔻等也是如法炮制。最后，按一定比例配好，才放进特制的容器中。

由于马玉昆的白水羊头选料精、操作细、功夫深、物美价廉，所以特受顾客欢迎。每天，他的货车未到，即有人在那里排队等候。而当他开始切肉售卖时,总有更多的人前来围观,就像争看艺术表演一般,大名鼎鼎的京剧大师马连良、谭富英、尚小云、张君秋等都曾是马玉昆的常客。20世纪50年代以后,马玉昆调到南来顺小吃店,一些老顾客仍觅踪而至,外地人来京,也纷纷前去品尝这"一招鲜"。

门钉包子杂说

听说溥仪小时候跟小太监开玩笑,把铁丝夹在馒头里给小太监吃,小太监一咬一硌牙,逗得"小主子"哈哈大笑。"门钉包子"是否包子里也搁了门钉呢?其实不是。门钉包子原是很好吃的高级包子,只是现在很少人知道这种包子的精美了。

北京的包子,也像中国文字讲六书一样,有象形的,有指事的,有会意的。如羊肉包子、火腿包子,这都是"指事",直接指明它的馅子是羊肉的,火腿的。又如"澄沙包子""水晶包子",这是"会意"的,豆沙经过沉淀而成,生猪油加白糖熟后如水晶般透明,因而可以从名称上领会其中的含意。那么"门钉包子"是属于哪种呢?是"象形",因为它好像门钉的形状。北京过去大大小小的城门、宫门、门扇,为了坚固,都包上铁叶子,钉上一排排密密的钉子,这钉子的钉帽是圆球的,很高,其高度超过其圆的直径。这在一般宅门是不用的,只是城门上、宫门上、坛门上才用。它的特有名称，就是"门钉"。把包子做成这样的形状，就叫作"门钉包子"了。

"七七"事变前，门钉包子在北京是很普通的名称，一般人都知道。那时北京人吃包子，大体可以分作三大类：一是家庭自己做的包子，不论猪肉、羊肉，或是甜的、素的、荤的都可以。这是家常饭，小户人家，主妇自己做。中产之家，能用得起女佣人张妈、王妈之辈，便由张妈、王妈做。一些富有之家，诸如旧式官僚、高级教授、清代遗老、梨园名伶以及一般大买卖的厨房，总之，凡用得起厨子的主儿，那自然由厨子做。这种家常包子，不论谁做，都是有褶的，个儿比较大，馅儿也多，这种样子的包子，在街上一般都是买不到的。二是包子铺的包子，这是最简单的包子，其馅子不是猪肉葱花，就是羊肉葱花，都是猪肉杠或羊肉床子卖剩了的零碎肉，再卖给包子铺做包子。三是高级包子，如小笼包子、汤包、叉烧包子、火腿包子、香菇包子、干菜包子等，而"门钉包子"正是高级包子的一种。

关于炸酱面

炸酱面是北京人的家常便饭。全部内容分"炸酱、面条、菜码儿"三部分,今分述如下:

炸酱简单说就是"肉炒酱"。分肉丁炸酱、木须(鸡蛋)炸酱。酱要黄豆做的"黄酱"或麦子做的"甜面酱"。如能是名家"天源"、"六必居"等大酱园子的酱就更好了。炸酱最好用好花生油起油锅。火要大,冒完黑烟,下葱、姜末、肉丁或肉末、木须,把预先用水调稀的酱同时入锅。经搅拌炒匀,稍炸之后,即可出锅盛入碗中,端上桌子。一碗之中,中间是酱,四周是清油,像江南"响油鳝丝"一样,端上来时"吱吱"有声。

酱之外再说面条。炸酱面吃"拉面",又名"抻面",俗名"大把条"。要用和得软硬正好的面,在案板上揉,揉到一定程度,拿起两端,在空中一边拉,一边上下悠动。拉长之后,再并起两头,一摇,拧在一起,如此反复数次,再并起来再拉,一变二,二变四……便变成无数又韧、又细的面条，捧在开水锅前，把两头捏断，把面下入锅中，放点冷水，再开锅面就熟了。把热面捞入一大盆冷开水中，过水之后，一碗碗盛入碗内，叫作"面坯儿"。明代刘若愚《酌中志》云："初五日午时……吃蒜过水面。""过水面"即唐人所说之"冷淘"也。如欢喜吃热面，谓之"锅挑儿"，直接从锅中盛出即可。

面条之外要有"菜码儿"，即不加任何作料之生切黄瓜丝、水萝卜丝、水焯绿豆芽等。吃时把炸酱、"菜码儿"盛在面条上，拌着吃。面又韧、又滑，炸酱又香，菜码儿又鲜、又爽口，真是滋味无穷。

《京兆地理志》云："炸酱面，京兆各县富家多食，旅行各乡镇，便饭中以此为最便。"正因为其是最普通的家常便饭，所以更值得一提。

京食美味"茶汤"

北京的茶汤,已经有五百多年的悠久历史。原为明朝宫膳中的一种早点。永乐十九年(1421)朱棣迁都北京之后,在宫中宴飨文武百官,即各赐茶汤一碗,因其色、香、味俱佳,群僚啖之赞不绝口。嗣后京城渐渐流传俗语说:"翰林院文章,太医院药方,光禄寺茶汤,武库司刀枪。"明代沿袭唐宋旧制,置光禄卿专管皇室祭品、膳食及招待酒宴,其官署光禄寺首创茶汤,故名"光禄寺茶汤"。不久流传于民间,遂为雅俗共赏,脍炙人口的风味小吃。

茶汤的主要原料是糜子面,将糜子磨成粉状,再用细罗筛之。位于崇文门外的老字号福芝碾房,即是专门加工糜子面的地方。把三四羹匙的糜子粉放入用热水烫过的小碗里,用凉水调成糊状,再以沸水冲之即熟,上面撒些拌有桂花的红糖,香甜可口。倘若讲究起来,还可以撒些芝麻、青梅、核桃仁儿、瓜子仁儿、青红丝儿、山楂糕丁儿，以及染成红色的杏仁，这种精细的"八宝茶汤"，光是那绚丽斑斓的色彩，就足以吸引人的。

昔日，北京的花市、鼓楼、大栅栏、东四牌楼、西四牌楼以及白塔寺、护国寺、厂甸等处庙会，到处都有茶汤铺或茶汤摊；至于走街串巷的茶汤挑子，更是不计其数。

凡卖茶汤者，都有一把擦得光亮的特大号红铜壶，二三尺高不等，壶把缠以藤皮，壶中央烧着红通通的炭火，壶里的水总是哇啦哇啦地开着，一股股白色的蒸汽不时地从壶口与壶嘴儿里冒出来，袅袅地飘向天空，与飘忽的炭香融合在一起，古朴、美妙，别有一番诗情画意，令人陶醉。

至于那冲茶汤的动作，简直是一种绝妙的艺术。侧曲着身子，左手端着玲珑的小碗，右手拿着壶把儿，将百余斤的铜壶拎起来。那滚烫的开水冒着白气，如同一条弧状的银柱儿，从距小碗儿两尺多高的壶嘴"哗"的一声砸进碗里。动作的准确、娴熟与优美，令人叹为观止。

冬晨一碗热面茶

在北京冬天的早晨，遇上太阳很好，但天气还是很冷的，北京人习惯上叫作"干冷、干冷的"。带好帽子，围好围脖，把手缩在袖筒里，一低头，推开屋门，冒着扑面的冷气冲了出去。这时来不及在家吃早点的肚中无食，更感寒冷难堪。一路小跑出了胡同口，到了大街上，看见边上三五个人正围着一副担子，热气腾腾地吃着什么，跑过去一看，嘿！好东西！

"掌柜的，来碗——"

叫一声掌柜的，是北京人出自肺腑的诚挚而朴实的礼貌话。其实售物者，只有一副沉重的担子，连间房、连个门脸都没有，哪里还谈得到"柜"，又如何"掌"呢？但这句称呼，也正如他那副担子，是温暖的；那个被称为掌柜的听了也热乎乎的。只见他戴着毡帽，穿着蓝布大棉袄，系着围裙，带着白套袖，便马上从一头架子上拿了一只碗，到担子另一头的锅上，一手又拿碗又掀锅盖，一手抓住勺柄，随着一股扑面的蒸汽，已经舀出一勺混合熬的糊，倒在碗中，立刻盖好锅盖。锅盖上还有一层板，放着一钵芝麻酱，而且很奇怪，略微倾斜地放着。他左手将碗捧到钵边，右手把插在钵中的筷子拿起，用筷子尖儿从芝麻酱表面挑起拉成丝，唰、唰……洒在糊上，像织女穿梭织罗一样，没几秒钟，就把那碗糊的表面布满了，似乎像美人蒙上一层面纱，轻轻的，薄薄的，一层润滑的咖啡色浮在那焦黄色的表面上，比在雪亮的橱窗中看到的巧克力蛋糕还美。洒好芝麻酱，还不算完，就在芝麻酱钵头上，还有一个竹筒，盖上有许多圆孔，像西式五味架上的盐瓶，不过它是竹的。拿起反过来，唰、唰……两三下，那糊的表面上，便落满了香喷喷的芝麻屑、咸滋滋的盐花，沾点辣的花椒末……由盛糊、淋芝麻酱、洒花椒盐，直到送到你手中，前后绝对不会超过半分钟。

　　一碗热乎乎的面茶送到你手中，两只手捧住碗，把嘴唇拢起，贴着碗边，吸着，由右往左，热乎乎地一口。而且还要像郑板桥说的，"缩颈而吸之"，没有几口，便寒意全消，真是又热又香，其乐融融。

馄饨·云吞·抄手

薄薄的皮，大大的馅，宽宽的汤，看起来有点像美国护士小姐或法国天主教修女的白帽子的馄饨，外貌虽然不怎么起眼，吃起来却美味适口，无论在华北或岭南，都受到人们的欢迎。一般人家拿它当做小吃、早点或消夜，但在北方也有把面皮包得厚些，馅更多些，个儿更大些，作为正餐来吃。鲜猪肉加葱姜调料拌馅，鸡汤或排骨汤加上味精，煮出来味美异常。爱吃酸的，加上点醋；喜吃麻辣的，撒点胡椒面，更能开胃口、增加食欲。天津有不少饭馆出售馄饨，较有名的为致美斋、周家食堂、吉美林、天和居、川鲁、登瀛楼等，其中有的是南方风味，有的是北方风味，品尝起来，味道不同，各有特色，讲究些的，汤里放上点鸡丝、蛋皮，有的放上点虾干、紫菜、冬菜，次点的放些香菜（芫荽），都能提味增鲜。

馄饨又名云吞、抄手。京津管它叫馄饨，广东叫云吞，四川的名称更别致，叫作抄手，是说它的样子像一个人揣着双手那样神气。成都有一家颇负盛名的"吴抄手"，堪称地方风味的一绝。抗日战争时期，燕京大学迁到成都华西坝期间，我去访友，曾和一些同学前往品尝，其味果然名不虚传。四川人喜欢吃辣，加上辣椒油，名为"红油抄手"，对当地人是上等美味，而外地人则难以消受了。

美味的馄饨，常引起远方游子的无限乡思，忆起往昔在冬日亲人围坐火炉旁，每人手里端着一碗冒着热气、飘着香味的馄饨，边吃边话家常，共享天伦之乐的情趣。

童年时，家住北京，在万籁俱寂的寒冬深夜，听到从小巷深处传来一声声清脆的梆子响，夹着悠扬悦耳的叫卖馄饨声："馄饨哎噢——开锅哎噢！"这是走街串巷卖夜宵的馄饨挑儿来了，特别能牵动稚子的心，引起热烈食欲，闹着父母非要买上一碗吃不可。那馄饨挑儿一头是熊熊炉火架着热气腾腾的煮馄饨的锅，另一头则放碗筷、调料、馄饨皮、馅等。所以形成了一句歇后语："剃头挑儿——一头热"用来形容两人的关系，特别说青年男女谈恋爱时，一方火热、一方冷淡，确实比拟得当。这种馄饨挑子，我在海外可是好几十年未见着了。

在苏州，管馄饨挑子叫"骆驼担"，它是竹制的，比木制的馄饨担在用料上轻得多，摆在地上两头四只脚八字分开。一头较低，有小炉、锅子、柴板、水桶；一头较高，有小柜抽屉，置碗筷、调料等，其形上仰，如骆驼头。这副担子中间是连在一起的，一根横竹片做梁，就是扁担。

在扁担头后,又有一根竹片,连接两头,且有立柱,立柱上有小杆可挂物,如木勺、笊篱等。由于有立柱着地,担子更稳。这样担子的轮廓,神似一只骆驼。苏州人吴侬软语,说话好听,但不会吆喝,因而骆驼担不吆喝,只打击作响以代市声,如卖糖粥打水梆、卖圆子打竹筒等。沈三白《浮生六记》《闲情记趣》中所写芸娘雇的馄饨担,就是这种骆驼担。如果说,馄饨担代表了北京人的浑厚,那骆驼担便表现了苏人的灵巧。

万顺成小吃享誉津门

天津有一家有名的小吃店"万顺成",开业于1917年前后,到"七七"事变前,二十年间,已建有老字号、分号、新号三处店铺,在经营小吃的行业中,独占鳌头。

万顺成的创业人段玉庆和段玉林兄弟二人,原籍河北省静海县独流镇,幼年因逃水灾随其父段富荣到天津谋生。1917年前后段家在南市慎益大街什锦斋饭馆对面租了一间门脸,安锅立灶,熬秫米粥为业,店名"万顺成"。以后十年间,发展为两间门脸,增加了硬面火烧、甜蒸饼、炸果子、煮汤圆等,秫米粥多加白糖、桂花,名声渐著。

1926至1928年间,奉系军阀褚玉璞督直时,奉票流通券贬值,官方强制按票面钱数计值,商户则借口没钱找零而拒绝使用,随时有纠纷发生。一次,有褚军勤杂人员到万顺成买秫米粥,拿出奉票付款,段玉庆亲自接待,含着笑脸说没有零钱找,给盛了一盒粥,说是不要钱,白送。褚兵原不为买粥,只为付出奉票换回市面通用的零钱，见钱未换成，就恼羞成怒，不但不要秫米粥，反以破坏金融罪，把段玉庆捕走；后经托人说情又花钱赔礼，段玉庆才被释放。段玉庆为身家和店铺营业的安全之计，遂决定到租界地再设个门面。

他在法租界繁华地区，天祥商场后门的一条街里，租了一间门脸，设立了万顺成分号。分号，除发展了老号的传统，又收集了当时天津受欢迎的各种小吃，集中经营。开市不久，就在那条饭馆众多的街上站住了脚，营业火暴得很。

此外，他还在南市牌楼设立了万顺成新号，也颇具特色，受到顾客欢迎。

万顺成小吃店的特点是广泛吸收天津传统小吃的名家经验，集各家之大成。他的八宝粥仿东马路元兴斋；锅巴菜仿西大湾子大礼来；炸糕仿北门外"耳朵眼"；肉包仿侯家后"狗不理"；素色仿宫北大街"石头门坎"；甜蒸饼仿南门外"杜称奇"。他在用料与做工上多加功夫，以超过原有味道；对自己原有的秫米粥，则改为六成秫米、四成糯米，多加小枣、桂花、白糖，以提高美味，遇同业中有新制品亦不示弱。邻近的一家豆腐房制出十个层的油盐烧饼，他们就精制了十二层的油盐烧饼，以维持本号的名声。

煎饼果子·锅巴菜

幼年时，一度客居天津，据笔者所知，天津小吃以"耳朵眼"炸糕、杜称奇火烧，十八街麻花为最有名。但天津人也并非天天吃炸糕、麻花，那样是要把胃口吃坏的。"耳朵眼"炸糕、十八街麻花更不是常常可以吃到的，如果并不住在附近，买起来也不那么方便。天津人每天吃的小吃（俗名"早点"）乃是煎饼果子、锅巴菜。这两种小吃却真是天津所独有，别的城市都很少的。天津、北京相隔不过一百四十公里，在北京，你早晨起来，想吃煎饼果子，对不起，没有。你只好坐早车赶回天津。一出老龙头车站，站前就有煎饼果子卖，四季供应，风雨无阻，而且总是另备有鸡蛋的。

据说煎饼果子、锅巴菜都是百余年前由山东传来天津的，经天津人改进成现在这个样子。张焘撰《天津杂记》，成书于光绪十年（1884），羊城旧客撰《天津纪略》成书于光绪二十四年（1898），也就是八国联军进犯天津的前二年，这两部书，记天津风土掌故之事，实即旅行手册，还未见提到煎饼果子和锅巴菜，所以它风行于庚子之前是不大可能的，如其从20世纪之初在天津出现，这也有将近百年了。30年代初，天津人已经和煎饼果子、锅巴菜有了密切的关系。学校门口煎饼果子和锅巴菜担子每天早晨生意极好，南开、觉民学校门口更是如此。每一热闹街道路口，没有锅巴菜担子，也有煎饼果子担子。锅巴菜以天祥市场后门"万顺成"最有名气。但马路担子要拉主顾，做起来也用心的，味道也不差。煎饼的主料是绿豆、小米、虾米（皮米）及香料、水。煎饼要用平锅现摊现卖，每张煎好（可以加摊一个鸡蛋）裹一油条（果子）成卷，煎锅涂油少许，再煎片刻，稍焦，抹面酱，撒葱花，折起，称为"一套"。天津的歇后语赞美善于言词的人，往往说此人说话"煎饼果子———一套一套的"，即此之谓。锅巴菜以事先摊好的大张煎饼，切成柳叶条，放在卤锅（一直不断火）内稍加搅拌，连卤盛碗。再加腐乳汁、芝麻酱、香菜、辣子糊，五味俱全。锅巴菜一要煎饼摊得薄，二要打卤用洗面筋洗出来的浆粉。曾见有人试用马蹄粉代替，滋味不对。

煎饼果子、锅巴菜都是热吃的，夏天也如此，这两种小吃以绿豆为主料，佐以小米，所以能解毒清热，开胃健脾，化瘀滞、疗便秘，有益健康，百吃不厌，而且酒后还可以解酒。可惜的是离了天津，别处竟吃不到这种美味小吃。

"赖汤圆"传奇

四川成都首屈一指的名小吃是"赖汤圆"。在成都市百余家名小吃中,它接待顾客最多、服务时间最长。每天从清晨六点钟开门,一直营业到深夜11点钟,供应近万份汤圆。

"赖汤圆"因其创业人叫赖元兴而得名。赖元兴系四川资阳市东峰乡人,生于1900年。他自幼家境清贫、父母双亡,由隔房姨妈何氏收留。何氏是资阳清水河乡望族,乡团练刘绪堂之妻。赖元兴寄人篱下,做了刘家佣人。1918年赖元兴已长得牛高马大,年轻俊美,而且勤劳诚实。何氏有一女,芳名翠莲,小赖元兴一岁,长得亭亭玉立,爱上了表兄赖元兴,何氏也很满意。那年农历六月十九南津驿观音庙会,何氏叫女儿去烧香还愿,由赖元兴陪送。在归途中,适逢天降暴雨,赖元兴急携表妹进岩洞躲雨。在那"男女授受不亲"的年代,不期被人碰见,添枝加叶当作奇闻传诵。刘团练知道后,大发雷霆,意欲处死赖元兴。经何氏跪地向夫苦苦哀求，刘团练才从轻处理，将赖元兴逐出刘家门，并不准其在资阳境内谋生。

赖元兴流落在成都东大街城隍庙内栖身，靠为人家推板车、挑水、劈柴、打杂混口饭吃。一天，城隍庙附近椒子街有一富裕人家的老太爷去世，叫赖元兴去为死者更换衣服。事毕，主人把换下的衣服送给了他。赖元兴回到城隍庙后，竟发现死者衣服荷包内有一只翠绿色的翡翠戒指。他猜想这一定是很值钱的东西，便在第二天把戒指送还给主人。主人感其为人诚实，当即赏给他五块银元。

赖元兴几经琢磨，决定用这五块银元经营汤圆生意。他便告别城隍庙，去东门城墙边租了一间旧房，买了一副担子。一头挑沙锅，一头挑汤圆粉子和糖油作料。天没亮他就把担子挑出门，走城门口、城隍庙一带，扯起嗓门大声喊叫："奈汤圆，热和、大坨的汤圆！"川南资阳人口中的"奈"是热烙的意思，但因他本人姓赖，人们就叫他"赖汤圆"。

"赖汤圆"给自己立了四条经营守则：一是把利润看得薄一点；二是接待顾客热情一点；三是把汤圆质量做得比人家好一点；四是资金周转快一点。他起早贪黑，把汤圆粉子磨得很细很细，糖油和芝麻熬炒得功夫到家，做出的汤圆香甜柔和，味美可口。他卖完早堂汤圆，就将收入拿到市场去买回原料，夜晚又卖夜堂汤圆。一来二去，他在成都站稳了脚跟。

一晚下雨,"赖汤圆"在东大街檐下卖汤圆。从风雨中急匆匆走来一位中年人,一是躲雨,二是吃碗汤圆驱寒。那人吃汤圆时,"赖汤圆"主动把他被雨淋湿的帽子拿在火炉上烘烤。闲谈中,知彼此都是资阳同乡。原来这位顾客是当时四川省建设厅房产课课长罗远辉。成都青羊宫花会是川西坝人春游、踏青、交流物资的好去处,那里商贾云集、游人如织。管理花会、分配摊点地皮的便是罗远辉。他有意提携同乡"赖汤圆",故从此,"赖汤圆"时来运转。

成都青羊宫花会会期,每年会期是从农历正月初九,至谷雨节,每季花会罗远辉都在青羊宫划一"黄金口岸"给"赖汤圆"搭棚设摊,每天卖出汤圆上千碗,喜得"赖汤圆"每次都增加伙计帮忙。几季花会下来,"赖汤圆"的积蓄已很可观了。

当时成都房地产买卖,都要从罗远辉手中"过"一道,他明白买房子更能赚钱,便建议"赖汤圆"不要存钱,买房子更稳当。"赖汤圆"欣然赞成。罗远辉便关照他在大墙后街买了几间房主急于脱手的低价房作为住房,并在闹市总府街买一小单间铺面卖汤圆,正式挂出赫然醒目的"赖汤圆"横匾招牌,坐堂营业。

此时,"赖汤圆"思念旧情,急想把年轻寡居、又无子女的表妹刘翠莲接来,消息传到家乡,刘团练、何氏夫妻亲自把女儿翠莲护送到成都,与表兄"赖汤圆"结为夫妻。接着,"赖汤圆"又请翠莲读过六年私塾的胞弟刘双全当他生意上的助手。

"赖汤圆"有了店面,定时定点经营,又有贤妻和表弟全力协助,对汤圆的制作技艺精益求精,生意越发兴隆,每天营业十四小时。他制作的汤圆,雪白如玉,小巧玲珑,滋糯润滑,味美香甜,煮在锅里不浑汤,舀在碗里不巴碗,吃在嘴里不黏牙。每份汤圆特配一小碟白糖芝麻酱,汤圆蘸芝麻,香味越浓。每年青羊宫花会,他都在那里的"黄金口岸"开设分店。

这样,在十年之内,他在罗远辉的关照下,相继在大墙后街、大墙东街、后子门、九思巷买了二百五十多间街房,并在东城根街买了一座精致漂亮的独院公馆。"赖汤圆"把所买的街房出租收租金,又把租金和汤圆利润收入用来开设米粮店。到1940年,他相继在成都中山公园(现文化宫)后街开设了两家米粮店,并在彭县、灌县、金堂、什审等县开设了十三家米粮分店。每年秋收季节,各分店收购黄谷,就地陆续加工成大米,米糠供应当地农民饲养毛猪,大米运到成都供应市民。生意越做越大,不惑之年的"赖汤圆",已是成都鼎鼎有名的富翁了。

"赖汤圆"富了不忘本。他仍继续经营"赖汤圆"店,每个星期去店上服务一整天,借以鞭策自己不忘艰苦的创业史。

"赖汤圆"富了不忘家乡。抗日战争时期,他联合罗远辉和在成都建筑行业、号称"通天木匠"的资阳同乡廖剑庭,在成都创办了"资阳同乡会",会址设在九思巷他的一座独院内。凡从资阳流落在成都的穷人,由他包干儿食宿,由他们三人介绍打短工,使穷苦乡亲免受他当年栖身城隍庙之苦。1939年,资阳筹办储彦中学,他专程回乡,慷慨捐赠了一百五十担黄谷(约折合大米二万六千斤)和一千元法币。一时名震乡里,誉满资阳,人人称颂。

米粽·面粽·藤萝饼

四十年前,天津出售粽子的著名糕点店为"两斋"、"两香"。两斋是祥德斋和胜兰斋,两香是一品香和四远香。这四家都是提前去白洋淀采购宽芦叶,又去山东乐陵采购小枣,先期购进江米,增雇工人包粽子。所包粽子皮叶鲜绿,麻绳捆扎粒米不漏。蒸熟之后,一剥粽叶,芦叶清香,枣味香甜。枣馅之外还有澄沙馅,备受顾客欢迎。

当时,稻香村、森春阳、冠生园等南味食品店还特制火腿、咸肉馅的糯米粽子,以供应江、浙、闽、粤等省旅津同乡的食用。

糕点店在江米粽子之外,还制作炉食粽子,备有玫瑰、山楂、澄沙、枣泥、瓜条、元肉等各类馅。

值得回忆的是适合大众口味的面食小吃,就是俗称的"面粽",以红、白糖馅为主,配以青丝、玫瑰、桂花,用白面做皮蒸制而成。以南门外鱼市西的"杜称奇"面食铺所制的最出名。蒸面食做的简便点心,在天津名为"蒸食"。这虽属小生意，但要面发酵软硬适度，蒸熟后不酸不粘；馅做得稀稠得当，吃时不溢不流，却也要一套技术。"杜称奇"蒸食铺就因在此道中有出众的本事，所以才被津人叫做"杜称奇"。

春夏之交，随粽子接踵而来的还有一种名贵糕点，就是藤萝饼。

紫藤俗称藤萝，落叶蔓生木本植物，夏至前后开花，花为紫色，艳丽而有玫瑰香味，花瓣经蜜饯后可以做馅。糕点店做藤萝饼时用白面薄酥做成，藤萝花馅或配以百果馅，底面微火烘烤，上面撒以鲜藤萝花瓣，看上去色泽鲜艳，吃起来有清新的花香，属于季节性最强的名贵糕点。

做藤萝饼需要藤萝花，早年天津糕点店一进夏季就在门前竖立"本店收买鲜藤萝花"的木牌，收购藤萝花；有些大糕点店还直接向花园收购藤萝花。由于原料来源有了保证，藤萝饼才得以大量制作。据传说，天津糕点店老字号祥德斋就因能从津西名园水西庄包购藤萝花，得到充足货源，因而使它的藤萝饼著称于世。

"过桥米线"堪回味

昆明的主人，遇有朋友自远方来，最好的接风就是请他吃一碗"过桥米线"。何以如此？因为过桥米线为昆明首屈一指的小吃。

笔者吃过桂林的马肉米粉，而且一次至少吃上二十碗，那是因为马肉米粉的碗，出奇的小。可是过桥米线却恰恰相反，那大海碗，使第一次领略"过桥米线"的朋友一定会叹道："这碗汤，够我一家人喝了！"其大可知矣。

过桥米线滋味极美，简言之为鲜、嫩、热、辣；而且食法独具一格，故列春城小吃之首。

"老昆明"说："一客过桥米线，足抵得上半桌筵席。"此话不假。它包含：一大碗上汤，白嫩线状的米粉，切成薄片的生鸡脯肉、猪里脊肉、猪肝、腰子片、鲜豌豆苗、嫩韭菜段、绿豆芽等每样一碟。当然，其中最主要也是最精彩的是那一大碗上汤——用肥鸡和猪骨熬成，清澈透明。盛入大碗，再下胡椒、味精。汤极热，但因上面覆有鸡油，不冒一丝热气。吃时，先将鸡片、肉片等放入汤内，用筷子轻搅，肉片即刻烫得雪白；再放入鲜菜，少时也熟了；再放入米线，配上红红的辣椒油，就可以大快朵颐了。再看碗里，白嫩的鸡片、肉片、米线，翠绿的鲜菜，透明的清汤，鲜红的辣油，尚未到口已感食欲大动矣。

这种"米线"为何又冠之以"过桥"呢？据说，早年间，云南省蒙自县有一位秀才发愤攻读，为躲避尘世间的喧闹，就独居湖中一个岛上读书。他贤惠的妻子每天过桥上岛为他送饭，但往往苦于饭送到时菜已凉了。一天，她送去一罐鸡汤，却一直是滚热的。她发现，原来汤上一层鸡油保住了热度，她由此获得启示，常常为丈夫送一罐鸡汤，并用热鸡汤为他烫米线吃。这样的美食自必受到丈夫的欢迎了。

在聪明的妻子关怀照顾之下，秀才益加发愤图强，终于考取了功名，据说后来还中了状元，一时传为美谈。

由于秀才妻子为他送米线时要过一座小桥，这种米线遂称之为"过桥米线"；又因秀才后来还中了状元，所以又叫"状元米线"。

第一，过桥米线确实味美好吃；第二，它的吃法独特，别具一格；第三，又有这样一个动人故事。所以"过桥米线"不胫而走，不仅云南有卖，外省市的一些云南餐馆也都以"过桥米线"相号召了。

桂林马肉米粉之妙

"桂林山水甲天下",我谓:桂林马肉米粉也不差。当年我印象最深的是桂西路那家香肉米粉店。那店,门面不大,其貌不扬,店中的桌凳却洗刷得十分干净。店内,独沽一味,只卖马肉米粉;所以,进得店去,不必开口,找到座位,自己坐下就是。片刻之间,店伙手托着大托盘,里面摆着五七碗马肉米粉;也不言不问,到你面前,放下一双筷子,几碗米粉,又去照顾别的客人了。

装米粉的碗是极普通的,不过是一个小小的、浅浅的、似陶器又似瓷器的小碗;再看碗中却不一般:几茎雪白的米粉,半碗透明的清汤,数片嫩红的马肉,汤上漂浮着几叶翠绿的香菜,香喷喷,热腾腾,诱人食欲大动。吃一口米粉,喝一口汤,再尝一片马肉,啊,那清爽鲜美,真是"日啖米粉三十碗,不妨常做桂林人"啊。

何以要说"日啖三十碗"?原因很简单:那马肉米粉的碗太小之故。那碗比汤盘稍深,碗径不过10 ~ 12厘米左右；所以，吃马肉米粉绝对没有一碗两碗的，起码五碗以上，大肚汉要吃上十几碗，甚至二三十碗。正因为如此，当时卖马肉米粉的，在你就座之后，并不问你："先生，你要几碗马肉米粉？"而是如前所述，用大托盘托来几碗，先把一碗放在你的面前，你不必问，只管拿起就吃，吃完把碗放在一边。当你这一碗刚要吃完时，新的一碗又摆在面前了。直到你不想吃，告诉店伙，他才停送。所以，在马肉米粉店里，你会看到，每一个吃客桌上都摆着一叠小碗，少则五七个，多则十几二十个，那都是他刚刚吃完的，到临走时按碗数算账开单。

何以当时卖马肉米粉要这样小碗，而且一吃十几二十碗呢？我问过店主人，据答称，马肉清汤要吃热的！其实，据我分析，其原因远不止此，其中有奥妙的心理学因素在。一碗马肉米粉，米粉数茎，马肉数片，三两口便可吃光一碗，其味又十分鲜美，每吃一碗，总觉得意犹未尽；恰在此时，新的一碗送到，你便一碗一碗地吃下去，钱也便一点点进到店主的腰包了。

博望锅盔的传说

读过《三国演义》的人都知道,诸葛亮被刘玄德请出来以后,第一仗就是在河南南阳的博望坡把曹兵烧得大败而逃。"博望相持用火攻,指挥如意谈笑中。直须惊破曹公胆,初出茅庐第一功。"这诗,至今许多人都会背。其实,那次不仅烧了曹兵,据说还烧出了一种别有味道的食品呢!那就是至今还享有盛名的博望锅盔。

我的一个朋友是南阳人,少时在北平读书。暑假过后,同学从四方归来,各带一点小特产,广州的糕点、四川的榨菜、湖南的米团,同室相聚,坐而吃遍全国美味了。那位南阳的同学就带了博望的锅盔,我们都叫它河南大饼,但吃起来满有味。大约有一寸厚,底、面和心都是瓷白瓷白的,边却是焦黄的云块,吃起来酥脆甘甜,越嚼越香,而且放上一个月都不变形,不变味,什么时候拿出来吃都行,简直是面食中的神品。

据这位同学说,在博望,诸葛亮的一把火,把夏侯淳、于禁、李典烧得狼狈而去。刘备得了博望，就派关羽镇守。当时久旱不雨，城内井枯水断，吃水成了大问题。关羽急了，就向诸葛亮送去告急文书，请求退兵。诸葛先生马上回书一封。关羽拆开一看，见上面写道："用干面、掺少水，和硬块，锅炕之，食为盔，饷将士，稳军心。"关羽根据诸葛先生交代的方法做成了锅盔，将士们靠它度过了缺水难关，守住了博望城。这故事《三国志》和《三国演义》上都没有。那同学又说，其实还可能更早呢？当地人都说，汉代有个姓韩的在那里开了饭铺，专卖一种二十斤左右的锅盔，群众中流传着顺口溜："博望锅盔韩家起，一代一代有人继。家家户户都会做，最好还是姓韩的。"而且说，他买的真正是韩锅盔，卖主叫韩喜德，他家的总是比别家的做得好，销得快。

现在，在我们的生活中是很少见到一二十斤重的锅盔了。过去，锅盔之所以流行，主要是人们旅途大部分都是"骑早"（走路），锅盔好吃耐放，是一种很好的干粮。尤其是劳动人，担挑或推小车，一走就是几天路程，遇不上店的机会很多，需要干粮。再者，他们大都是穷人，有锅盔，有口水就能充饥，锅盔起到了我们现在的压缩饼干之类的作用呢！

山西民间小吃"头脑"与"帽盒"

三十多年前,曾赴山西太原,小住些时。在那里游览过太原西南郊的古迹晋祠,也曾饮过产自太原西南的汾阳县杏花村的名酒汾酒,但这些都未给我留下深刻记忆。使我多年来犹念念不忘者,却是两样民间小吃,一曰"头脑",一曰"帽盒"。

古城太原,小吃甚多,早餐食用"醪糟"即江米酒,"麻叶"即油饼,烤包子等,各有特色。但其中风味独特,可谓全国仅有者则为"头脑"与"帽盒"。所谓"头脑"者,是以羊脑、肥羊肉、山药、藕片,加黄酒、党参、黄芪等滋补药品,共煮而成。不加盐,味道清淡而微甜。因汤中有羊脑,所以俗称"头脑"。所谓"帽盒"者,是一种面食火烧,因其形状似清代盛帽子的盒子而得名。正如北京的一种烧饼像是马蹄而叫"马蹄"一样。太原街头饭馆,如西肖墙的"西域兴"等处多供应此种早餐,其中以南仓巷的"清和园"的"头脑"为最著名。每日清晨,顾客盈门,门庭若市。入座后,侍者即端上两个小碗,一碗内有肥羊肉两片,山药两片,此即"头脑"也;另一碗则为头脑汤。再端上"帽盒"一盘,腌制咸韭菜一碟。吃"头脑"配"帽盒",皆无咸味,故需以咸韭菜佐味;正如在北京喝豆汁要佐以咸菜丝一样。

据太原当地人讲,"头脑"的配方为明末清初山西名士傅山所传。傅山,太原人,初名鼎臣,字青竹,后改名山,字青主。其少有异禀,过目成诵;善画山水墨竹,工诗文及金石篆刻,又为著名草书大家;精医术,家传秘方,乃资自给;著有《霜红龛集》。傅待母至孝,母年老,为母调制滋补养生方剂,即后来之"头脑",供母清晨食用,以求益寿。后为各饭馆所引用,作为早餐食品出售,流传至今,近三百余年矣。

忆昔在太原至清和园吃早点,侍者捧上"头脑"两碗、"帽盒"一盘、腌韭菜一碟之后,友人食之津津有味,我则食而无味。后经解释,方知此乃老年滋补食品,次日再次食用,仔细品尝,个中滋味,的确不凡。

事隔三十余年,但至今犹能回味,益深感中国地大物博、历史悠久,各地生活方式以及食品风味,确实品目繁多,殊难遍尝。且传统医术以及养生药剂,亦多有效秘方,如有流传,而为人子者赡养父母,竭尽孝道以期益寿,尤多美传。傅青山之配制头脑汤,不过其较著事迹而已。

蔬菜瓜果
shucai guaguo

大白菜上宴席

"京华嚼得菜根香,秋去晚菘韵味长。玉米蒸糇堪果腹,麻油调尔作羹汤。"

这是我昔时所写《京华竹枝词》中《咏大白菜》的一首,后面两句要稍做解释,"玉米蒸糇",就是北京话的"棒子面窝窝头","糇"是"干食"的意思,把玉米面蒸窝头说成是"玉米蒸糇",这是腐儒的酸气,这样一来就"雅"了;然重在下面一句,意为"大锅白菜汤,滴上些香油"。新玉米面蒸的现出锅的蜡黄喷香的大窝头,再配上一大碗白菜汤,热乎乎的,不仅果腹,而且在你饥饿难耐时,堪称是无上的美味,如果把大白菜切成棋子块,用粗盐曝腌一两个钟头,把盐水去掉,用滚烫的花椒油或辣椒油往里一倒,"刺啦"一声响,真是其香无比。白菜汤、窝头,如果再配一盘这样的曝腌椒油白菜,便更是妙不可言了。

当然,这是最普罗化的吃法,如果要高级呢,大白菜也完全可以摆在最丰盛、豪华的宴席上。清蒸鱼翅就常常要配一点雪白的白菜心子；满汉全席的凉菜中也少不了糖腌白菜心；全聚德的烤鸭子，在"鸭油熘黄菜"之后，照例是"鸭架烧白菜"。西来顺、东来顺吃涮羊肉锅子不仅白菜粉丝是必备的辅菜，而且最后一定要有一点酸白菜才解膻醒酒。

还有最堪入"山家清供"和"随园食谱"的是"江瑶柱蒸白菜"和"栗子烧白菜"。这两品佳蔬做法简单，而滋味无穷；蒸出来的汤像牛奶一样雪白滑腻，老年人食之，入口即化，正如施愚山诗中所说的"雪汁云浆舌底生"了。

当年北京的小饭馆卖一种名叫"醋熘白菜"的炒菜，极为经济可口。把白菜帮子用刀片成"骨牌"块。用花生油起油锅，大火，菜下锅后在热油中翻身一转，再用加盐、糖、醋的团粉汁一淋，再翻个身便出锅；其味咸中带有甜酸，又香、又脆、又烫嘴。

把大白菜头上的菜叶子切去，下面用刀横切，成为一个个的圆饼，一个个放在大盆中，洒上粗盐"杀"一夜，第二天去掉盐水，一层层地放入坛中，每放一层，洒一层芥末，最后倒入米醋，封口，半月后取食，谓之"芥末墩"，滋味极为隽永。这是真正老北京的吃法。

燕市名蔬话茄子

北京是千年古都,不仅文物荟萃,而且城郊农艺亦颇精湛,种植农作物很有特色;尤其自明代中叶之后,蔬菜种植更为出色。这在谢肇的《五杂俎》、张懋修的《谈乘中》都有记载。在蔬菜中,初秋之际,茄子是最值得一谈的。茄子在吴地叫"落苏",据说是因为避钱穆王儿子"钱子"之音而改名的。茄子有长茄子、圆茄子、羊角茄子数种。在江南则只有长茄子、羊角茄子而无圆茄子;在北京则多圆茄子、长茄子,而无羊角茄子。茄子生长容易,结实多而肥,是理想的园蔬。茄子开淡紫花或淡绿花,因种而异。长茄子第一次开花,每株只结四只,谓之"四门斗",第二次开花,结实繁而小,谓之"满天星"。这也是很特别的,不过这是几十年前的事,近年园艺改革,科学发达,不知有所改善否?北京人吃茄子,最普通是炒茄子、熬茄子,再不然把长茄子上锅一蒸,蒸熟后拿出来撕碎,用香油、酱油、盐花、蒜泥一拌,或用芝麻酱一拌,做得好也是消夏的名菜。当然，这些都是最普通的吃法，如果要考究，就无穷无尽了。《红楼梦》中的"茄鲞"，恐怕现在还没有哪位名厨会做吧？

茄子是一种很"吃油"的蔬菜，凤姐介绍"茄鲞"做法，不是就说先用"鸡油炸了"，再"拿香油一收"等吗？北京大小饭馆最普通的"烧茄子"，就是把茄子洗净去皮后，切成菱形薄片，先入油锅中一炸（行话叫"过油"），然后再放口蘑、毛豆等配料红烧。荤的加肉片、肉末均可；即使不加肉，素烧也很好吃。这虽是普通菜，但做起来要火猛、油多、火候合适。这在江南很难吃到，是一味秋夏之际，物美价廉、最地道的北京菜。

把长茄子去皮横切成圆片，中间再割一刀，夹上肉，上锅蒸熟；然后把鸡蛋、面粉打成浆，把蒸熟的夹肉茄片蘸浆后，入热油锅一炸，蘸花椒盐吃，外焦里嫩，极为好吃，谓之"茄盒"。把整只长茄子去皮，竖切一条直缝，夹上肉馅，或夹上更高级的海参、虾仁等三鲜馅，上锅蒸熟，或调汁红烧，或蘸蛋浆油炸，谓之"鹧鸪茄子"，其名贵不逊于《红楼梦》中之"茄鲞"。

山中之珍——香菇

孩提吃香菇时,听老辈人讲过香菇的故事。说是八百余年前,在浙江的龙泉、庆元、景宁三县毗邻之地,有一名灵官者,购下一大片山,砍倒树木,任凭风吹雨打,待其霉烂。结果,树上长出了香菇。采之蒸熟,鲜、香并绝。村人闻讯,纷纷前往仿学。自此,这一带即有了以"栽培香菇为业的菇民"。他们尊灵官为"五显灵官"或"五显大帝",为志其功德,捐资募建了"五显大帝"庙宇。

传说终究是传说,其实,据记载,早在公元前239年著的《吕氏春秋》里,即有"味之美者,越骆之菌","菌"即是指香菇。清代黄官绣在《本草求真》中,奉香菇为"食中佳品"。载录明代史事的一些古书记载:明朝定都金陵时,遇天大旱,国府清贫,明太祖朱元璋苦对素食,无下箸之欲。其时,祖籍吴越的国师刘伯温献上龙庆景香菇,朱元璋"食之甚喜,令每岁必备若干"。香菇遂被列入宫廷菜谱,名声大振。

关于香菇之做法，近年出版的《中国菜谱》，介绍了取鲜菇或干菇若干，伴以鸡脯肉、笋块、雪里红等配料，调制成"色调清雅大方，吃来软嫩纯鲜"的"烧香菇托"和"香菇肉饼"。上海科技出版社出版的《食用菌》，则倡导取鲜香菇八个，切碎，拌以柠檬汁液、大蒜泥、芥末，橄榄油及少量盐、黑胡麻等作料，最后撒上少许色拉生菜和荷兰芹碎片的制法，谓之"香菇鸡球"或"香菇爪炒牛肉"或"香菇色拉"，具有西餐风味。还有"原汁菇汤"，其做法甚为简便：取干菇若干，用冷水洗净，再浸入冷水约半小时，使其吸水涨大如鲜；浸到十五分许，放入少许精盐；待水烧沸，倒浸涨浸咸的香菇入锅，煮三分钟，加入少量山粉；盛起时再加入少许猪油、葱花；食之，菇汤如同加了特殊香料，令人胃口大开。

香菇不但可做美味佳肴，而且还有奇妙的药用价值。明吴瑞的《日用本草》说，香菇能"益气不饥，治风破血"；李时珍在《本草纲目》中，视香菇有"味甘和平，大能益味助食，及理小便不禁"之奇效。

据近年医学、医药界研究，香菇含蛋白量之高，脂肪成分之低，可与鸡蛋媲美；内中维生素含量之多，连向以含维生素多而著称的西红柿、马铃薯、胡萝卜和菠菜等，亦比之不及。据一位日本国医学博士石田名香雄声称，香菇中分离出的抗病毒物质，将可能成为消灭癌症的"核武器"。

漫话山东加祥大蒜

北京的很多地名都有来历,如花儿市、灯市口、果子巷等。崇文门外有个蒜市口,顾名思义,就是大蒜的集散地。从前每年6月上旬前后,一群群卖蒜的农民,车运肩挑,络绎不绝,把一串串蒜辫子,堆向北京菜市口出售。

当年的京都蒜市,场面虽说很热闹,但是,若与著名的"大蒜之乡"山东加祥县蒜城相比,则相形见绌矣。

加祥县每年5月中旬前后举行蒜会,会期持续一个多月。全城大街小巷,蒜棚林立,蒜摊鳞次栉比,红蒜头、绿蒜叶的串串蒜辫子,似宝珠翠玉挂满棚架,铺满摊地。仔细观看,有卖蒜头的,有卖蒜辫的,有蒜薹铺,也有蒜苗摊。饭馆门口,张贴着醒目的红纸菜单,上写"鲜嫩蒜薹怀肉"、"糖醋大蒜拌猪肝",提醒光临蒜市的顾客,切莫错过品尝新鲜蒜味的大好季节。就连专售包子的饭铺,桌子上也摆满了一盘盘洁白光亮的蒜瓣,任凭食客选用。来自各地的购蒜客,或坐栈收购,或进棚洽谈,熙熙攘攘，把整个蒜市挤得水泄不通。为给蒜市助兴，鲁、苏、豫、皖、晋、冀等地的剧团、杂技团、曲艺团等，亦常赶来演出节目。

加祥大蒜，已有两百年的种植史。据《齐民要术》和《加祥县志》记载：西汉时期，张骞出使西域，将大蒜带回中国西部地区种植。东汉时期，陕西武威太守李恂，在调任鲁中兖州刺使之际，万般珠宝无受，唯独将西域大蒜带到加祥境内，教授百姓栽培。谁知，原本白皮的西域大蒜，在曾子故乡，一经试种，竟变成红皮的了，而且，蒜头长得像鸡蛋般大，光滑鲜亮。百姓传说这是李恂的德行所至，于是李刺史成了当地官民崇敬的人物。

加祥大蒜优于别地大蒜的特点，除皮红瓣匀，个大饱满外，且有肉汁细嫩，蒜汁浓粘，味香辣烈等特色。笔者曾试，若将加祥大蒜捣碎成泥，用一根筷子，可以把全部的蒜泥成串挑起，即使挑到一米的长度，蒜泥也不会断落，其浓粘之状，由此可见。

惠阳矮陂出梅菜

日前赴广东省惠州,朋友以"梅菜蒸肉饼"招待。因第一次尝到这种菜,故胃口顿开。

惠州梅菜是中外驰名的。其正宗产地是惠阳县矮陂镇。这里家家种梅菜,人人喜吃梅菜,素有"梅菜之乡"的美称。

据《惠阳县志》记载,矮陂村民种植梅菜的历史已有七百多年。当地流传着一个美丽的传说:矮陂桥村有一个忠厚的后生叫阿牛,长年累月靠打柴度日。有一天山洪暴发,冲走了河上的木桥,阿牛打柴归来,见河边有个貌美的姑娘正为过不了河发愁,阿牛便牵来水牛,驮着姑娘过河,姑娘见阿牛这样乐于助人,便送给他一包菜籽,并授予栽培方法。阿牛依言栽种,细心管理,长势良好,获得了前所未有的好收成。乡亲们很稀奇,问阿牛这是什么菜,阿牛答不上来,突然便想起姑娘临走时说叫阿梅,于是便说这是梅菜。后来,梅菜在这儿扎了根。据说还向皇帝进过贡呢!

梅菜的生产季节是冬季,一般在收晚稻前播种培育,菜苗大约一个月,收完晚稻即栽种。人们大都选择在水利条件好,能自动灌溉的稻田种梅菜,从种植开始,头一星期每天要浇水,第二星期开始,可两天浇一次,相隔一段要施肥,梅菜生长期约八十天,待菜心长至10至15厘米便可收获。收获时先将地里的菜砍倒仰晒一天,然后用刀将整棵菜开成菜心突出、一片一片连成一体的形状。再晒一天,接着把菜放进水泥池内,放一层菜加一层盐,用脚踩实,并用大石块压住,三天后便可取出晒到草地或晒谷坪,每天早上晒,晚上收,中途还要加点盐,晒至七成干,呈金黄色就可以食用了。

梅菜有三种:菜心、菜片和粗叶,味道清甜爽脆。其中菜心以心嫩、色黄、味香为上品。它不但可以做菜,同时又有消暑解热之功效。因此,在炎热的暑天或蔬菜青黄不接的季节,人们特别喜爱用梅菜做膳食的佳品。

据说去岁有一惠州的美籍华人抵达北京时,要求吃上家乡土特产——梅菜,因而梅菜也登上了国宴。

荠菜·龙须菜·榆钱儿

唐明皇的宦官高力士被流放到贵州时,看到贵州的荠菜很多,却没人采来吃,便作诗云:"京师论斤卖,此地无人采。贵贱虽有殊,气味终不改。"荠菜是野菜,分甜荠菜和苦荠菜两种;甜荠菜有一股清香,苦荠菜略带苦味,都是春天很好的野菜,南北各地都有。在北京不少人很喜欢吃荠菜,清初柴桑《燕京杂记》云:"荠菜遍生野外,穷民采之,清晨载以小筐,鬻于市上,味甚甘脆。诗云:'其甘如荠菜',信然。"作者引用了《诗经》的句子,说明我国吃荠菜的历史是极为悠久的了。

荠菜最普通的吃法是用肉丝炒了吃,或是在开水锅中煮熟之后,切碎了和豆腐干拌着吃,再有用荠菜和肉作馅子,包饺子吃,都是很可口的。在北京春天里吃荠菜馅饺子,如江南吃荠菜大馄饨、荠菜汤团一样,都是清香可口的食品。寄寓在北京的江南人特别欢喜吃荠菜,还另有一个原因,因为一看到卖荠菜的,不但会有春回人间之感,也会油然地想到江南郊原春色，想到故乡的风土。在江南春天，荠菜炒笋丝、荠菜拌冬笋，都是具有季节性的家常名菜啊！

说到野菜，北京在历史上还讲究吃天坛龙须菜。《析津日记》上记载："天坛生龙须菜，清明后，都人以鬻于市，其茎食之甚脆。"《帝京岁时纪胜》也说："三月采食天坛龙须菜，味极精美。"但这些只是书上的记载，在我的记忆中，在几十年前，再没有听说什么"天坛的龙须菜"了。大概人世沧桑，也波及京华草木，天坛虽大，可能早已没有龙须菜了吧？再有，在榆树飘香，榆钱儿满枝的时候，把榆钱儿和面蒸熟，上锅稍放精盐、葱花，用油炒食之，极为香美，这是王渔洋在《人海记》中也记载过的，它还是宫中御厨赐给翰林学士吃的珍品呢！

荸荠配菜与药用

南方人大都喜欢吃荸荠,把荸荠视为春夏间消热祛暑的水果。做菜时,它又是经常被采用的辅料;民间疾病的食物疗法,荸荠应用的范围亦颇为广泛。因而近年荸荠被制成罐头,远销东南亚各国。

荸荠原产地为印度,中国闽、粤、赣、苏、浙等省都有栽种,有人说它最初是由海道从印度引进来的。中国人很早就知道食用荸荠了,但它的名称古今不一,不同地域称谓亦有异。古时名"乌芋",又叫"凫茈";《说文解字》段注则称"勃脐";《尔雅》又呼之为"地栗";粤东一带又称"马蹄",盖其形似马蹄而云;闽南民间音讹而为"马荠",台湾亦然;而北京人,一般都只知道它叫荸荠,并也有栽种,一般只是儿童买去生吃,价格相当便宜。

植物学上,荸荠属莎草科。它本来是多年生的水生草本植物,自生于池沼中,不属蔬果。后来人们把它在水田里栽培繁殖,品质不断改进,种植也更广泛了。荸荠,地下有葡萄茎，茎端逐渐膨大，成为扁圆形的球茎，表面光滑，到老熟时，即呈深栗色或枣红色，有三至五圈的环节，并有短喙状的顶芽和侧芽。地上茎也一丛丛长出来，直立、细长、作圆柱形，就像葱管一样，青翠可爱。茎有节，节上长着膜状退化叶，茎中有极疏的白髓。秋初，茎顶上长出1寸来长的穗状花序，开褐色的小花，很好看。

荸荠，除削皮生啖外，庖厨多用以为辅料。如阁菜中一些名菜美点，荸荠不可或缺，素菜中尤喜用荸荠，凡有肉馅的佳肴，如鸡卷、芋饼、八宝葫芦等，不论是汤食、清炖或煎炸，必以荸荠切碎搅拌其中，使肉馅香脆爽口，不致实涩寡味。"荔枝肉""醉排骨""炒虾仁"等物，也要用数枚去皮新鲜的荸荠切片，作为辅料。素菜中各色各菜，有用荸荠与香菇俱切成细条充作料下汤煮的，用切片或切成豆粒大小的丁拌入主菜炒的，也有与面筋香菇等一起捣成馅泥的，不胜枚举。煎炸油酥之品，中杂荸荠碎片，则可油而不腻；蒸煮煨烧的禽畜肉块片、内脏，伴以荸荠片粒者，则入口清松有余甘。

荸荠性寒滑，味甘凉，有清热、止渴、开胃、消食、化痰、益气、明目等功效。在中医药书中，普遍可看到对它的药用价值的阐述，认为可适用于温病口渴、舌赤少津、小儿口疮、大便燥结、血痢下血、醒酒解毒等。民间常用荸荠来治疗小儿的一些疾患，如孩童误吞入铜钱或铜片时，家长往往及时给服多量荸荠，吞入物即可随便排出。脸上皮肤生癣时,将荸荠切片在患处摩擦数次,有奇效。

中医以荸荠为病人治疗的疾患和方剂,据根临床实践卓有良效者,主要有下列数种:

治百日咳:取荸荠洗净去皮,每日早晚各服食二三公两,连续食一星期。

治尿血:以荸荠一二公两,茅根一公两,一同下水煎服。

治高血压:鲜荸荠10枚,海带、玉米须各四分之一公两,清水煎服。

治小儿生板牙:鲜荸荠去皮切片,轻磨牙龈。

治小儿口疮:荸荠数枚,烧干后研末,抹擦患处。

治暴发火眼:鲜荸荠若干枚,洗净去皮,捣烂,以纱布挤汁洗眼。

中国所产荸荠,旧时以江西最有名,赣南会昌素产荸荠,其种与他处迥异,颗粒比他省所产大三倍左右,汁多且甜,肉脆嫩而香,人称隽品。相传清时该地有贡田,专门培植佳种荸荠供内廷御用,有专人负责管理,严禁百姓采取,南昌所产荸荠亦为当地名产之一。福建省以福州荸荠品种最多,佳品颗粒肥大,肉嫩汁多,渣滓甚少。其他如苏州的黑荸荠,华林的红荸荠,都是不可多得的异种珍品。

天津萝卜赛梨

秋天了,如果是在天津,又可吃到物美价廉的青萝卜了。青即绿色,青萝卜即绿萝卜,绿萝卜到处有,也不是名贵之物,但天津青萝卜确实好吃,超过别处的。在天津,不只以绿萝卜烧菜佐餐,更主要的是当水果吃,它比天津鸭梨、苹果的价钱都便宜,但它比苹果、鸭梨似乎更受欢迎。吃萝卜可以消食化气,润喉开胃。有人说,天津萝卜是"穷人"的水果,其实不然,富人同样也喜欢吃,真可谓穷富同享,老少咸宜。冬春秋三季,每当晚饭之后,一家人切开几个青萝卜,每人吃上几角,咬在嘴里,酥脆之声悦耳,甜辣之味舒心。过一会儿,打几个嗝,顿觉胃开心畅,浑身舒适,这种享受,至今回味无穷。

北京距天津一百多公里,北京人也喜欢吃萝卜,但北京萝卜与天津萝卜不同,北京萝卜青皮紫心,俗称"心里美"。天津人吃"心里美",往往摇头说:"没萝卜味!"这话诚然,"心里美"只甜不辣,水分又少,比不上天津萝卜酥脆有后味。

每年深秋，天津萝卜上市。直到第二年春天，不但街头小摊上摆满了翠绿的萝卜，而且晚间也有很多小贩沿街叫卖："萝卜赛梨味，格嘣脆！"特别是这叫卖声用天津道地的方音喊出，一听就感到萝卜酥脆的味道。

天津以小刘庄的青萝卜最名贵，色绿如翡翠，落地即摔碎，吃起来不但甜辣可口，而且香脆味厚。为什么那里产的萝卜如此好吃呢？传说，明朝嘉靖皇帝朱厚审有个爱妃，喜吃鲜荔枝。荔枝产于南国，那时交通不便，不要说荔枝"鲜"不能保持，不使霉烂变质就很难。奸相严嵩献计，在南方用大船装土，把荔枝树移植到船上，一路浇水喷雾，使荔枝树叶绿果鲜，经海河运到天津，在小刘庄下船，再用车把荔枝树运到北京，船上的多余沙土就卸在小刘庄海河边上了。爱妃吃到鲜荔枝，自然高兴，如此年年船运，南方的沙土就在小刘庄堆积有十多亩之广了。农民在这片土地上种了萝卜，长成了色味俱佳的品种。

20世纪30年代以后，小刘庄的农田多已改成住房或工厂，萝卜也少了起来，代之而起的是西郊的沙沃村，那里出产的萝卜同样清脆可口，天津人又盛赞"沙沃萝卜"。沙沃村正是沙土地，适于种萝卜，这和运荔枝船带来沙土种出优良品种的萝卜传说倒是一致的。

"泽畔藕"的传说

金风送爽,又到了吃鲜藕的季节,不由得想到了藕中的珍品"泽畔藕"。"泽畔藕"系大白莲藕。藕身似雪如玉,外型瘦而坚实,藕孔排列极为规则,中间一大孔,外围六小孔,孔呈扁圆型。因产于河北省隆尧县东良乡泽畔村,故名。

提起泽畔藕,还有一段美妙的传说。据地方志载,明永乐年间,连续两年,山西居民迁到现在的北京和河北一带落户。当时山西洪洞县某村马氏二弟兄,平素喜爱养鱼、种藕。盛夏一日,马老大在槐树下纳凉,入睡后做了一个梦,梦见老二在前边跑,一位仙女手持荷花在后边追,仙女追老二,老大追仙女。老大醒来后告诉一位长者,说他做了一个蹊跷的梦,长者听罢哈哈大笑说:"你做的梦有名堂,名曰荷花托梦。今天是农历六月二十四日,正是荷花仙子生日。梦中的仙子就是荷仙。荷仙追老二,表明莲藕欲随老二东迁京畿;你在后边追,表明荷仙为您指引明路。梦是好梦,你应该随老二同地落户,可别错拿主意。"老大听了长者一番话,下决心随胞弟迁居泽畔。从此,马氏弟兄便来到这里种大白莲藕。既然"泽畔藕"与荷仙有关,一辈传一辈,越传越神。到了明朝嘉靖年间,"泽畔藕"竟打进皇宫,得到了皇帝和娘娘的赏识,被列为贡品。

大约在嘉靖二十年(1541)前后,泽畔村一带连年闹水灾。这时有位秀才马存敬,自告奋勇携带联户请愿书到县衙、府衙请求赦免钱粮。知县、知府做不了主,于是马存敬倾家荡产三进北京请愿,凭其三寸不烂之舌,通过前门一家藕商,跟当朝太监挂上了钩,以"泽畔藕"为赠礼,二人交上了朋友。时值正宫娘娘闹病,吃不香、睡不好。太监乘机献上"泽畔藕",并奏明马存敬请愿的事。娘娘好奇地吃了点"泽畔藕",还真的好了病。"神藕"能治娘娘的病,一时成为爆炸性的新闻,那太监也一跃成为正宫娘娘身边的红人。"泽畔藕"真的"神"起来了。于是,皇帝下圣旨,免除泽畔村的钱粮。为了纪念马存敬进京请愿,村民捐款刻制了五通石碑,分别存放在北京、大名、顺德、唐山和泽畔村。

山药入馔香甜脆

山药,有的地方又名"长山药",以区别于别名"圆山药"的马铃薯。李时珍《本草纲目》中说:"野生者为胜;供馔,则家种为良。"这是一种多年生蔓草植物,长形茎状根,黄褐色有毛刺,营养价值很高,既可入药,又可入馔做菜,也可烧来当点心。药用山药以淮河一带产者最出名,所以开药方时,写做"淮山药",是健脾、调胃、补气的中和药。如果入馔,最好是北京的;江南虽也出产,但水分多,不够滑腻。王渔洋《人海记》云:"北方山药……为天下最,常于朱竹宅检讨席间食之,真琼糜也。"实际上昌平以北,包括延庆直到居庸关以外,土木堡、下花园一带都产很好的山药。山药是顺着开好的一条条沟生长的,土质要松,要肥,最好是沙土地,水分不宜太多。京北一带的土壤正适宜种山药。

北京的饭馆常以山药入馔,如"蒸山药",当年是宣武门外南半截胡同广和居的拿手菜。徐珂《清稗类钞》就记载着："若夫小酌，则视客所尝，各点一肴，如……广和居之吴渔片，蒸山药泥。""山药泥"是什么样的菜呢？《光绪顺天府志》特别有记载道："山药，冬月掘根，可蒸。京师以猪油及砂糖和之，蒸烂，谓之山药泥。"这是一味甜菜。广和居的蒸山药能得到何绍基、张之洞、樊云门的品题，其高明可知。山药泥中还可以包澄沙、枣泥。《红楼梦》十一回秦可卿吃的"枣泥馅的山药糕"，就是山药泥做的。

在馆子里，最普通的甜菜是"拔丝山药"。其做法是把山药削皮斜切成块，起猛火，把山药块过油，再起油锅，加入白糖，使糖在热油中熔成糖浆，把过了油的山药块倒入油中翻滚数过即成。因山药块为糖浆所包，混为一体，趁热来吃，用筷子夹起来时，会拉起细丝来，因而叫"拔丝山药"，又香、又甜，外脆内软，十分好吃。

最简便实惠的是自己家中买些山药，削了皮，切成块，煮山药汤吃。烧时用文火煮，多煮一些时间，那汤雪白细腻，比牛奶还浓，还滑润，加糖食之，非常爽口。

芋的文化趣谈

当电视剧《宰相刘罗锅》的播出引起轰动时,剧中涉及的广西荔浦芋也引起人们的好奇和食欲,使得京城的芋价上涨,这堪称饮食文化效应现象。

就拿荔浦芋来说吧,它个头大的可达数斤重;而且剖开有槟榔般花纹,所以又雅称"槟榔芋",吃起来特粉特香。两广还有一道名菜"荔浦芋焖鸭"。广州和香港人过春节,将槟榔芋切丝油炸成一团团香脆可口的"芋虾"待客。中秋佳节,不仅早餐要用芋当点心,晚上还要用芋供月。江浙沪人于中秋节则喜食配用桂花、藕粉熬制的糖水芋。我国许多地方,甚至日本都有类似的节日吃芋的食俗。

人们何以要在节日吃芋?原来这是一种被除不祥的饮食文化风俗。据旧刊广东《乳源县志》载:"剥芋皮,谓之剥鬼皮、去疥癞。"由于芋的外表乌黑多毛,人们便将它认为是象征恶鬼和疥癞了。但到了文艺家的笔下,却能"化丑为美"。现代著名国画家诸乐三有一幅芋图:大小芋头的布局错落有致，用粗笔以干、湿、浓、淡、润、燥之墨钩皴芋身，以细笔、焦黑点出苍劲的芋毛，极有栩栩如生的质感，嫩红色的芋芽，使冷色基调的画面产生"画龙点睛"般亮丽的暖色调，令人赏心悦目。画的附记说："童年时常就炉火中煨熟芋头，食之味极甘美。如此景象，能不令人神往乎？"这不由得使人联想起中国的旧小说里常有冬夜的深山古寺，老僧拥火煨芋的场景。

宋代大诗人陆游的"对火正红煨芋美，不妨乘炬雪中归"，正是这种高雅文化氛围的诗意写照。古代养生家还把芋列入山家清供，与笋蕨菰蒲一样成为斋食的妙品。宋代陈达叟《本心斋蔬食谱》说，吃了煨芋，便嫌弃美味佳肴，"却彼羊羔"，连羊肉都不要吃了。《红楼梦》中还借芋喻佳人。第十九回《情切切良宵花解语　意绵绵静日玉生香》说，宝玉担心黛玉饭后睡觉积食成病，就诌故事给他听，说扬州的小老鼠成精了拟变成香芋，不料摇身一变成了"香玉"般的林小姐，来调侃身有异香的黛玉。这里所说香芋产于江苏的扬州等地。清代扬州诗人谢墉的"入室人应疑麝蚀"，将此芋的香气比作麝香。曹雪芹写此细节确有所本。

芋在我国的栽培极为普遍，南方尤其多。其品种如君子芋、百果芋、鸡子芋、九面芋、青芋、象芋、博士芋、蛮芋、魔芋……举不胜举，据说仅广东就有十几种以上。如果能挖掘出众多芋名的民俗、神话的含义，一定非常有趣。秋季芋收之后，保藏得法可存至来年夏季。芋含有丰富的蛋白质、糖、钙、磷、铁、胡萝卜素、多种维生素，不仅可以入馔、制零食，还可入药，有益脾胃、调中气之功效。李时珍《本草纲目》说："和鱼煮食，甚下气，调中补虚。"难怪广东、香港等地有用芋煮鱼的食法。

樱桃先百果而熟

樱桃是水果中的上品,它那雅致的名称,艳丽的色彩,鲜美的味道,无一不惹人喜爱。它不仅是画家的爱物,而且也是诗人颇喜吟咏的珍品。因为樱桃"先百果而熟",所以自古以来"人多贵之"。

中国樱桃原产于长江流域。宋人陆佃所撰《埤雅》卷十四《释木樱桃》云:"樱桃一名荆桃,一名含桃。其颗大者,或如弹丸;小者如珠玑,南人语其小者谓之樱珠。"

山东烟台西南郊审福山地区,那里所产朱樱、紫樱及白樱,皆以其颗大、肉厚、味甜而蜚声中外。福山一带丘陵绵延,一株株碗口粗的樱桃树,亭亭玉立在层层叠叠的梯田上。春风和煦的三月间,满坡樱桃树上数不清的花蕾先叶而怒放。繁英如雪,幽香四溢,引来蜂蝶嘤嘤翻飞,颇有"带声朱蕊上,连影在香中"的诗情画意。及至残春,落英缤纷,新生的小叶儿由鹅黄而渐渐翠绿,由稀疏而渐渐浓密,定睛看时,便会发现一簇簇乍结出的柔果嫩实,恰似万点珠玑，挂于参差错落枝杈间，在徐徐的清风中摇曳生姿。

夏初时节，果实成熟了。但见满树的樱桃，颗颗匀圆，粒粒红艳，与碧绿的枝叶相互掩映，那美妙姿韵，令人情不自禁地吟诵起白居易咏樱桃的妙句："如珠未穿孔，似火不烧人。"眼望着这般圆润而娇艳的鲜樱桃，谁能不涌出三尺馋涎，忍不住信手摘下几颗尝尝鲜儿？

樱桃既可生食，亦能制成罐头或果脯。这种味道醇厚的蜜饯樱桃，过去在北京、上海及天津的干鲜果品店中常有出售。

樱桃用于宴席，始于唐僖宗的樱桃宴。可资考证的文献，见于五代人王定保所撰《唐摭言》中《慈恩寺题名游赏赋咏杂纪》篇：

> 新进士尤重樱桃宴。乾符四年，永宁对公第二子覃及第，于是独置是宴，大会公卿。时京国樱桃初出，虽贵达未适口，而覃山积铺席，复和以糖酪者，人享一小盎。

这段史料仅记载了将樱桃"和以糖酪"的食法，与后世的蜜饯食法略有相似之处。据说最近几年北京各大饭店增添了"橘羹湘莲"、"八宝苹果"等许多以樱桃为主要配料的甜菜，无论色、香、味、形，比起唐代的樱桃宴来，一定更绚丽多彩了。

桃之夭夭　灼灼其华

桃红柳绿,春光明媚,美丽的桃花总是和春光紧密地联系在一起。早春三月,桃花盛开,花儿虽不像牡丹那样国色天香,富贵气逼人,也不像兰花那样幽静素淡,过于洁净。

桃花,原产中国,有三千多年的历史。然而,在某些植物学书籍中,却被误认为是波斯的"土著"。事实上早在汉代,桃便沿着丝绸之路,从中国传播到波斯了。

中国桃花多姿多态,多种多类,有绛桃、绯桃、碧桃、二色桃、日月桃、鸳鸯桃、寿星桃……不胜枚举。

碧桃这个名称首先见于唐代郎士元的诗句:"重门深锁无人见,惟有碧桃千树花。"但花形花色都没有说,无法知道它究竟是怎样一种桃花。王安石的《写生碧桃花歌》则说"枝上白云吹不散,阶前明月照疑空",显然指的是白花。范成大《咏绯碧两桃花》诗,有"碧城香雾赤成霞"之句,好像真是碧色的花。明王象晋《群芳谱》说:"千叶桃，一名碧桃，花色淡红。"现在是把专供观赏的重瓣桃花，不论红白深浅，高矮大小，都叫碧桃。

欧阳修曾有感于"牡丹花之绝，而无甘实；荔枝果之绝，而非名花"，而桃则是两者兼美。

桃花是许多人喜欢的观赏花卉，桃子也是人们爱吃的水果，有花有实，正如梁任昉所歌咏的："开红春灼灼，结实夏离离。"桃子种类繁多，大小不一，形色各殊。五月桃、六月白、水蜜桃、肥城桃、黄金桃、毛桃、油桃、冬桃，琳琅满目。

蟠桃是一个别致的名称。东方朔《十洲记》说："东海有山名度索山，有大桃树，屈蟠数千里，曰蟠桃。"用这个神话传说中的名称，来命名现在这种扁盘形的桃子，未知起源于何时。《群芳谱》有方桃和饼子桃，显然都是蟠桃的异名。

水蜜桃、肥城桃等，都是形大色美，玉液琼浆，甘甜适口，为人喜好的佳果。

桃树栽种生长迅速。白居易的《种桃歌》对于这个性状，有具体生动的描写："食桃种其核，一年核生芽，二年长枝叶，三年桃有花。忆昨五六岁，灼灼盛芬华。"宋陆佃的《埤雅》说："谚曰：白头种桃。又曰：桃三李四，梅子十二。"直到现在，人们还是熟知这些谚语。

关于种桃，还有一个故事。宋代诗人石曼卿在海州做官的时候，看到那里山高路险，少有林木花卉。他于是叫人用泥裹了桃核，抛掷在山里，几年以后，便满山花开，烂漫如锦。现在飞机播种，也使用种子裹泥的方法。

中国桃子，又称寿桃，被认为是长寿的象征。东方朔在《神异经》里说："东方有树，高五十丈，名曰桃。其子径三尺二寸，和核煮食之，令人益寿。"但世上哪里有那么大的桃子呢？

寿桃也叫蟠桃。神话传说，每年农历三月初三王母娘娘庆寿，谓之蟠桃会。现在图画里画的寿桃，都是尖嘴形的一般桃子，而不是扁盘形的蟠桃。两者同名蟠桃，意义却不相同。

桃花是中国文学的重要题材之一。"桃之夭夭，灼灼其华"，三千多年前的中国诗歌总集《诗经》，就已经在歌颂了。"山桃红花满上头，蜀江春水拍天流"，唐代诗人刘禹锡用"山桃红花"四字轻描淡写出一幅春山春水的画面，为中国自然山水增添了许多美丽的色彩。长期传颂的陶渊明《桃花源记》，一千多年来，对于无数追求理想生活的人，是巨大的慰藉。其他如崔护的"人面桃花相映红"的故事，刘晨阮肇遇仙的传说，以及孔尚任的《桃花扇》传奇，都是有关桃花的可贵的文学遗产。由此可见，中国人对桃花，感情有多么深了。

深州蜜桃群桃王

深州蜜桃产于河北省深县,深县古称"深州",因此得名。

深州蜜桃的种植,已有两千年的历史。深州地处燕赵南部,位于滹沱河故道处。那里属沙质土壤,由泥沙冲积而成,沙层较厚,地下水很甜,乃蜜桃生长之良地,故而所产蜜桃,皮薄肉嫩,汁甜如蜜。每个桃重约半斤左右,最大的可有1斤2两,被称为"桃中之魁"。

说起深州蜜桃的出名,还有一段有趣的故事哩。

相传西汉末年,王莽篡位称帝,欲围住京城捉拿汉室后裔刘秀。刘秀幸得探报,随身只带二十多人,慌忙逃离京城南去。时值八月,天气炎热,他们一路之上不敢停脚,路经深州时已是黄昏,人困马乏,又饥又渴,再也走不动了。恰巧一位农夫挑着一担鲜桃从此走过,刘秀赶忙上前施礼道:"请问,这是什么地方,有无吃的,能否行个方便?"农夫见问话人态度和善,仪表不凡,遂道:"这里是深州,人烟稀少,没有店铺,请吃鲜桃解渴。"说罢,将桃筐送到刘秀面前。刘秀也不推辞,便和部下一起吃了起来,不大功夫即将一筐鲜桃吃光。刘秀感激不尽,随手从身上取下一块玉牌。送给老农,说:"此玉牌留下抵作桃价,日后可持玉牌找我,定报答救命之恩。"说罢要告辞上路。老农阻拦道:"前面就是滹沱河,天黑难行,不如先到舍下暂歇,明早送你们过河。"刘秀谢道:"我等有急务在身,吃过蜜桃,精神已振,必须连夜登程。"老农见无法挽留,便自告奋勇,为之引路,摇船送他们过河。待王莽追兵赶到,刘秀已过河走远。

后来,刘秀做了皇帝,为报深州农夫相助之恩,便封他做了专管深州蜜桃的官,并敕封深州蜜桃为"桃王"。

深州蜜桃品种有二:一为"红蜜",一为"白蜜"。"红蜜"个大特甜,世人称之为"魁桃"。

辛集鸭梨负盛名

很久以来,大家都熟知天津鸭梨。其实,"天津鸭梨"并不产于天津,因为天津是对外口岸,又是鸭梨集散地,故而人们习惯上以"天津鸭梨"称之。实际上,天津鸭梨是产在河北省的束鹿、宁晋、晋县、交河、肃宁等地,其中以束鹿县的辛集市为佳,那里是有名的"鸭梨之乡"。

辛集地处滹沱河故道,土白水软,气温适宜,有得天独厚的条件。辛集鸭梨已有两千年的栽培历史,属古优品种,秦汉时代已成园林,形成商品,行销外埠,果农赖以为生。几百年前,有心人把山东黄河之滨的梨树移植来几株,与当地野生杜梨嫁接,逐渐形成新的品种。因其梨把偏歪,形似鸭嘴,梨形又像鸭蛋,故取名"鸭梨"。

早年在内地,金秋时节常食鸭梨。它色泽鲜雅,皮薄肉细,脆嫩多汁,香甜爽口。因形美、味佳、营养丰富,早就贡于宫廷。《束鹿县志》载,魏文帝诏曰:"真定郡(今正定。当时辛集属该郡)梨甘若蜜,脆若凌,可消烦解渴。"又云:"邑东北、西南两隅,皆有此产。"

进入宋代,辛集鸭梨发展到了一个新的阶段:"人习商贾,工于谋利,贸易每出万里远。"宋代诗人邵雍曾有诗赞曰:"愿君须爱红消梨,红消食之甘如饴。"从这些诗文中可以看出,鸭梨在当时便已成为人们喜爱的果品之一。

辛集鸭梨不仅是历代人民习惯食用的新鲜水果,以其色、香、味、形惹人喜爱,而且具有一定的营养价值和药用价值。它含果糖、葡萄糖、苹果酸等多种有机酸和蛋白质、脂肪、硫胺素、核黄素、胡萝卜素等多种维生素。清人吴仪洛在其《本草从新》一书中说:"鸭梨性甘寒,微酸",具有"清心润肺,利大小便,止咳消痰,清喉降火,除烦解渴,消燥消风,醒酒解毒"之功效。在民间,还常用冰糖炖梨,作为医治咳嗽之偏方,疗效颇佳。

炎夏酷暑话西瓜

炎夏酷暑，口燥心烦，吃几片凉如雪甜似蜜的西瓜，能解渴去烦。

内地最有名的西瓜，当属汴梁（今河南开封）西瓜。汴梁西瓜肉多籽少，瓤脆汁甜，清香爽口。民谚有云："萧县石榴砀山梨，汴梁西瓜甜到皮。"

有关汴梁西瓜的种植，至今在民间流传着一个和东汉刘秀有关的故事。

相传，西汉末年，刘秀为了逃避王莽的追捕，带人马逃到开封以西的杏花营一带。时值盛夏酷暑时节，烈日当头，天气十分炎热，一个个都是汗流浃背，又饥又渴。当时又赶上从西面刮起的狂风，飞沙走石，使人眼睛不开，脚站不稳，将士们只好伏地而卧，刘秀面对此情此景，叹息道："汴梁之地，好大的西刮（瓜）！"他原本想说"西风"，不知怎的将"风"说成了"刮"，成了"瓜"音。

说来也巧，刘秀的话音刚落，顿时风住沙停，又见杏花营一带的沙土岗上，遍地青藤绿叶，结出了许许多多的大西瓜。刘秀一见，又惊又喜，连忙招呼将士，快快摘来尝尝。将士一看，也不认识是什么果实，一个个都是圆溜溜、光灿灿的，摘下一个砸开，红瓤儿似火，汁甜如蜜。将士们正在饥渴难忍之时，就边摘边吃，好不痛快。刘秀吃得更加高兴。他们吃了半天，大家互相询问道："咱们吃的，这叫什么呀？"一时谁也答不上来。刘秀思忖片刻，便说："这是西风给咱们刮来的，就叫它西瓜吧！"从此以后，汴梁一带便年年盛产西瓜了。

当然这只是传说，汴梁西瓜也并非刘秀所赐。实际上，西瓜原产于非洲，已有四千多年的种植历史了。西瓜又叫"寒瓜"，在汴梁一带从北宋时就广为种植。因为汴梁一带，气候温和，夏季雨水均匀，又多为沙壤土质，极适宜西瓜生长。

在古代诗词中，最早提到西瓜的，是南北朝诗人沈约的《行园》，诗云："寒瓜方卧垄，秋蔬已满坡。紫茄纷烂漫，绿葜郁参差。"（寒瓜乃西瓜的别称）可见中国种植西瓜的历史可追溯到南北朝时期。

宋代诗人范成大曾有诗云："碧蔓凌霜卧软沙，年来处处食西瓜。"宋代文天祥有一首《西瓜吟》，写道："拔出金佩刀，斫破苍玉瓶。千点红樱桃，一团黄水晶，下咽顿除烟火气，入齿便听冰雪声。长安清富说邵平（邵平即召平，秦代广陵人，封东陵侯。秦亡后，在其原封地东陵种西瓜为生,生产出有名的邵平瓜),争如汉朝作公卿。"

元代方夔啖食西瓜时赞美道:"香浮笑语牙生水,凉入衣襟骨生风。"

明代诗人瞿佑的《红瓤瓜》中云:"采得青门绿玉房,巧将腥血沁中央,结成啼日三危露,泻出流霞九酝浆。"诗中把色味俱佳的西瓜描绘得那么美妙,令人垂涎三尺。

清代学者纪晓岚也写过一首西瓜诗:"种出东陵子母瓜,伊州佳种(指哈密瓜)莫相夸。凉争冰雪甜争蜜,消得温暾顾渚茶(顾渚茶乃唐宋时江苏宜兴出产的贡品)。"更是用对比的手法,说就是闻名的哈密瓜与西瓜相比,也没有什么可夸耀的,而且它完全可抵得上消暑的贡品顾渚茶。

话说嘉兴无角菱

到过江南的人谁能不忆江南呢?秋后的江南水乡,果品中没有比菱角更能勾起我的怀念了。说起菱,人们就会想起两角弯弯的小青菱,四角尖尖的水红菱。唯独浙江嘉兴的南湖,有一种圆圆的无角菱。

采菱时节,嘉兴南湖的秋色,也最牵人梦魂。满湖碧油油的菱叶,与湖边的亭台楼阁相映,放眼观赏,顿觉心旷神怡。

清晨,湖面上沐浴着曦微曙光,亮如铜镜般的菱叶下,每株上都藏着八九只菱。成片的菱叶生长在一起,据说水鸟钻不进,鱼儿浮不起,所以称为"菱网"。一行行头戴笠帽的采菱女,坐在椭圆形的菱桶内,轻舒腰肢,双手敏捷地采摘。菱桶在菱网中缓缓前进,不一会儿桶内便堆得满满的了。

南湖的无角菱是嘉兴的特产。菱肉中含有蛋白质、糖、脂肪、钙、磷、铁、胡萝卜素等多种维生素。菱每年清明下种，端午移植，中秋上市。新菱上市，鲜嫩甘甜，放在嘴里一咬，双手一搓、一捏，甜脆的菱肉便滚进了嘴里。霜降前后的老菱，煮熟后如同板栗，肉糯清香。把老菱堆在楼板上，或依墙隔上芦帘，让风吹干。这种风菱，肉嫩松脆，鲜甜可口。把老菱倒进水缸，或堆放在潮湿的地方，到了寒冬腊月，菱变成了黑色，洗去乌菱腐败的表皮，菱壳显得黄澄澄的，煮熟了吃，热腾腾，香喷喷，寒气顿消。老菱浸在活水塘中，到了来年清明前后，菱长出了嫩芽，据说吃了这种芽菱，到了夏天蚊虫不会叮咬。

菱还可做佳肴，菱烧豆腐、老菱烧肉，便是两道名菜。菱还可以酿酒、制醋、制糖，做成干果、蜜饯、糕点。菱壳可做染料，菱的茎叶可做饲料或肥料。菱还有药用价值，《本草纲目》中说：菱可解酒毒、解暑、解伤寒积热、止消渴，干菱蔓可治水土不服。

南湖菱无角，相传是清乾隆皇帝赐的。一次乾隆游南湖时，见那南湖的烟雨风光，又闻采菱女的歌声，被那"蟹舍渔村两苹平，菱花十里棹歌声"的情景所陶醉，见那鲜嫩的南湖菱大喜，遂命献菱品味。不料菱角刺破了嘴唇，惹得龙颜不悦，脱口道："小青菱无角岂不美哉！"谁知金口一开，第二年南湖菱便没了那尖尖的刺角，成了和尚头，形如一只只元宝，人们便以形取名"圆宝菱"、"和尚菱"、"无角菱"。

当然这是传说。不过南湖菱既无角，吃时不必防刺，这倒是真的。

浙江塘栖枇杷

"树繁碧玉叶,柯叠黄金丸。""五月江南碧苍苍,蚕老枇杷黄。"端午前后,正是枇杷应市的季节了。

浙江余杭县的塘栖,江苏吴县的洞庭山和福建莆田的宝坑,为中国三大枇杷产地,其中以塘栖枇杷产量最多,品种也最好。该地枇杷林蜿蜒密布,冠盖浓郁,四时苍翠。枇杷初冬开花,每一花束由60～90朵小花组成。每逢隆冬腊月,百花凋零,枇杷花冒寒开放,洁白如玉,深为历代文人和画师所喜爱,称之为"枇杷晚翠"。近代著名画家吴昌硕,就曾常常于超山赏梅之后,来到邻近的塘栖,欣赏那团团绿树,累累金果的枇杷林,并就此创作了不少以枇杷为题材的中国画,其中有一幅题诗曰:"五月天热换葛衣,家家卢桔(枇杷的别称)黄且肥。鸟疑金弹不敢啄,忍饥束向林间飞。"塘栖枇杷品种主要有"白沙"与"红沙"之分。"白沙",皮白肉黄;"红沙",皮肉均黄中带红。

塘栖"白沙",俗称"软刁",为枇杷中的极品。其形略长,外有芝麻斑点,特征在肉软而厚,水分多,入口鲜甜,因此前人有"虽岭南荔枝,无以过之矣"的美誉。塘栖的"大红袍",乃是"红沙"中的佳品,因果皮呈橙红色,果形较大而得名。它产量高,果子又耐于储运,故销路颇好。

枇杷原产中国,栽种历史已非常悠久。根据《周礼地官》:"场人掌国之场圃,而树之果,珍异之物,珍异葡萄枇杷之属。"文中有夹注,注解为东汉郑康成所作。由此可知,至少在一千八百多年以前,枇杷已为中国人民作为果树栽植了。据说它最初产于四川的夹江,到了唐代,枇杷已被列为贡品,产地逐渐扩展到大江南北。唐朝大诗人白居易曾有"淮山侧畔楚江阴,五月枇杷正满林"的诗句,来形容当时枇杷栽培的盛况。以后它又传往国外,日本、法国、英国、印度、阿尔及利亚、智利、澳大利亚、墨西哥、阿根廷等许多国家都先后从中国引进了枇杷树。

枇杷,又名"卢桔",江南民间有"夏月枇杷黄似桔"的俗谚。宋代大文学家苏东坡亦曾有"客来茶罢空无有,卢桔微黄尚带酸"的诗句,故至今广东和港澳一带,还有人称枇杷为"卢桔"的。"枇杷"与"琵琶"谐音,容易写混。据说古时,有一个绍兴人收到一筐从塘栖寄来的枇杷,大如鸡蛋,喜出望外,但一看礼帖上却写的是"琵琶",他就捧腹大笑,立即挥笔写了打油诗一首:"枇杷不是此琵琶,只为当年识字差。若使琵琶能结果,满城丝管尽开花。"这诗虽意在讥讽,但把"枇杷"写做"琵琶"也不无道理。翻阅古籍,枇杷得名,就同琵琶有关。宋代《本草衍义》中,就有枇杷的名称是由于它的树叶形状很像琵琶的说法。

闽中佳果"漳柑福橘"

在园艺学上，柑、橘、橙、柚等果树，同属芸香科植物。但作为水果来说，它们毕竟是有差别的。李时珍《本草纲目》说："橘实小，其瓣味微酢，皮薄而红。柑大于橘，其瓣味甘，其皮稍厚而黄。"概括指出柑与橘的不同特征。

中国是世界柑橘原产中心，自长江两岸到闽、浙、两粤、云贵、台湾等省都产柑橘，各有佳种问世。

福州产的橘，漳州产的柑，自古驰名，人称"漳柑福橘"。明何乔远《闽书》说："唐时本地有沙橘，尝贡。近时天下之柑，以浙之衢州、闽之漳州为最。"王世懋《果蔬》说："柑橘产于洞庭，但终不如浙温之乳柑，闽漳之朱橘。"这里说的"朱橘"就是现在"福橘"的前身。可见漳柑、福橘在明代以前已为人们所赏识了。

漳柑佳品，首推芦柑。芦柑又称凸柑，有硬芦、有审芦。硬芦果皮作橙黄色，以皮厚于常柑，又颇坚硬得名，漳州俗称"八卦芦",因为它顶部有若干放射状的沟纹,果心空,汁多味甘,为芦柑中之上品。果实十一月中、下旬成熟。审芦树体较为高大,果实形扁圆,皮呈赤红色。皮肉之间较为疏松。果心空处大于硬芦,果汁亦多,味甘中带微酸,十二月成熟。漳州的芦柑清时已饮誉海内外,凌登名《榕城随笔》说:"漳南产柑橘,其种不一,而颗皆硕大,芦柑为最,红柑次之。芦柑色稍黄,红柑则正赤,皆佳种也。"凌代所说的芦柑即系硬芦。至今香港、澳门及东南亚各国市场上,漳州芦柑盛名不减。

福橘亦称红橘,为福州、闽南一带著名佳果,树健果繁,产量高,性较耐寒耐旱。果实扁圆,顶端微凹,基部略隆起,果面色丹红,鲜艳夺目,皮薄,容易剥离。果心大而空虚,肉软汁多,味清甜微酸。

福州种植福橘已有上千年的历史,或云以其产于福州,故名(见《闽中纪略》)。宋韩彦直撰的《橘录》,是世界上最早研究种植柑橘的专书之一,书中称福橘为沙橘。他说:"沙橘,取细小而甘美之称。或曰种之沙洲之上,地虚且干洁,故其味特珍。"施鸿宝在其《闽杂记》一书中,对福州城郊果农采摘丰收的福橘之欢乐景象,有一段生动的描述:"橘园在福州西城外,广数十亩,皆种橘树。每秋熟后,红实星悬,绿荫云护,提筐担审而来者,讴歌盈路。"可知清时福州所产福橘已名闻于世。

福建之漳柑、福橘,古时都系上献给帝王家的重要贡品。唐时贡沙橘，已见《闽书》。《福建通志》亦有"闽为古代橘柚锡贡之地"的记载。王潭谓"闽橘之美，达于京师"(《闽游纪略》)。《漳州府志》称"岁贡芦柑"。闽人笃爱柑橘，以"橘"与"吉"音谐，"福橘"象征"福气"与"吉祥"，又是那么红艳艳的，怪不得一到春节，家家户户都要购备柑橘，相互馈赠，祝贺新岁纳吉多福。

柑橘果实甜美香润，富有营养，皮、核、叶、络均可入药。橘皮晒干后久存，中药称为陈皮，性温味甘，有理气消痰之疗效。橘核性平，味甘苦，可化湿止痛。橘络亦具通络化痰的功能，枯叶则能疏肝解郁。

福建地处亚热带，气候温和，雨量充沛。山地丘陵多红壤、黄壤及无色土，土层亦较深厚。而且地势起伏，有一定的坡度，接受阳光的面积较大，通风透气良好，这些都是有利于柑橘生长的优异自然条件。秋冬果熟，山间江畔，树树挂满红艳的柑橘。一树或一二千颗，或多至三千余颗，如碧海中悬挂万盏灯笼，煞是好看。令人想起东坡居士"一年好景君须记，最是橙黄橘绿时"的佳句。

圆铃红枣的传说

近闻,山东茌平有一棵五百年的圆铃红枣树结枣四百余斤,堪称是枣树之王了。

谚云:"博(平)枣、莱(阳)梨、烟台苹果。"此中博平即茌平之古称。李时珍著《本草纲目》载,圆铃大枣"润心肺,止咳,补五脏,治虚损,除肠胃癖气"。民间也流传着:"一日三枣,一辈子不见老。""五谷加大枣,胜似灵芝草。"可见圆铃大枣的神奇妙用。

在茌平县志上记载着一个动人的故事:

有一年皇上出巡,路过博平,由于旅途劳顿,便在辇中睡着了。梦中见到处长满了未曾见过的大树,树上结了艳红透亮的果实,令人摘来一尝,甜脆可口,正在此时,地方官前来迎驾,美梦被惊醒了。

皇上闷闷不乐,便对博平知县说道:"孤王方才梦中见你县遍地长满一果,圆红玲珑,脆甜可口,明年定要将此果以贡品送京,若有违误,定斩不饶。"说完,起驾而去。

博平县令把栽种此果之事,压在了路边的小刘庄,并假借圣旨说:如明年种不出此果,就将全村老幼问斩。

这下小刘庄的百姓可就犯了大难。眼看到了第二年秋天,快到进贡的时候了,全村人个个焦愁万分,均知大祸难逃,家家传出哭声,纷纷准备后事。

有一位倒骑驴的老人路过这村,见此情景,问明缘由,说:"哎呀,这有何难,把这事交给我吧!三天头上,让你们见树见果就是了!"

可是,三天过去了,人们眼巴巴地等着,不但未见树见果,而且连那倒骑驴的怪老头也不见踪影。

未料,到了第四天清晨,人们起来一看,村子的四周竟长出了一片片树林,上面挂满了鲜红透明,水灵灵的果子。人们奔走相告,醒悟地喊道:"哎呀,这不就是皇上所要的那种贡品鲜果吗?那倒骑驴的老头,准是仙家,这树一定是他给栽种的!"说着,大家往地上一瞧,果然有不少驴蹄印儿。于是全村人向长空作揖,感激仙人的救命之恩。

原来,那倒骑毛驴的老头,正是八仙中的张果老。在此与众仙相聚途中,正巧碰上小刘庄有难,就决定搭救他们。于是他连忙骑驴来到王母娘娘的百果园里,走到红珠玛瑙鲜果树下,摘下一兜儿成果,骑驴连夜来到小刘庄。见虽已交了三更,却尚未过了三日的时辰,便把果实遍地撒开，不一会生出了嫩芽，长成大树，借着风露，又很快开花，结出了成串的鲜红果实。他一直待到东方破晓，才骑上毛驴离去。

这一来，小刘庄长出了皇上所要的贡品，可这果实的名字因张果老走得匆忙，没有说于众人，只是留下一张纸条，上写"圆铃红枣"四个大字。

从此，圆铃红枣便在茌平引种开来。

新秋常念炒栗香

糖炒栗子又快上市了吧！忘不了西单牌楼"西源兴德"干果子铺门口，支着大铁锅，锅里是黄得放亮的栗子和黑色的沙子，店伙挥动平铲，"沙沙"地炒着，老远地就能闻到那引诱人的甜滋滋的焦香。"现出锅的糖炒栗子"，伙计有腔有韵地吆喝着。"来半斤"！捧过来，隔着纸包，摸着还烫手，两个朋友，一边走，一边剥着吃，一边说笑……

北京的糖炒栗子是有悠久历史的。陆游《老学庵笔记》记有"李和儿"的故事：和儿本是北宋都城汴京著名卖炒栗的，金人打来，汴京沦陷，著名店户，南北流离，李和儿却被掳掠到北京，不能归去，日夜思念故国，后来有南宋使臣到燕山，他拿了许多炒栗，献之马前，并向使臣倾诉故国之情，说明自己就是昔日东京李和儿，说罢洒泪而去，这就流传下北京著名的糖炒栗子。

北京西面、南面广大的地区都出栗子，柴桑《燕京类记》:"要称渔阳,自古已然,其产于畿内者,在处皆美,尤以固安为上。"固安县就在京南,而且出产的是最好的栗子,不过人们总因为干鲜果品由西南山区来的最多,所以都盛称良乡栗子,甚至在苏、沪一带,"良乡"成了栗子的代名词,而且大书"天津良乡"于肆门,使人更有些莫名其妙矣。

北京栗子的好处,在于又甜、又糯,比南方的大板栗子质量好得多,尤其入冬之后,天气越冷,栗子的味道越甜,炒时要把栗子和粗沙子混在一起,一边用大锅铲炒,一边往上洒饴糖水,炒熟后,铲在筛中,筛去沙子,便剩下紫光光,热手的糖炒栗子了。把筛出来的沙子,趁热倒回锅中,再炒第二锅。

栗子的吃法甚多,除炒栗之外,还可做菜,著名者有"栗子焖鸡",点心有"栗粉糕"等,这些都不想细说,使我最怀念的是"大酒缸"的"卤煮五香栗子",把每个栗子用刀先勒个"十字",然后加盐、花椒、大料等煮熟,剥来下酒,真是滋味隽永,比五香卤煮花生好吃得多,想起来真有些口角生津了。

新疆特产哈密瓜

眼下,在瓜果杂陈的时节,买个哈密瓜吃,已是很平常的事儿了。可是,旧时京华,哈密瓜却是稀有之珍。

哈密瓜本名甜瓜,又称甘瓜,共有二十多个品种,形状不同,风味也稍有差异。如"香密瓜"肉很软,有浓香;"黑眉毛"皮上有一条条黑色条纹,真像维吾尔族姑娘的眉毛;"红心脆",呈淡红色,味甜脆;"老头乐"瓜肉细嫩,入口就化。还有些其他品种,也大都是夏末秋初上市。尽管品种不同,但都有共同的特点:味甜如蜜。据说,在新疆吃哈密瓜,都是新摘下来的,不仅甜,而且汁多,吃完瓜必须洗手和嘴,不然会黏黏糊糊,整天难受。

顾名思义,哈密瓜理应产于哈密。其实不然,新疆各地都种此瓜,而且都很甜美。只是由于两百多年前,哈密王曾把他管辖下的鄯善出产的甜瓜,当做贡品,进献给清朝乾隆皇帝。乾隆吃后问身边的人:"这是什么瓜?"那些人也不知其名,只知是哈密王进贡来的,信口答道:"这是哈密瓜。"哈密瓜遂由此得名，迄今未变。清代学者纪晓岚谪戍新疆路过哈密时，曾经有过关于哈密瓜之记载："哈密瓜贡品只熟至五六分，途间封闭包束，瓜气蒸郁，至京可熟至八分，运熟者即霉烂矣。哈密王言，此地土暖泉甘而无雨，故瓜味浓厚……"所以，说哈密是哈密瓜的故乡，也并非舛误。

在新疆以外地区吃哈密瓜是有季节性的，可是，据说在新疆一年四季都可以吃到，因当地人贮瓜有方之故也。他们贮藏的方法有两种：挂藏和架藏。挂藏是用四根绳打结将瓜兜好，再打结，放上第二个瓜，这样依次缚成一串，挂在防风寒的地窖里。架藏则是存放在地窖中一层层的木架上，可存放半年以上，瓜味不变。

金秋犹忆山里红

金风飒飒,天气渐冷,不由得想起了应时果品山里红。

成熟于深秋的山里红,因其上市时间最长,且能制作许多美味食品,故从清代中叶至民国初期,一直被果行中的少数人所垄断。其垄断的凭照,便是皇帝颁发的一张"龙票"。这张龙票可以世代相传,是垄断者的祖先用生命换取来的。

清代,在京都大宗贩卖山里红的,彼此竞争十分激烈,殴伤诉讼屡屡发生。为解决这一矛盾,朝廷遂设油锅与钉板,有敢跳油锅或滚钉板者,便赐予龙票(黄绢上印有龙形,上书某某刚烈可悯,恩准世代经营字样),而胆怯的同行,只得甘拜下风,改弦易辙,另谋生路。

死者的子孙们,持有至高至尊的龙票,便可以开设大规模的货栈,一手左右着果农,一手控制着小贩。

早年,凡在北京沿街叫卖山里红的小贩,总是用较粗的双股白棉线将数十个山里红穿成一个圆圈儿,犹如老和尚念珠儿一般。每一圈儿称做"一挂",数十挂山里红,或斜披于一肩,或放于一臂,走街串巷,一路吆喝着:"还有两挂啦——山里红哟!"用棉线穿起来卖本已奇怪,而胳膊上明明放着许多挂,为什么却总吆喝着"还有两挂"?原来,这与清王朝的"朝审"有关。

清代刑部于每年霜降后,将监中重囚的犯罪情节,摘要制册,送监察院、大理寺、通政司、銮仪卫等各司官,按册点名,重新开审,分别情实、缓决、可矜等项,请皇帝裁定,谓之"朝审"。

当年朝审地址,在天安门金水桥西侧。囚犯之亲友,俟开审完毕,探询其家人未入死囚册内,遂伫候于西长安门(故址在今中山公园与中南海新华门中间)外,囚车过时即趋前道喜,并购山里红两挂,分披于囚犯肩头,十字交叉,名曰"挂红道喜"。小贩投机,每每要大价,买主因逢喜事而并不还价,于是一日之营业即可获巨利。

自入民国后,不再举行朝审,"挂红道喜"的风俗随之泯灭,而小贩犹墨守成规,绝不将整挂的山里红分披于两肩,恐与囚犯形似。吆喝时仍沿袭当年的用语:"还有两挂啦——山里红哟!"

喝了蜜啦——大柿子

常常想起词曲大家顾羡季先生。顾先生讲话极为风趣，善于辞令。他爱听戏，也爱谈戏，讲课时常爱用戏来打比喻，常说："我就爱听余叔岩的戏，又沙哑，又流利，听了真痛快，像六月里吃冰镇沙瓤大西瓜，又像数九天吃冰冻柿子一样，真痛快呀——啊！"说完了，还做个表情"啊"一声，引得同学们哈哈大笑。想起来，这已是四十年前的往事了，顾羡季夫子作古也有二十多年了，但这旧事还历历如昨。沙瓤大西瓜南北各地都有，并不算出奇，而这三九天的冻柿子，却实在值得怀念，也只有北京三九天的冻柿子才值得词人的如此称赞。

北京是一个出产柿子的地方，西北山一带，漫山遍野到处都有柿子树。《光绪顺天府志》记云："柿为赤果实，大者霜后熟，形圆微扁，中有拗，形如盖，可去皮晒干为饼，出精液，白如霜，名柿霜，味甘，食之能消痰。"柿子的种类很多，如硬柿、盖柿、火柿、青柿、方柿等，全国各地都有出产。其中北京出产的最多的是盖柿，就是所说的"中有拗，形如盖"的；其次出产一些小火柿，俗名"牛眼睛柿"。北京西山一带出产柿子的山村，也晒柿饼，但不多，因为离城近，大部分都运到城里来卖了。柿饼是河南、陕西一带的特产。"柿霜糖"是柿子的精华，晒柿饼时的重要副产品，性极凉，是治小孩口疮、咽喉炎等症的特效药，吃也很好吃，又甜又凉，入口即化，这也是河南的名产。

在北京吃柿子，最好是冬季数九天吃冻柿子。北京冬天室中生火炉，天气越冷，炉子弄得越旺，也越干燥，人们反而想吃水分多的、凉阴阴的东西。把冻得像个冰坨子的大盖柿买来，洗干净，等到大家饭后围炉聊天的时候，把这冻柿子放在一盆冷水中"拔一拔"，等到全部变软之后，就可吃了。这时柿子的内部组织，经过一冻一融，已经全部变成流体，用嘴向柿子皮上轻轻一吸，便可把冰凉的柿子汁吸到口中，那真是又凉又甜，远胜吃雪糕。难怪北京卖柿子的都吆喝："喝了蜜啦——大柿子！"

代后记
——我所认识的周简段先生

老报人周简段先生,曾是我的同事,因长我十多岁,而且知识渊博、采编经验丰富,所以我一直把他奉若长辈。

周简段先生是个"老北京",青少年时代在北京读书、工作、生活,对北京的名人轶事、名胜古迹、文物珍宝、文史掌故、艺苑趣闻,以及民情风俗都了如指掌。他曾和我谈起早年间与张恨水一起办报的时候,常常逛天桥,游故宫,访名胜;还谈到抗战末期到香港去办《星岛日报》;当闻讯共和国诞生,欣喜若狂,马上回到祖国的怀抱,返回朝夕思念的北京,又干起了轻车熟路的老本行——新闻工作。孰料,1957年反右时他被打成"右派","文化大革命"中,他又蹲了"牛棚"。凭着一个老知识分子的一颗正直、善良、爱国的心,他总是充满信心地说:"祖国将来肯定会繁荣富强的!"

1976年以后，周先生到香港去继承遗产，便在那里定居了。从1980年1月起，他在香港《华侨日报》副刊开辟了"京华感旧录"专栏，每日一篇，千字左右，一直到1992年该报易主改版方罢。一人主持一个专栏能持续十多年不辍，这在中外新闻史上实属罕见。

中间，他经常回北京，每次见面，我们总是畅饮畅聊。他拿出香港报刊对他文章的评介给我看：有的报章称赞他"知识渊博，文笔优美，是写老北京的权威"；有的刊物评介他"以古都北京为经，短小精炼的文字为纬，系统地缕述京华旧日，细说当年，使昔日事像重现读者眼前，又具探源究始之功，兼且披露不少鲜为人知的重要史事，对保存历史文化贡献殊大"；还说，读了周先生的文章，"备觉亲切，似与周氏把臂遨游，细诉从前，令人低徊不已"。

他还拿出不少读者的来信。尤其是三四十年代著名明星夏霞女士在读了他写的《夏霞演〈人之初〉》之后，给他写的一封上千字热情洋溢的信，对文章中提到她结婚四十周年的纪念照非常感动。信中说："由于这段旧闻，把我的思潮又带回四十年前的上海去了。"接着她回顾了20世纪40年代演《赛金花》和《人之初》话剧的详细情况。最后她感慨地写道："人年纪大起来，总喜欢怀旧、回忆，如果能找个对象谈谈往事，温温旧梦，实在是人生一大乐事。"另外，周先生的不少文章，如《宋哲元及其大刀队》《抗战殉国的张自忠将军》等，被马来西亚、新加坡、美国以及中国台湾等国家和地区的报纸转载，在华人中影响很大。

周先生的专栏文章，1986年曾由香港南粤出版社结集出版，书名《京华感旧录》，由溥杰先生题签，梁漱溟先生作序，分《艺文篇》《风土篇》《人情篇》《掌故篇》和《名胜篇》五卷，附历史照片多帧，印刷精美，弥足珍贵。书中文章短小精练，兴味盎然，于茶余饭后，品读一番，实是美不胜收的艺术享受。该书成为当时香港十大畅销书之一，周先生由此一跃成为香港著名的文史作家。

此后，周先生越写思路越宽，逐渐取材已不限于京城一隅，而是遍及神州大地。内容也不再是单纯的感旧，而是忆旧述新，加上一些现实的见闻和感受，使台、港、澳和海外读者更感亲切和感慨。

1992年，北京的华文出版社要将周先生十几年的专栏文章辑录成书，周先生找我来选编。因全部文章有4000篇之多，我只好精选一下，分成六卷出版，定名"神州轶闻录"。请冰心先生写了总序，请萧乾、季羡林、候仁之、胡絜青、于若木诸先生为各分册作序，封面请启功先生题签。

书出版后，社会效益颇佳。《文汇报》《新闻出版报》《人民政协报》《中国艺术报》等竞相转载其中的文章，影响愈大。周先生也接到大量读者来信，有赞扬，有鼓励，更多的是希望周先生笔耕不辍，给读者更多的精神食粮。此后，周先生又先后以周彬、周续端、司马庵等笔名在香港的《大公报》开辟了"神州拾趣"专栏，在《港人日报》开辟了"京华内外"专栏，在台湾的《世界论坛报》开辟了"神州感旧"专栏等。

1997年香港回归，周先生更是精神振奋，壮心不已，笔耕愈勤。先生之作与日俱增，影响愈大。今将其二十多年来之全部著作，重新进行分类精选，按十卷出版，书名分别为《字里乾坤》《朝野遗事》《民俗话旧》《文坛忆往》《大戏台》《画坛旧事》《故都文化趣闻》《美食妙谈》《名胜游记》《武林拾趣》。除保留冰心、萧乾、季羡林、胡絜青、侯仁之和于若木诸先生的序文外，又请了著名作家钱世明、赵云声、昌沧、书画家米景扬、民俗学家成善卿等先生分别为新增书作序。从整体看，比之前的版本更全面地展现了周先生二十多年来文史专栏写作的成绩。从内容看，蕴涵的民族韵味和时代精神更丰富、更有深度。

《神州轶闻录》中的文章，虽然篇幅不长，内容也都是轶闻琐事，看似细碎平淡，然皆韵味悠长。现在引当代哲人季羡林先生在原《文化篇》序言中的一段话作为本文的结尾吧：

"哲学家们常说：于一滴水中见大海，于一粒沙中见宇宙。难道在我们这些小的文章中不能见到大的文化吗？所有这些戏曲、文玩、学府逸事等等，又哪一个与文化无关呢？只不过在这里谈文化，不是峨冠博带，威仪俨然，不是高头讲章,而是涉笔成趣,理路天成,于琐细中见精神,微末处见全面,让你读了以后,如食橄榄,回味无穷,陶冶性灵,增长见识。"

冯大彪
2017年6月修订于北京

图书在版编目（CIP）数据

美食妙谈／周简段著．——北京：新星出版社，2017.7
（神州轶闻录）ISBN 978-7-5133-2636-0

Ⅰ.①美… Ⅱ.①周… Ⅲ.①随笔－作品集－中国－当代 Ⅳ.①I267.1

中国版本图书馆CIP数据核字（2017）第127939号

美食妙谈

周简段　著
冯大彪　主编

责任编辑：简以宁
特约编辑：曹　煜
责任印制：李珊珊
装帧设计：几木艺创

出版发行：新星出版社
出 版 人：谢　刚
社　　址：北京市西城区车公庄大街丙3号楼　100044
网　　址：www.newstarpress.com
电　　话：010-88310888
传　　真：010-65270449
法律顾问：北京市大成律师事务所

读者服务：010-88310811　　service@newstarpress.com
邮购地址：北京市西城区车公庄大街丙3号楼　100044

印　　刷：三河市兴达印务有限公司
开　　本：787mm×1092mm　1/32
印　　张：11.625
字　　数：220千字
版　　次：2017年7月第一版 2017年7月第一次印刷
书　　号：ISBN 978-7-5133-2636-0
定　　价：36.00元

版权专有，侵权必究；如有质量问题，请与印刷厂联系调换。